KB259790

역사소설

하륜 1

김현빈 씀

역사소설 하륜 1

지은이 | 김현빈

1판 1쇄 펴낸날 | 2012년 11월 15일
1판 2쇄 펴낸날 | 2019년 1월 20일

펴낸이 | 이주명
편집 | 문나영
출력 | 문형사
종이 | 화인페이퍼
인쇄 · 제본 | 한영문화사

펴낸곳 | 필맥
출판등록 제2003-000078호
주소 | 서울시 서대문구 경기대로 58 (충정로 2가) 경기빌딩 606호
이메일 | philmac@philmac.co.kr
홈페이지 | www.philmac.co.kr
전화 | 02-392-4491
팩스 | 02-392-4492

ISBN 978-89-97751-06-8 (세트)
ISBN 978-89-97751-07-5 (04810)

* 잘못된 책은 바꾸어 드립니다.
* 값은 뒤표지에 있습니다.

이 도서의 국립중앙도서관 출판시도서목록(CIP)은 e-CIP 홈페이지(http//www.nl.go.kr/cip.php)에서
이용하실 수 있습니다.(CIP제어번호: CIP2012004809)

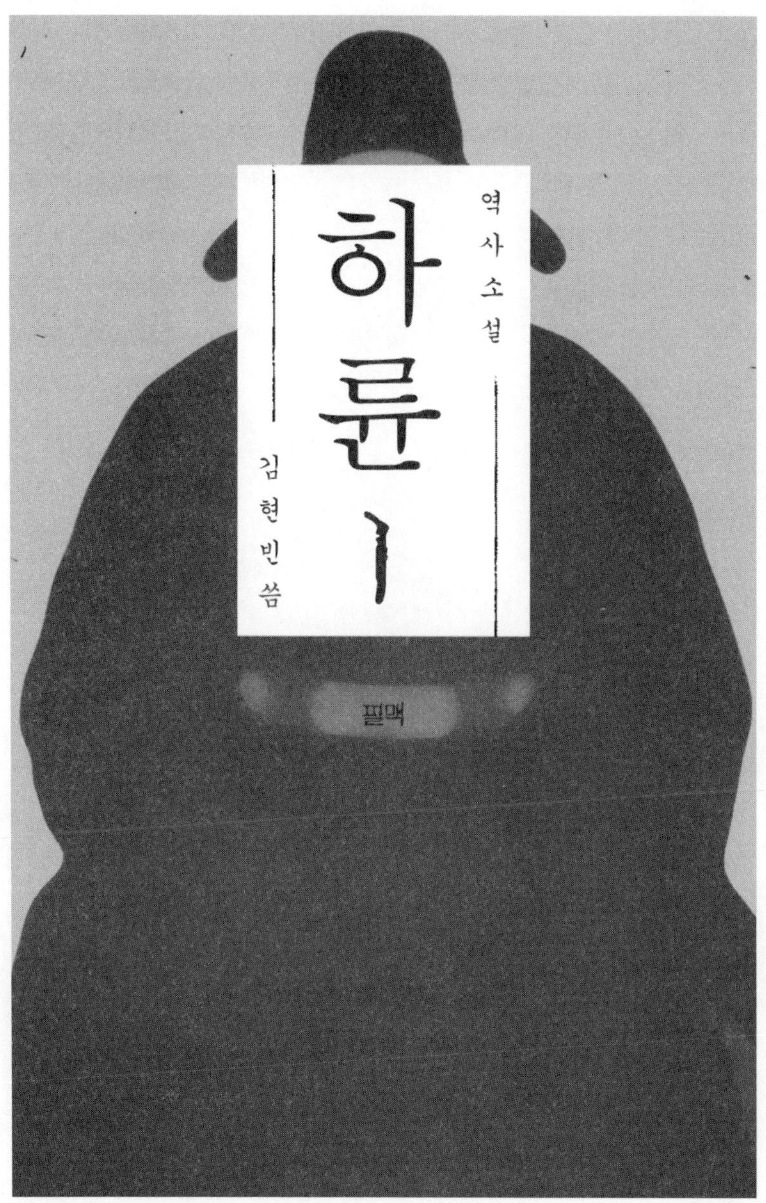
역 사 소 설
하
룬
1
김 현 빈 씀
필맥

1권 | 차례

2권 | 차례

숙명의 갈림길

일렁이는 촛불만이 두 사람을 비추고 있었다. 암흑을 겨우 헤집고 나와 은은히 퍼지는 불빛은 두 사람이 서로의 표정을 알 수 있게 해주었다. 둘의 표정은 굳어있으면서도 어딘가 모르게 웃음기를 머금고 있었다. 서로를 가만히 응시하는 눈빛은 맹수의 그것이었으나 일면 경외, 존중 따위의 것들 또한 들어있었다. 한동안 초로의 두 사내는 말없이 서로를 그러한 표정으로 바라보고 있었다. 긴 침묵 끝에 한쪽에서 입을 열었다. 윤이 나는 푸른 두루마기를 걸치고 갓을 쓴 차림이 그가 객(客)임을 알려주었다. 그와 마주하고 있는 자는 정자관(程子冠)과 심의(深衣)를 갖추었으니 곧 주인의 품새였다. 객의 입에서 나오는 소리는 놋대야를 바닥에 떨어트린 듯 카랑카랑했다. 거푸 차로 목을 축여 최대한 부드러운 목소리를 낸다는 것이 고작 이것이었다.

"형님."

객의 두 글자 말에 주인이 답하였다. 주인의 목소리는 손의 것과 달리

기름을 칠한 듯 매끈했으며 제법 덩치가 있는 주인을 닮아 시원시원하니
호방했다.

"그래."

형님이라 불린 자의 이름은 정도전(鄭道傳), 그를 형님이라 부른 자는
하륜(河崙)이란 이름자를 썼다. 정도전의 허여를 받은 하륜이 빙긋 웃으
며 말했다. 침묵하며 서로를 쏘아볼 때 방안에 가득했던 긴장감이 그의
웃음으로 다소 녹았다.

"참으로 기가 막히는 인연이 아니었습니까. 형님과 나 말입니다. 고금
에 또 이런 인연이 있을까."

하륜의 말에 듣는 이도 희미하게 웃음을 흘렸다. 정도전은 하륜의 말
을 듣고 그와 연관됐던 수많은 풍파를 떠올렸다. 그 가운데는 함께 겪은
것들도 있었고, 서로 반목하면서 생긴 것들도 있었다. 삼봉(三峰, 정도전
의 호)은 그것들을 떠올리면서 하륜의 말을 곱씹었다. 그의 말이 꼭 맞았
다. 참으로 기가 막히고 고금에 이런 인연은 또 없을 것이었다.

"그렇구나. 조화옹(造化翁, 조물주)이 이런 짓을 저질렀다면 참으로 짓
궂다 할 것이야."

"허허, 조화옹이 조금만 너그러웠다면 관포(管鮑)의 사귐이 우리 사이
에서 명을 더 유지했을 텐데, 형님의 짓궂다는 말이 참으로 절묘하군요."

옛날의 추억을 반추할수록 하륜의 심사도 묘해져갔다. 그저 새삼스레
정도전과 자신의 묘하고도 묘한 운수를 떠올리며 알지 못할 웃음만 거푸
흘렸다. 정도전도 가만히 웃음기를 머금고 있다가 홀연 그 기색을 거두고
표정을 굳히며 말했다. 그의 목소리엔 옛정은 더 이상 논하지 않겠다는
단호한 의지가 굳건히 담겨있었다.

"허나 이제부터는 나와 너 사이에 이렇듯 한가로이 옛일의 기묘함을

논할 일은 없을 것이다. 치열하고 매정한 사투만이 너와 나 사이에 놓여 있다."

굳이 말을 하지 않았어도 하륜은 잘 알고 있었다. 그가 정도전을 찾아온 까닭도 거기에 있었다. 이제 돌이킬 수 없는 혈전을 앞두고 평생을 동지로 살아온 그와 정식으로 작별을 고하고 싶었다. 그는 형님의 매정한 말을 듣고도 웃음기를 거두지 않았다. 두 눈으로 초승달을 그린 채 하륜은 고개를 끄덕였다. 눈가의 주름이 더욱 깊어졌다. 그러나 속에서는 천불이 나서 견딜 수가 없었다. 화끈화끈 뜨거운 기운이 속을 뒤집었다. 오장육부를 전소시키는 듯한 고통이 웃고자 하는 의지를 꺾으려 하였다. 하륜은 정도전과의 인연을 끊는 데 이 정도의 고통이면 싸게 값을 치른다고 자위하며 그 고통을 형님에게 들키지 않으려 무진 애를 썼다. 그러나 이따금 웃는 낯에 고통의 눈빛이 깜빡였다.

"어찌 아둔한 아우라 한들 그것을 모르겠습니까? 다만 서로 완전히 등을 돌리기 전에 그저 찻잔을 앞에 두고 지난날을 주전부리 삼아 곱씹어보기 위해 형님을 찾은 것이니, 그런 진절머리 나는 일은 굳이 입에 담지 마십시오."

말을 마치고 하륜은 찻잔을 들어 그 안에 담긴 것을 한 모금 입에 머금었다. 쌉싸래하면서도 구수한 풍미가 입 안 가득 퍼졌다. 참으로 무던히도 접한 형님 댁의 차였다. 이제 반잔쯤 남은, 또 꼭 그만큼 뜨거움이 사라진 찻물이 이 댁에서 맛보는 마지막 차라고 생각하니 또 눈시울이 따끔거렸다.

"댁의 차만큼 향미가 깊은 것이 또 없는데, 더 이상 찾지 못할 것을 생각하니 이보다 더 안타까운 일이 있겠습니까."

정도전은 눈썹을 가볍게 들어 올릴 뿐 별다른 반응을 보이지 않았다.

하륜은 흘끗 정도전의 표정을 살핀 뒤 찻잔을 내려놓았다. 애초에 하륜이 그를 찾았을 때 삼분지 일만 남아 제 몸을 태우던 초는 이제 거의 짓뭉개져 그 명을 다해가고 있었다. 하륜은 온몸을 스스로 짓뭉개며 마지막 불꽃을 토해내는 반투명의 백랍(白蠟) 덩어리를 초점 흐린 눈으로 응시했다. 그리고 정도전을 돌아보았다.

"형님, 역사는, 사람의 인생은 참으로 저 초와 같지 않나요."

이 말에도 정도전은 별다른 말을 하지 않았다. 하륜은 옅은 웃음을 토해내더니 그의 침묵을 가볍게 질책했다.

"형님은 나를 주책없는 수다쟁이로 만들 요량이십니까? 입에서 단내가 나겠습니다. 말씀 좀 해보세요."

그러면서도 제 말을 멈추지 않았다.

"저 초를 보십시오. 저것은 제 몸을 태워서 우리 둘이 서로를 알아보게끔, 찻잔을 들 수 있게끔 빛을 내어 어둠을 물리치지 않습니까. 그리고 종내 온몸이 녹아내려 더 이상 쓸모없게 되질 않습니까. 역사도, 인생도 저것과 같지요. 쓸모 있는 것이 온갖 방도를 다 써서 자신의 재주를 천하에 선뵈나 재주를 다 부린 후엔 쓸모 있었던 것이 쓸모없는 것이 되어 천하를 등지고 쓸쓸히 사라지질 않습니까. 그리고 또 그 자리는 새로운 쓸모 있는 것이 나타나 차지하지요. 형님도 아랫것을 시켜 저 초를 내다버리고 새 것을 가져다놓으실 것이 아닙니까?"

"너는 괜히 쓸데없는 말을 하여 심사를 어지럽히는구나."

"형님은 이제 보니 참으로 못된 사람이 아니십니까! 나를 수다쟁이로 만들더니 이젠 심보마저 나쁜 인사로 만드시는군요."

하륜은 이렇게 말하며 자리에서 일어났다. 그는 약간 비뚤어진 갓을 매만져 다시 바르게 하고 두루마기의 주름진 부분을 펴더니 여전히 웃는 낯으로 정도전을 보며 말했다.

"가보겠습니다, 형님. 형님이 나를 이제 어떻게 욕보일지 두려워서 자리를 떠야겠습니다."

정도전은 앉은 채로 짧게 대답했다.

"배웅하지 않겠다. 잘 가거라."

다소 차가운 작별인사에 하륜은 빙긋 웃을 뿐 불쾌한 기색을 보이지 않았다. 애초부터 형님의 따뜻한 작별인사는 기대하지 않았다. 자신도 그를 차갑기 그지없게 대하지 않았는가. 둘 사이에 굳이 서로의 감정을 알려줄 필요는 없었다. 정도전이 배웅조차 하지 않았지만 하륜은 그의 본심을 잘 알고 있었다. 그도 이 최후의 대면을 마감하는 순간에 속으로 일억 장(丈)의 성벽이 무너지듯 참괴한 감정을 느낄 것이었다. 다만 결전을 앞두고 하륜에게 나약한 모습을 보이지 않으려 한 것일 터였다. 아니, 결전을 앞두었기 때문이라기보다는 항상 하륜의 든든한 뒷배이자 지혜로운 형님으로서의 지위를 최후까지도 잃기 싫은 탓이었으리라.

하륜은 특유의 느릿하고 조심스러운 걸음으로 방문을 나섰다. 신을 신고 가마꾼의 도움을 받아 가마에 오른 뒤 허공을 올려다보았다. 하늘에 박힌 별들이 쏟아질 듯하였다. 그는 허공을 향해 짧은 한숨을 내쉬며 나지막이 중얼거렸다.

"형님, 안녕히."

가마꾼들이 힘이 떨어졌는지, 괘씸하게도 술을 한 잔씩들 걸쳤는지 가마 위에 탄 하륜의 몸이 들썩거렸다. "야 이놈들아, 힘 좀 쓰거라." 그들을 가볍게 질책하며 그는 등 뒤로 멀어져 가는 정도전의 집을 상체를 돌이켜 바라보았다. 무던히도 많이 오간 댁이었다. 좋은 뜻에서든 나쁜 뜻에서든 무던히도 오갔다. 그만큼 삼봉과의 인연은 질기고 또 질겼다. 그런데 그 인연을 이젠 끊을 때가 되었다.

"아니지. 사람이 죽어 없어진다고 인연까지 같이 죽을까."

하륜은 쓴웃음을 지었다. 둘 중 누구 하나가 죽어나간다 하더라도 살아남은 하나가 둘의 인연을 평생토록 기억할 것이었다. 그래, 그것으로 되었다. 어쩌면 정도전과 하륜 둘 다 눈을 감는다 해도 이 인연은 영원히 사그라지지 않을 것이다. 하륜은 돌이켰던 몸을 바로 하며 조용히 뇌까렸다. 그의 눈빛은 슬픈 기색과 아쉬운 기색을 동시에 담고 있었다.

"형님, 재상이 다스리는 나라라 하셨습니까. 현명한 재상이 다스리는 나라라 하셨습니까. 현명하고 인자하며 강단 있는 재상이 다스리는 나라라 하셨습니까."

하륜은 저 혼자 말을 하고 고개를 절레절레 흔들었다.

"도원경(桃源境)은 도원경이기에 도원경이라 부르는 것입니다. 형님의 생각은 질서를 무너뜨리는 해악일 뿐입니다. 적어도 지금은. 아, 형님과 끝끝내 같이 하지 못하는 것이 한스럽고, 한스럽고, 한스럽습니다. 형님!"

가마 팔걸이에 걸친 손에 힘을 주었다. 드디어 그와의 대적은 돌이킬 수 없는 것이 되고 말았다. 정도전의 앞에선 허장성세로 꼿꼿이 굴었지만 그와 한마디 한마디 날선 대화를 나눌 때마다 정신이 어질어질해지는 듯하였다. 이제 정도전에게서 물러나와 가마 위에 오르니 긴장이 탁 풀리면서 견딜 수 없는 슬픔과 아픔이 몰려왔다. 현기증이 났다. 아찔아찔한 충격이 그의 뇌리에서 떠나질 않았다. 야속하다, 야속하다. 그는 그야말로 야속한 운명을 한탄했다. 정도전과 이렇듯 완전히 등을 돌리게 되는 일은 없을 것이라 여겼다. 평생을 살아오면서 부모보다도 그에게 더 의지하고 더 많은 가르침을 받은 하륜이었다. 이제 그에게 칼을 겨누어야 했다. 최후의 대면이 시작됐을 때부터 달음박질치던 심장이 이제는 전력질주하기 시작했다. 식은땀이 흐르고 호흡마저 거칠어졌다. 이제 손에 힘을 주는 것도 결코 쉽지 않았다.

"아, 형님……."

눈물이 그대로 하륜의 광대를 타고 흘러내렸다. 하염없이 흐르는 그것을 주체할 수가 없었다. 닦을 엄두도 못 내었다. 아무리 평정을 되찾으려 해도 이미 그의 감성은 이성의 통제를 벗어난 뒤였다. 입 밖에 무슨 말을 내놓아도 그것은 눈물에 축축이 젖어있었다.

"내 형님을 위해서 곡을 하겠습니다! 머리를 풀고 곡을 하겠습니다! 베옷도 걸치고 곡을……! 아우를 용서하십시오. 나를 용서하십시오, 형님. 곡을 하겠습니다, 곡을. 목 놓아 곡하겠습니다. 내가, 내가 형님을 위해서……."

하륜은 종내 감정을 주체하지 못하고 대성통곡했다. 악을 질렀다. 양반 체면을 불고하고 고래고래 악을 썼다. 카랑카랑한 목소리를 타고 슬픔이 연기처럼 하늘을 향해 솟구쳤다. 눈물이 하염없이 흘러내렸다. 오한이 든 듯 온몸이 와들와들 떨리고 바람에 날리는 연처럼 힘없이 나풀거렸다. 그대로 상체가 무너져 내렸다. 내처럼 쏟아지는 눈물이 두루마기 소매를 흥건히 적셨다.

"륜아. 너와의 인연은 예까지구나."

정도전은 눈을 지그시 감으며 조용히 뇌까렸다. 손이 절로 덜덜 떨렸다. 목에 칼이 들어온다 하더라도 미동도 하지 않을 자신이 있었다. 하지만 하륜이 완전히 등졌다는 사실은 그로 하여금 가슴을 저미는 고통을 안

겨주었다. 눈물 한 줄기가 흘렀다.

"대체 무엇이 잘못되었을까……. 너와 내가, 왜, 왜 이렇게 되어야만 하는 것이냐."

지끈지끈 두통이 올라왔다. 손으로 머리를 지그시 눌렀다. 슬픔이 가슴속에 응어리졌다. 아무리 속에서부터 목으로 가래를 긁어내어 타구(唾具)에 뱉어도 뜨겁고 가슴을 마구 뒤흔드는 그 사독한 것은 빼낼 수 없었다. 정도전은 하륜과의 나날을 떠올렸다. 둘도 없는 동지였다. 어느 곳에 있어도 서로의 안위를 걱정했고, 술잔을 기울일 때면 죽이 잘 맞기에 안주거리가 따로 필요하지 않았다. 생각을 함께 하였으며, 원대한 이상을 함께 품었다. 그런데 방금, 그는 완벽한 결별을 선언했고 자신도 그것을 당연하게 수용했다. 이제 해와 달이 번갈아 몇 번 뜨고 지면 둘 중 하나는 차가운 대지에 뺨을 대고 있을 것이었다. 그 뺨을 타고 흘러내린 피가 대지를 덥히고 있을 것이었다. 여기까지 생각이 미치니 그는 견딜 수 없는 괴로움을 느꼈다. 독주를 진탕 마시고 큰대자로 뻗지 않으면 당장에라도 스스로 칼로 목줄을 뚫고 싶은 심정이었다.

"통탄스럽다! 하늘이여! 무섭다! 운명이여……. 이럴 것이면 애초에 나를 왜 하륜과 만나게 하였나……. 만나서 서로를 위하게 하였나……. 위하여 왜 함께 하게 하였나……. 왜……. 왜! 왜! 왜! 이 개 같은 하늘아!"

삼봉의 몸과 마음이 동시에 슬픔과 원통함에 붕괴되었다.

✻

"정안공(靖安公, 훗날 태종 이방원)! 하륜입니다."

하륜의 가마가 곧장 향한 곳은 정안공 이방원의 사저였다. 이방원은 항시 그를 빈사(賓師)라고 부르면서 받들었다. 방문을 열며 그를 반갑게 맞이하는 이방원을 그는 바라보았다. 입은 굳게 다물려 있고 눈썹은 짙었다. 눈은 부리부리하여 꼭 수리의 그것이며, 코는 얼굴의 중심을 다잡고 있었다. 어깨는 떡 벌어져서 가히 패왕에 비견할 만했고, 팔뚝은 곰의 것, 허리는 표범의 것이라 해도 과언이 아니었다. 일찍이 관상이나 음양오행, 풍수지리 따위를 익힌 하륜은 보면 볼수록 그가 왕의 상을 지니고 있음을 확신했다. 그런 인상은 대개 무장이나 장수에게 어울리는 것이었지만, 정안공의 인상은 그 정도를 넘어 무인의 기개를 갖춘 패왕의 것이었다. 일찍이 하륜은 그에게 모든 것을 걸었고, 이제 첫 번째 도박을 하려고 했다.

"오오, 빈사께선……. 어서 드오."

굵직하고 울림이 있는 소리였다. 이방원은 하륜의 두 팔을 맞잡더니 서둘러 그를 방안으로 들였다. 혈기 넘치는 이방원의 손에 이끌린 탓에 아이고, 하는 소리가 절로 나왔다.

'정도전 형님과 젖비린내가 진동할 때 처음 만났으니 인연도 이만하면 길었구나.'

하륜은 텅 빈 웃음을 지었다. 하륜의 복잡한 속을 아는지 모르는지 이방원은 천진한 표정으로 물었다.

"빈사, 부인께서 내소박(內疏薄)을 심히 맞히더이까? 눈가가 뻘건 것이……. 하하."

그의 농에 하륜은 고소(苦笑)를 지었다. 하륜의 기분을 풀어주려고 한 말인데 그가 마지못한 듯 겨우 웃어보이자 이방원은 입을 삐죽거렸다. 그리곤 어깨를 으쓱거리며 화제를 전환했다.

"정도전의 목숨은 언제 거둡니까? 때가 온 듯싶습니다만."

이방원은 못된 망아지처럼 제멋대로 하륜의 심사를 휘저었다. 오면서 가마 위에서 한바탕 울음판을 벌이지 않았으면 이방원의 집이 잠길 정도로 눈물을 쏟아냈을 것이었다. 가슴이 먹먹해지는 것을 막을 수가 없었다. 하륜의 낯이 흙빛이 되었다. 속에서 꿀렁꿀렁 알 수 없는 것이 요동쳤다. 그것이 풍랑을 맞은 조각배 모양으로 마구 흔들렸다. 그는 저미는 듯한 고통에 가슴을 부여잡았다.

"빈사! 괜찮으시오?"

대경실색한 이방원이 그 곰 같은 몸으로 허둥대며 어쩔 줄 몰라 했다. 자신의 잘못 때문인가 싶어 더욱 당혹스러워하는 듯했다. 하륜은 잔뜩 숙인 상체를 이방원의 도움으로 간신히 일으키며 손을 내저었다.

"아닙니다. 소인은 괜찮아요."

"빈사께선 몸을 중히 다루십시오. 제 뜻을 빈사께 담았으니 빈사의 몸이 상하는 것은 제 뜻이 상하는 것과 같습니다."

하륜은 이 말에 기분 좋게 웃어보였다. 그리고 부러 이방원을 안심시키기 위해 가벼운 농을 건넸다.

"어찌 천하의 보배를 대소쿠리에 담으시려는지…… 허허."

그는 이렇게 말한 뒤 정도전에 대한 감정이 꾸물꾸물 올라오는 것을 억지로 누르면서 최대한 냉철한 표정으로 이방원에게 말했다.

"때가 이르렀습니다. 오늘 저를 충청도 관찰사로 임명한다는 전하의 교지가 내린 것을 아시지요?"

이방원은 고개를 가볍게 끄덕였다.

"정도전이 마침내 칼을 빼든 것입니다. 이제 때가 온 듯합니다. 우리가 먼저 나서지 않으면 삼봉이 선수를 칠 것입니다. 만사는 때가 중요한 법입니다. 정안공께선 시기를 놓치면 안 됩니다."

"빈사께선 시기를 언제로 보고 계시오?"

이방원이 침을 꿀꺽 삼키며 물었다. 그가 제아무리 조선이라는 나라를 개창하는 데 누구보다도 혁혁한 공을 세우고 담대하며 탁월한 재능을 지니고 있다고 해도 아직은 이립(而立)의 젊은이였다. 게다가 이 일은 정도 전에게만 칼날을 겨누는 것이 아니었다. 정도전의 뒤에는 이방원 자신의 아비이자 이 나라의 지존인 대왕 이성계가 똬리를 틀고 있었다. 이방원에게 정도전의 목을 찌르는 것은 부친의 목을 조르는 것과도 같았다. 담이 큰 이방원일지언정 그런 일을 눈 하나 깜짝하지 않고 단칼에 실행할 맘을 먹지는 못하였다. 그런 그에게 침착하고 노회한 하륜의 존재는 절대적이었다. 그는 매사에 신중하지만 결단한 일은 칼로 두부 자르듯 신속하게 추진하는 성정이었다. 이방원의 정신적 축으로서 하륜의 존재란 큰 산과도 같았다.

시기를 묻는 이방원의 물음에 하륜은 입 꼬리를 올리며 짧게 대답했다.

"내일 밤."

이방원의 눈이 흔들렸다. 찰나의 순간이었지만 하륜은 그것이 극렬한 긴장감의 표현임을 감지하고 그의 양 어깨를 붙들며 목소리를 깔았다. 목울대를 울리며 침을 삼키고 동공이 불안하게 마구 흔들리는 이방원과 달리 하륜의 표정은 침착함, 그 자체였다. 미동도 하지 않는 태산과도 같았다. 그는 한 자 한 자 진중하고 엄숙하게 발음했다.

"손자(孫子) 왈(曰), 기질여풍(其迭如風) 기서여림(其徐如林) 침략여화(侵掠如火) 부동여산(不動如山) 난지여음(難知如陰) 동여뢰진(動如雷震)이라 하였지요. 달릴 때는 바람처럼 빠르게, 천천히 갈 때는 숲처럼 고요하게, 침략할 때는 불길처럼 맹렬하게, 움직이지 않을 때는 산처럼 묵직하게, 몸을 숨길 때는 그늘처럼 은밀히, 움직일 때는 우레처럼 거침없이 하라 하였습니다. 공은 새겨들으소서. 이렇게만 결행하면 패배란 있을 수 없습니다."

이방원의 동요가 조금은 수그러들었다. 그는 가만히 고개를 끄덕였다.

"빈사의 말씀을 잘 새기겠소. 절대 흔들리지 않으리다."

하륜은 방문을 열어 하늘을 올려다보았다. 모래알처럼 흩어져 있는 수많은 별 중 하나가 꼬리를 길게 늘이며 빗겨 떨어졌다. 그것을 바라보는 그의 눈은 촉촉이 젖어있었다.

"별 하나가 진다. 사라지는 것이 아니라, 그냥 지는 것이다."

인연의 첫머리

소백산 기슭을 타고 내려온 물줄기가 하륜의 눈앞에 펼쳐졌다. 하륜이 서 있는 이곳, 순흥(順興, 지금의 경북 영주시)은 참으로 살기 좋은 곳이었다. 녹음(綠陰)과 바위, 물이 적절히 어우러져 있었고, 인심이 순박하고 너그러웠다. 꼭 하나, 날씨가 궂은 것이 걸리긴 하지만 여름의 따가운 볕은 시내에서 멱을 감으면 될 일이었고 겨울의 혹한은 방안의 화로 곁에 앉아 주전부리를 먹는 재미를 주었으니, 머리가 굵은 자들은 불평할 만한 일이었으나 어린 하륜에게는 하등 장애가 되지 못하였다. 게다가 그의 부친인 하윤린이 이곳의 부사(府使, 고을 수령)로 있어 마을 어른들도 그를 보고 도련님, 도련님 하며 대우해주니 그에게는 순흥이 무릉이요 극락세계였다. 특히 지금과 같은 초여름은 날씨도 따스하고 놀 거리가 많으니 자연을 즐기기에 더 없이 좋은 때였다. 하륜은 가만히 개울가로 내려갔다. 조심스레 발을 담그니 오싹하리만큼 찬 기운이 발가락을 타고 종아리까지 올라왔다. 하륜은 기분 좋은 차가움에 절로 신이 나 수면 아래로 발을 움직이며 물장구를 쳤다. 물살에 깜짝 놀란 송사리 떼가 허둥지둥 제 살길을 찾아 줄행랑을 쳤다. 이를 보고 하륜은 배시시 웃음기를 띠었다.

"도련님요, 예 계셨심니꺼."

등 뒤의 익숙한 목소리에 하륜은 고개를 돌려 소리가 들려온 쪽을 바라보았다. 예상했던 얼굴이 그의 눈에 들어왔다. 이름이 신지팽(申之彭)으로, 지팡이처럼 깡깡 말라 붙여진 이름이었다. 동네 아이들은 그를 지팡이 아저씨라고 불렀고, 어른들도 지팽이라고 불렀다. 뼈에 가죽을 얹은 것처럼 보일 만큼 몸이 마르고 양 뺨은 움푹 팼다. 눈은 비교적 큰 편이었는데 그마저도 움푹 들어가 그 꼴이 우스웠다. 팔자주름 끝에 이방수염을 짤막하게 기르고 있었다. 그는 하륜을 모시라고 하윤린이 붙여준 종이었다. 성격이 싹싹하고 일처리를 잘해 동네에서 평이 좋았다. 물론 하륜도 그런 지팽을 잘 따랐다.

"예 계시면 우얍니꺼. 주인마님께서 글공부에 매진하라 하시지 않았습니꺼. 고마 가입시더. 이번에만 주인어른께 말씀드리지 않겠심더!"

지팽이 짐짓 언성을 높여 하륜을 겁박했지만 그를 너무나도 잘 아는 하륜이 그 조악한 수법에 넘어갈 리 만무했다. 하륜은 코웃음마저 치며 지팽의 말을 듣는 둥 마는 둥했다. 그래도 그의 말을 듣지 않으면 부친인 하윤린이 크게 경을 칠 것이요 지팽도 무사히 넘기지 못할 것이기에 못 이기는 척 그의 말을 따르기로 했다. 지팽은 집으로 돌아가는 도중에도 잔소리를 끊임없이 지껄였다. 그의 모든 면을 좋아하는 하륜이지만 쉴 새 없이 귓전에 따갑게 꽂히는 그의 잔소리만큼은 견디지 못했다.

"아직 날이 차다 아입니꺼. 물장구는 날이 좀 더 풀리면 하소."

하륜은 건성건성 대답하며 그의 잔소리를 한 귀로 듣고 한 귀로 흘렸다. 대강 세수를 하고 나서 하륜은 지팽의 눈치를 보며 방으로 들어갔다.

지팽은 움푹 팬 눈에 힘을 주며 말했다.

"마 딴청 피우지 마이소. 도련님이 뭘 하는지는 지가 다 안다 아입니꺼."

"알았어요……."

하륜은 툴툴거리며 책을 펴들었다. 보통 글공부를 시작한 아이는 부모가 서당에 보내는 것이 상례였으나, 하윤린은 자신이 직접 하륜을 가르치겠다는 강한 의지를 갖고 있었다. 그래서 그는 퇴청하고 나면 하륜을 가르치는 데 진력했다. 그만큼 그가 하륜에게 거는 기대는 컸다. 이날도 어김없이 하윤린은 퇴청하자마자 하륜을 찾았다. 하윤린이 지팽에게 묻자 지팽이 주인 앞에서 굽신굽신 허리를 숙이며 말했다.

"글공부에 열중이십니더."

그의 대답에 하윤린은 만족스러운 표정을 지었다. 밖에서 들려오는 부친의 음성에 하륜은 급히 방문을 열고 종종걸음으로 대청마루로 나와 꾸벅 고개를 숙였다.

"퇴청하셨습니까."

"오냐. 글은 열심히 읽었더냐."

"예, 아버님."

나긋나긋하면서도 잔뜩 예의를 차린 하륜의 말에 하윤린은 매우 만족스러운 표정을 지었다. 그는 어흠, 헛기침을 해보이곤 짐짓 목소리를 낮추어 말했다.

"내 의관을 갈아입고 올 터이니 배울 준비를 해두어라."

하윤린이 관복을 일상복으로 갈아입고 나왔다. 하륜은 하윤린이 먼저 안으로 들기를 기다리며 여전히 정제된 자세로 대청마루에 서있었다. 하윤린이 뒷짐을 지고 느릿느릿 하륜의 방으로 들어가려는 찰나, 대문 쪽에서 웅성거리는 소리가 들렸다. 하윤린이 보일 듯 말 듯 얼굴을 찌푸리며 사내종에게 무슨 일이냐고 묻자 종자가 황송함을 감추지 못하며 아뢰었다.

"저, 전법총랑(典法摠郎, 형법 관련 관청인 전법사의 2인자) 정 공의 자제께서 부사 뵙기를 청하고 있사옵니다."

그의 말에 하윤린이 고개를 갸웃거리며 다시 물었다.

"전법총랑 정 공의 자제가 무슨 연고로 나를 보기를 청하는고?"

한갓 종자가 연고를 알 턱이 없었다. 그저 눈을 껌뻑이며 주인의 하문에 답하지 못하는 것을 자책하면서 시선 둘 곳을 찾지 못할 뿐이었다. 하윤린은 입맛을 쩝, 다신 뒤 고갯짓으로 들여보내라는 표시를 했다. 이에 종자는 서둘러 종종걸음으로 가서 대문을 열었다. 밖에 있던 전법총랑의 자제란 소년은 정중하면서도 당당한 걸음걸이로 대문을 들어서 마당에 우뚝 섰다. 이목구비가 뚜렷하고 얼굴로 짐작되는 나이에 비해 키가 커서 상당히 서글서글해보였다. 그의 총명한 인상에 하윤린은 흥미가 동했다. 그가 꾸벅 하윤린에게 절을 올리자 하윤린은 고개를 선선히 끄덕이며 찾아온 이유를 물었다. 이에 도령이 대답하였다. 생김새만큼이나 시원시원하고 막힘없는 답변이었다.

"우선 소인의 소개부터 올리겠사옵니다. 소인은 전법총랑 정 운자 경자 쓰시는 분의 자제로, 올해로 10세이며 이름은 도전이옵니다. 서당에서 수학하고 있사옵니다. 근처에 거처하면서도 진즉 부사 어른을 찾아뵙지 못한 점 사죄드리옵니다. 소인이 금번 부사를 찾아뵌 것은 첫째는 인사를 올리기 위함이고, 둘째는 부사 어른께 청이 있어서이옵니다."

나이에 맞지 않는 말투며 행동거지가 하윤린의 마음에 꼭 들었다. 그런 도령이 자신에게 청이 있다 하니 궁금증이 일어나지 않을 수 없었다.

흥미로운 표정을 지으며 하윤린이 자세한 사항을 물었다.

"도령이 청이 있다 하니 내 듣지 않을 수가 없다. 도령은 서둘러 상세히 고하도록 하라."

"금번 고을에 큰 흉년이 들어 백성의 고초가 이만저만이 아닙니다. 비록 부친께서 조정의 고관으로 계시나 소인의 집안도 형편이 매우 곤궁하옵니다. 부끄러움을 무릅쓰고 청하옵건대, 이 댁에서 양식을 조금만 내어주신다면 더 감사할 것이 없겠습니다. 또한 부사께서 목민관의 덕을 발휘하시어 순흥부의 곳간을 열어 백성들을 친히 구휼하신다면 부사 어른을 칭송하는 소리가 드높을 것이오니, 이 또한 고려해주시오소서."

도령이 꼿꼿하고 당돌한 태도로 청했기에 그렇게 들리진 않았지만 실상 구걸이나 다를 바가 없었다. 먹을 것이 없어 조금 꾸어달라는 것이었다. 그나마도 변변찮은 차림이 가을에 갚기를 기대하기도 영 글러먹어 보였다. 걸식은 조정 고위 관료의 자제로서 쉽사리 할 수 있는 것이 아니었다. 그럼에도 부끄러운 기색을 전혀 보이지 않고 당당한 그의 태도에 하윤린은 다소 놀랐다. 그의 뒤에서 우물거리며 도령의 말을 듣던 하륜도 놀란 눈을 깜빡거렸다. 잠시간 침묵이 흘렀다. 도령의 청에 하윤린은 적절한 대답을 생각해내는 데 약간의 시간을 필요로 했다. 그는 놀란 기색을 서둘러 감추고 뒷짐을 지며 헛기침을 한 뒤 짐짓 엄숙한 목소리로 꾸짖듯 말했다.

"도령은 문반(文班)의 자제로서 체면을 모르는가. 어찌 함부로 남의 집에 와서 걸식을 할 수가 있단 말인가. 그것은 그대와 그대 부친의 위명을 깎는 것임을 모르는 것인가!"

"부사께선 어찌 그리 말씀을 하십니까. 밥을 먹어야 사는 것은 상놈이든 양반이든 똑같습니다. 배를 곯는 것을 넘어 굶어죽을 지경이 되면 나무껍질을 벗겨 먹어서라도 연명하고 싶은 마음은 귀천을 따지지 않습니다. 금년 소인을 비롯한 형제들과 소인의 모친이 더불어 먹지 못하고 있으니 이렇게 나서서 청하는 것이옵니다. 양식을 내주실지는 부사의 뜻에 달려있으나, 이렇듯 청하는데 꾸짖으시는 것은 적절치 못하옵니다.”

당돌하고도 당돌한 도령의 태도에 하윤린은 헛웃음만 흘렸다. 이 녀석을 호되게 꾸짖어 돌려보낼까 하는 생각도 했지만 제 모친과 형제들을 생각하는 것이 갸륵하여 그의 청을 들어주기로 하였다. 그러나 바로 양식을 내주어 돌려보내기보다는 이 재미난 아이와 더 말을 주고받고 싶었다.

“좋다. 그것은 도령의 말이 옳다. 그러나 청을 하는 입장에서 그리 꼿꼿하게 나온다면 듣는 입장에서 기분이 틀어져 내주려다가도 그 뜻을 거두기 십상이 아니겠는가? 도령은 조금 더 유연한 자세를 기를 필요가 있다.”

“부사의 말씀은 옳으나 앞뒤가 맞질 않사옵니다. 방금 전에는 문반의 체면을 따지라 하셨사온데 이제는 체면을 버리고 몸을 굽혀 유연하게 굴라고 하시니 어찌 모순되지 않는다 하겠습니까. 소인의 태도는 부친의 위명을 더럽히지 않기 위한 최소한의 방편이었습니다.”

이에 하윤린은 껄껄 웃고 고개를 끄덕이며 옳다, 옳다, 했다. 그리고 사내종을 불러다가 명했다.

“이 도령에게 얼마간의 양곡을 내주어라. 도령은 힘든 일이 있을 때면 언제든지 본관을 찾으라. 성심성의껏 도울 것이다.”

하윤린의 선선한 수락에 도령은 바닥에 엎드려도 그 고마움을 다 갚지 못할 것이었다. 그런데 어찌된 일인지 그는 엎드려 절하기는커녕 미동도 하지 않고 예의 당돌한 목소리로 말했다.

“부사 어른, 호의에 감사드립니다. 헌데 소인이 부사를 뵙고자 한 것은 소인과 가족의 사사로운 배를 채우기 위함도 있지만 본뜻은 이 고을 백성들을 구휼함에도 있었습니다. 청컨대 고을의 곳간을 열어 가엾은 백성을 진휼하소서."

하윤린은 눈살을 찌푸렸다.

"도령은 분수를 알라. 웃는 낯으로 무례를 받아들이는 것엔 한도가 있다. 그런 것은 목민관의 소임이니 도령은 더 말하지 말고 양곡이나 챙겨 돌아가라."

하윤린의 입장에선 기분이 상하는 것이 사실이었다. 왕을 대리하여 이 고을을 관리하는 것은 바로 자신의 일이었다. 그런데 약관은커녕 이제 겨우 열 살 먹은 아이가 와서 감 놔라 배 놔라 하니 기가 찰 노릇이었다. 어련히 알아서 할 것인데, 이 젖내 나는 아이가 설마 자신을 저보다 사리분별을 못한다고 여기는 것인가에까지 생각에 이르자 절로 눈썹이 한 치나 올라갈 만큼 퍽 기분이 상했다. 잔뜩 불쾌감이 담긴 하윤린의 말에도 도령은 물러날 줄을 몰랐다. 오히려 투사처럼 더 그에게 달려들었다.

"물론 부사께서 잘 하실 것을 믿어 의심치 않사오나 목민관이 민생을 적확히 살피는 것에는 한계가 있기 마련이기에 이리 진언을 드리는 것이옵니다."

"잘 말해줘도 제대로 알아듣지 못하는구나. 알아서 처리할 것이니 도령은 그만 물러가라."

하윤린은 이렇게 말하고 옷소매를 획 휘두르며 몸을 돌이켰다. 그리고 하륜에게 방으로 들라는 눈빛을 보냈다. 그러나 하륜은 저 도령을 따라가 대화를 나누고 싶었다. 또래는 물론이고 상투를 튼 이 중에서도 저렇듯 자신의 부친 앞에서 당당하게 구는 인사는 없었다. 적어도 이 고을 안에서는 부친 앞에서 모두 거둘 때를 놓쳐 쓰러지다시피 한 늦가을 벼처럼 잔뜩 고개를 숙일 뿐이었다. 그런데 고작 열 살 먹은 도령이 부친 앞에서 저렇듯 꿋꿋이 굴다니. 하륜은 대청마루에서 뛰어내려 버선발로 도령의 뒤를 쫓았다. 하윤린이 당혹해하며 종자들로 하여금 붙잡으라 명했지만 워낙 찰나의 일이었고 종자들도 당황하여 쉬이 잡지 못하였다. 하륜은 딱딱하고 울퉁불퉁한 지면의 충격을 몸에 고스란히 받으며 전력질주했다. 거의 도령을 따라잡았지만 호칭을 뭐라고 붙여야 할지 몰라 대뜸 그의 어깨를 잡아끌었다. 어깨를 축 늘이고 양곡이 담긴 자루를 바라보며 걷던 도령은 기습에 가까운 낯선 손길에 화들짝 놀랐다.

"누, 누구냐!"

"저, 저……."

여전히 적절한 호칭을 찾지 못한 하륜은 우물거리기만 할 뿐이었다. 하륜을 알아본 그가 어색한 웃음을 지으며 먼저 말을 건넸다.

"부사 어른 댁 자제가 아닌가."

하륜은 잠시간 몸을 쭈뼛거리다가 보일 듯 말 듯 고개를 끄덕여 긍정했다.

"그렇습니다."

"부사 댁 자제가 무슨 일로 나를 붙잡았는가?"

"별 뜻 없습니다. 그저 형님이 멋이 있어 보이기에……."

다소 엉뚱한 답변에 도령은 실소를 피식 하고 내뱉더니 그래도 하륜을 꺼리지 않고 미소를 띠며 응대해주었다.

"별 뜻이 없음에도 나를 보러 버선발로 뛰어온 것도 괴이하거니와 통성명도 하지 않았거늘 형님이라 칭하는 것도 매우 괴이하구나, 하하."

도령의 지적에 그제야 하륜은 자신의 행동이 충분히 괴상하게 여겨질 수 있다는 것을 느끼고 뒤통수를 긁적이며 헤헤 웃었다. 그리고 예의를 갖춰 차분히 고개를 숙이며 자신의 이름을 알려주었다.

"하륜이라 합니다."

도령은 손을 내밀어 악수를 청하며 말했다.

"전법총랑 정 운자 경자 어른의 장남 도전이네."

하륜은 자신도 순흥부사 하 윤자 린자 어른의 장남 륜이라 합니다, 라고 할 걸 하고 속으로 후회했다. 그리고 정도전이 청한 손을 서둘러 잡았다. 정도전은 여전히 웃음기를 머금은 채 "잘 지내보세"라고 말했다. 정도전은 자신에게 이렇게 버선발로 뛰어와 준 것이 감사하니 잠시 자기네 집에 들러 다과라도 들고 가라 권유했다. 하륜은 물론 흔쾌히 그 제안을 받아들였다. 무엇보다도 신발도 신지 않은 채 너무 많이 뛰어 발이 시큰시큰 아팠다. 지금 서 있는 곳에서 정도전의 집이 자신의 집보다 가깝기 때문에 신을 빌려 신기 위해서라도 정도전의 집에 들르는 것이 좋았다. 그것만이 아니라 오늘 첫 대면에서 바로 흠모하게 된 정도전의 집을 방문한다는 것 자체도 의미가 있는 일이었다. 정도전은 걸으면서도 하륜의 발을 거푸 내려다보더니 아예 자신의 신을 벗어 내주었다. 정도전의 집은 하륜이 생각했던 것과는 완전히 딴판이었다. 전법사 소속의 고위 관료 댁이라면 당연히 지붕에 가지런히 기와가 얹혀 있어야 하는 것이 상식이었다. 그런데 하륜의 눈에 들어온 것은 푸석푸석하다 못해 건드리면 부스러질 듯한 짚더미였다. 물론 기와가 올라간 곳도 드문드문 있었으나 그나마도 낡은 기와였다. 싸리문도 거의 반쯤 누워 있었고, 겨우 둘 있는 종자는 생기가 없어 보였다. 싸리문 쪽에서 나는 기척에 방문이 열렸다.

"도전이 왔느냐."

그다지 크지는 아니하나 다소 거리가 있음에도 하륜의 귓가에 또렷한 울림을 주는 음성이었다. 정도전의 모친 되는 분이란 걸 알고 하륜이 고개를 숙여 인사를 올렸다. 그러자 그녀는 살짝 놀란 눈빛으로 정도전을 바라보았다. 이에 정도전이 가볍게 허리를 굽히며 답했다.

"새로 아우 삼은 아이입니다."

"살림살이가 누추하여 대접할 것이 별로 없다만 어찌 찾아온 손을 빈 속으로 보내겠느냐. 이름이 무엇이냐?"

"예, 순흥부사 하 윤자 린자 어른의 장남 륜이라 하옵니다."

하륜은 정도전이 말한 것처럼 어른스럽게 자신을 소개 올린 것이 내심 뿌듯하였다. 그의 말에 정도전의 모친은 더욱 놀라며 말했다.

"부사 어른의 자제란 말이냐. 곤궁한 살림에 대접할 것이 많지 않으나 일단 안으로 들도록 하여라."

정도전과 하륜은 그녀의 말대로 안으로 들었다. 잠시 멀뚱히 방에 앉아있으니 이 빠진 사기잔에 담긴 차와 볶은 콩이 간식으로 나왔다. 하륜은 어린 마음에 과자가 아니라 고작 콩을 볶아서 내준 것에 당황했지만, 정도전네 집의 핍진한 살림살이를 보았기에 불만을 내보이지 않았다. 그러나 고작 다섯 살의 소년이 본심을 숨긴다고 해서 숨길 수 있는 것이 아니었다. 정도전의 모친은 미안해하는 미소를 지으며 말했다.

"아들의 친한 아우가 놀러왔는데 콩 볶은 것밖에 내지 못하니 부끄러움을 감출 수가 없구나."

본심을 들킨 것에 하륜은 얼굴을 붉혔다. 정도전의 모친은 온화한 미소를 지으며 괜찮다, 해주었다. 하륜은 볶은 콩을 까먹고 차를 홀짝이며 정도전과 대화를 나눴다. 비록 입에서 젖내가 몰칵몰칵 나는 아이 둘의 대화이기는 하였으나 나이에 걸맞지 않은 깊이가 있었다. 비록 책에서 읽은 것을 그대로 읊는 수준에 그쳤으나, 두 아이는 나름대로 의견을 피력하며 열띤 논쟁을 벌였다. 정도전과의 만남을 뒤로 하고 집으로 돌아온 뒤 부친이 크게 경을 쳤으나 하륜은 뭐가 그리도 좋은지 이죽이죽 웃기만 했다.

✳

하륜은 본디 동네 조무래기들과 어울리는 것을 즐겼다. 나무를 깎아 칼을 만들어 전쟁놀이를 하든, 그물을 짜 송사리며 피라미 따위를 잡아다 모닥불에 구워먹든, 달리기 시합을 하든 머리에 쇠딱지가 눌러 붙은 꼬마들과 우르르 몰려다니며 놀기를 즐겼다. 이에 반해 정도전은 혼자 있는 것을 즐겼다. 그렇다고 성격이 내성적이거나 소심한 것은 아니었다. 하륜이 대화를 나눠본 바 정도전은 시원시원하고 호방했다. 웃기도 잘 웃었고 말할 때도 손짓발짓을 크게 하면서 적극적이었다. 그런데도 정도전이 조무래기들과 어울리지 않는 것은 그가 너무 조숙한 탓이었다.

어느새 하륜과 정도전이 만난 지 5년이나 되었다. 그러니까 정도전의 나이 열다섯, 하륜의 나이는 열 살이 됐다. 5년이라는 세월에 정도전과 하륜은 둘도 없는 지기가 되었다. 하륜은 또래와 비교도 할 수 없을 정도로 깊은 식견을 지닌 정도전을 신처럼 믿고 따랐다. 물론 정도전의 식견을 어른 선비들의 그것에 비하면 조족지혈에 불과하겠지만, 제 나이 또래에서 출중한 면모를 보이는 아이를 따르는 것은 어린 아이들의 공통된 속성이었다. 정도전은 확실히 높은 곳을 보았다. 정도전도 자신을 유독 따르고 공공연히 부친께 사정을 아뢰어 자기네 집 살림에 보탬이 되어주는 하륜을 아꼈다.

"저기를 보아라."

정도전과 하륜은 야트막한 언덕 위에 올라 수령(樹齡)이 얼마나 되었는지 가늠하기 힘든 늙은 느티나무의 그늘 아래 앉아있었다. 정도전은 푸릇푸릇한 기운이 가득한 보리밭을 가리켰다. 그곳에서 농군과 아낙들이 열심히 김을 매고 있었다. 하륜은 정도전의 손길을 따라 그곳을 바라보았다.

"저 자들이 무엇 때문에 저리 땀을 흘려가며 애를 쓰는 것이냐?"

뭐하러 그런 당연한 걸 묻느냐는 표정으로 하륜이 덤덤하게 대답했다.

"그야 보리를 거둬 먹기 위함이 아닙니까."

"그렇다. 먹기 위함이다. 먹어서 배를 불리기 위함이다."

정도전의 말은 반박의 여지가 없는 평범한 진리였다. 하륜은 고개를 갸웃거리며 정도전을 멀뚱히 바라보기만 했다. 그는 생긋생긋 웃으면서 말했다.

"너도 나도 관직 출사를 목표로 하고 있질 않느냐. 분명 목민관이 될 것이다. 나는 목민관의 제일 덕목에 대해 말하는 것이다."

하륜은 잠자코 그의 말을 경청했다.

"백성은 먹으려고 저렇듯 발버둥을 친다. 그런데 고을 아전이 와서 정해진 세율 이상으로 빼앗고, 부역에 빈번히 동원하여 괴롭히고, 흉년이 와도 거둘 것이 없게 되면 백성의 심사가 어떻겠느냐. 이럴 때 목민관은 무엇을 해야 하느냐. 나쁜 목민관은 사사로이 백성의 고혈을 짜내고 제 배만 불린다. 백성을 생각하지 않는다. 평범한 목민관은 그저 배운 대로만 한다. 저 출세하는 것을 제일로 친다. 훌륭한 목민관은 제 고을의 백성을 제일로 친다. 곳간을 열어 구휼을 하고 저 먹는 것도 백성과 같이 한다. 무릇 관원이라면 백성을 최우선으로 고려해야 한다. 그것이 참 목민관의 태도다."

정도전은 이렇듯 하륜에게 많은 가르침을 주었다. 부친 하윤린이 하륜에게 가르친 바가 막대하였지만 정도전이 준 영향도 상당하였다. 하윤린은 하륜에게 출세할 것을 강조하였다. 출세해서 가세를 넓혀라, 부귀영화를 누리다가 자손에게 번영을 물려주고 편안히 눈을 감는 것이 최선이다 하였다. 하지만 정도전은 항상 백성을 최우선시하라고 하였다. 관원의 존재이유는 백성에 있다는 것이었다. 관원뿐만 아니라 임금의 존재이유도 백성에 있다고 하였다. 백성은 나라의 근본이라 하였다. 하륜은 부친으로부터 많은 학문적 지식을 얻었으나 사상적인 영향은 고작 열다섯 먹은 정도전에게서 더 많이 받았다. 정도전의 말에 따르면 부친 하윤린은 평범한 목민관의 전형이었다. 새하얀 화선지와도 같은 하륜의 머릿속을 정도전은 마음껏 휘저으며 자신의 생각으로 채색했다. 나의 존재이유는 백성에게 있다. 이것은 하륜에게 일생의 절대명제로 채택되었다.

✳

"또 볼 날이 분명 있을 것이다."

언제고 곁에 있을 것만 같던 정도전이 행장을 꾸려 개경으로 간다고 하였다. 듣자하니 대학자 이곡(李穀) 선생의 자제인 목은(牧隱) 이색(李穡) 선생의 문하에서 수학하기 위함이었다. 정도전의 부친 정운경이 이곡과 상당한 친분이 있기에 이색은 정도전을 선선히 문하에 받아들여주었다. 물론 수학하러 가는 것이고 부친이 있는 개경으로 올라가는 것이니 하륜이 잡을 순 없는 노릇이었지만, 서운한 마음은 감출 길이 없었다.

"형님이 이렇게 가면 아우는 누굴 보고 배운단 말입니까?"

하륜의 말에 정도전이 환하게 웃으며 장난스럽게 그의 머리를 쓰다듬어 마구 헝클어놓았다.

"사방을 둘러보아라. 배울 것투성이니라. 이 나무를 보아라. 구부러짐 없이 곧게 뻗지 않았느냐. 곧 지조요 절개다. 저 풀을 보아라. 불어오는 서풍에 거스르지 않고 몸을 누이질 않느냐. 곧 유연함이요 온유함이다. 사방이 스승이거늘 어찌 너는 열다섯 조무래기를 스승으로 삼으려 하느냐."

그의 말에도 쑥 내밀어진 하륜의 입은 들어갈 줄을 몰랐다.

"쳇, 그런 말씀이 어디 조금이라도 위안이 된답니까. 제가 조만간 뵈러 갈 것이니 그간 무탈하시고 수학에 전념하십시오."

"하하, 알았다. 열심히 공부하며 기다리고 있겠다."

갑자기 하륜은 허락도 없이 정도전의 보따리를 뒤져보더니 농담조로 화를 내었다.

"아니, 어찌 이런 행장으로 개경까지 먼 길을 가시려했습니까? 제게 언질을 주었으면 성심껏 준비를 해드렸을 텐데."

"버릇없는 아우 좀 보게! 어찌 형의 행장을 마구잡이로 뒤진단 말인가."

하륜은 정도전의 꾸지람에도 아랑곳하지 않고 보따리를 들더니 그대로 자신의 집으로 발걸음을 옮겼다. 얼결에 정도전도 종종걸음으로 하륜의 뒤꽁무니를 쫓았다. 정도전의 모친은 아직 집에서 우거(牛車)에 짐을 싣고 있었다. 하륜은 기어코 종자들을 시켜 짚신을 많이 마련해주고 먹을 것도 넉넉히 챙겨주었다. 홀쭉했던 보따리가 솜을 물에 불린 것처럼 제법 묵직해졌다. 하륜은 이것을 보고 만족스런 웃음을 지었다. 정도전도 별말 하지 않았지만 고마운 마음이었다.

"곧 뵙겠습니다!"

하륜이 최대한 팔을 뻗어 손을 흔들어보였다. 정도전도 멀리서 손을 흔들었다. 보이진 않았지만 웃음을 짓고 있을 것이었다. 하륜도 정도전의 나이가 되면 누군가의 문하에 들어가게 될 것이었다. 자신도 꼭 이색의 문하에 들어가겠노라 다짐했다. 하륜은 그때 정도전에게 일취월장한 자신의 모습을 보여주겠노라 각오를 다졌다.

✳

배우고, 또 배웠다. 목표가 있고 다짐이 있으니 배우는 것도 신이 나고 즐거웠다. 일차적으로는 이색의 문하에 들어가 정도전과 동문수학하고 과거에 합격하기 위해서, 이차적으로는 정도전이 일러준 대로 백성을 위한 관원의 삶을 살기 위해서였다. 각오가 남다르니 부친도 매우 흡족하게 여겼다.

"륜이 네가 이리 학습하기를 즐기니 내 어찌 기쁘지 않겠느냐. 너는 반드시 우리 가문의 자랑이 될 것이다."

서로 멀리 떨어져 있는 동안에도 정도전으로부터 한 달에 한 번은 꼭 편지가 왔다. 주로 자신은 잘 지내고 있고, 자신의 모친이 무료하지 않게 가끔 들러 말벗이 되어달라는 내용이었다. 정도전은 자신이 무엇을 배우고 있고, 개경 사람들은 얼마만큼의 학식과 교양을 지니고 있는지도 하륜에게 일러주었는데, 이는 그에게 큰 자극제가 되어 수학에 열중하는 데 큰 도움이 되었다.

정도전이 개경으로 떠나고 나서 4년이 흘렀다. 이제는 하륜도 아주 앳된 티는 벗게 되었다. 그간 학식도 열심히 쌓아 근방 양반 댁 자제들과 비교하면 월등한 수준을 자랑했다. 하윤린도 마침내 하륜을 개경으로 올려 보내 거기서 공부하여 성균시에 응시하게 해도 좋겠다는 판단을 내렸다.

"이제 더 이상 이 좁은 골에서 공부할 시기는 지난 듯하구나. 개경으로 올라가 더 많은 것을 보고 식견을 높일 때다."

하륜은 하윤린의 말에 뛸 듯이 기뻤다. 정도전과 합류하여 같이 공부할 수 있게 됐다는 사실뿐만 아니라 더 큰 세상을 만나고 그곳에서 더 많은 것들을 볼 수 있게 됐다는 사실 또한 그의 가슴을 뛰게 하였다.

"알겠습니다, 아버님. 그리 하겠습니다."

하윤린은 고개를 끄덕여보이고 문밖을 향해 특유의 엄숙한 목소리로
말했다.

"게 있는가."

"부르셨습니꺼."

그의 부름에 미닫이문이 열리더니 신지팽이 들어왔다. 그는 쭈뼛거리
다가 하윤린이 손짓을 하자 그제야 방 안으로 들어와 허리를 굽혀 하윤린
의 분부를 기다렸다.

"내일 륜이를 개경으로 올려 보내려 한다. 허나 세상 민심이 워낙 팍팍
하니 혼자 올려 보내는 것이 심히 염려가 되는구나. 종자 하나를 골라 붙
이는 것이 좋을 것이다. 기왕이면 힘이 세고 날랜 자를 붙이는 것이 좋겠
구나. 누가 좋겠느냐."

신지팽이 두 손을 모으고 다시 상체를 숙이며 조심스레 아뢰었다.

"어른께서 괜찮으시다면 쇤네의 아들놈을 도련님께 붙여주시는 것이
어떻겠습니꺼? 쇤네의 아들놈이라 그런 것이 아니오라 보기보다 강골이
고 칼과 활을 잘 쓰니 꼭 맞을 것이라예."

신지팽의 아들이라면 하륜도 잘 알고 있었다. 비록 대면하여 말을 섞
어보진 않았으나 성격이 진중하고 제법 기골이 장대하여 그라면 자신의
신변을 맡겨도 좋겠다는 생각이 들었다. 하윤린의 생각도 그와 다르지 않
아 선선히 신지팽의 뜻을 들어주었다.

"내 자네의 아들을 눈여겨 본 터네. 그렇게 하도록 하게."

"감사드립니다, 주인어른."

하륜은 부친에게서 물러난 뒤 신지팽의 인도를 받아 그의 아들과 대면
했다. 정면으로 마주하여 보니 봐왔던 것보다 키가 더욱 훤칠하고 인물도
좋았다. 어깨도 떡 벌어진 것이 척 봐도 무사의 상이었다. 하륜은 생글생

글 웃으며 손을 내밀었다.

"항시 봐오던 사이이니 소개는 할 필요가 없을 것이다. 잘 부탁하네."

주인집 자제의 손을 잡는 것은 불경한 행동임을 알기에 그는 아비의 눈치만 볼 뿐 어찌할 바를 몰랐다. 신지팽은 눈짓으로 서둘러 손을 잡으라 했다. 그는 옷에다 슥슥 손을 닦더니 닿을 듯 말 듯 하륜의 손을 맞잡았다. 그리고 덩치와는 어울리지 않게 기어들어가는 목소리로 "소인 신몽인(申夢寅)이라 합니더" 하였다. 이에 하륜은 웃으며 고개를 끄덕였다.

"잘 부탁하네."

"하모예, 여부가 있겠습니꺼."

✳

다음날 하륜은 꾸려진 행장을 챙겨 대문을 나섰다. 하륜이 어깨에 행장을 짊어지려고 하자 신몽인이 황송해하며 서둘러 그것을 하륜으로부터 거두어들였다. 하륜은 대청마루에 나와 있는 양친께 절하며 작별을 고했다.

"다음에 뵐 때까지 부디 강녕하십시오."

짧은 작별인사에 하윤린도 짧게 답하였다.

"그러마. 열심히 수학하여라."

하륜은 한 번 더 허리를 굽혀 예를 올린 뒤 지체 없이 발걸음을 북으로 돌렸다. 신몽인도 주인댁과 제 아비에게 꾸벅 인사를 올리고 서둘러 하륜을 따라 나섰다.

동무가 있으니 개경으로 가는 길이 그리 지루하지 않았다. 신몽인은 의외로 말재주가 있었다. 그동안 하륜에게 뻣뻣한 자세로 일관한 것은 주인집 자제라 어려웠기 때문이었다. 하륜이 주인과 종의 관계가 아니라 형제처럼 살갑게 대해주자 신몽인은 긴장을 풀고 쉴 새 없이 뇌까렸다. 하륜은 나귀를 타고 신몽인은 그 고삐를 쥐고 가고 있었다.

"개경에 가면 쥑이는 미인이 많다 카던데 사실입니꺼?"

개경에 가면 산해진미를 맛볼 수 있을 것이라고 한참 입맛을 다시던 신몽인이 이젠 화제를 여자로 돌렸다. 하륜은 피식 웃으며 대답했다.

"나도 초행이거늘 알 턱이 있나. 왜, 미인이 많으면 하나 휘어잡으려고?"

"당연하지예. 절로 가슴이 막 뛴다 안캅니꺼!"

"어디 한번 계집에 한눈팔려갖고 주인한테 소홀히 해봐라. 염라대왕 알현일 것이니."

"아, 물론 그럴 일은 없심더, 하하."

개경으로 가는 길은 멀기도 멀었지만 험준하기도 험준했다. 나귀를 타고 가는 하륜도 허리가 끊어질 지경이었다. 그는 묵묵히 걸어가는 신몽인이 내심 걱정되어 흘끗 보며 말했다.

"힘들지 않아? 잠깐 바꿔 타고 갈까?"

이 말에 신몽인은 화들짝 놀라며 손을 마구 저어 부정했다.

"큰일 날 말씀이심니더! 소인은 괜찮으니 신경 쓰지 마시라예."

길이 험한 것 빼고는 가는 길에 큰일은 없었다. 가끔 행인이 도적떼의 습격을 받아 가진 것을 다 빼앗기거나 심지어 목숨까지 잃는 경우가 심심찮게 있었는데, 하륜과 신몽인은 운 좋게도 그런 것 없이 무사히 개경에 다다를 수 있었다.

진이 잔뜩 빠진 둘 앞에 우뚝 솟은 관문이 눈에 들어왔다. 현판에는 큼지막하게 '남대문(南大門)' 세 글자가 아로새겨져 있었다. 활짝 열린 거대한 문으로 수많은 인파가 오가고 있었다. 하륜이 살던 소백산 자락 시골과는 비교도 할 수 없을 정도로 번화하고 활기가 넘쳤다. 신몽인도 신이 나는지 절로 콧노래를 흥얼거렸다. 확실히 개경 사람들은 옷차림이 화려하고 우아한 구석이 있었다. 울긋불긋 갖가지 색의 화려한 옷을 입은 사람들이 하륜의 눈앞을 오갔다. 개경에서는 범상한 옷차림일 것이나 막 상경한 시골 소년의 눈에는 사치스럽고 화려하기가 그지없었다. 신몽인은 입을 헤 벌리고 잔뜩 치장한 여인네들에게서 눈을 떼지 못했다. 하륜은 쯧쯧 혀를 차며 발로 그의 엉덩이를 세게 차면서 짐짓 엄히 꾸짖었다. 그만큼 둘은 가까워져 있었다.

"네가 염라대왕을 한시 바삐 뵙고 싶은 모양이로구나!"

정도전은 개경에 도착하거든 곧장 자신에게로 오라고 했다. 그는 목은이 세운 사학(私學)에서 기숙하고 있다 하였다. 목은의 사학은 비교적 번화한 곳에 있어 한 번 길을 물어보고 곧장 찾아갈 수 있었다. 갓 시골에서 상경한 하륜의 눈에는 거짓말 조금 보태어 그곳을 연경궁(延慶宮, 고려의 정궁)이라 해도 믿을 정도로 규모가 방대했다. 척 보아도 딸린 종자가 어림잡아 백여 명은 되는 듯하였고, 학생들이 머무는 기숙사도 상당한 규모였다. 개경 한복판에서 사학을 찾는 것보다 사학 안에서 정도전이 있는 곳을 찾는 것에 더욱 애를 먹었다. 한참을 헤매던 그는 겨우 정도전이 학습하는 곳을 찾았다. 그곳 종자에게 정도전의 이름을 대니 하륜과 신몽인을 정도전의 자리로 안내해주었다. 4년만이었다. 용모가 많이 달라졌겠지. 분명 학식도 비교도 못할 정도로 쌓였을 것이었다. 발걸음을 옮길 때마다 복잡미묘한 웃음이 터져 나왔다. 이를 보고 신몽인이 잔뜩 미간을 좁히며 해괴망측하다는 표정을 지었다.

"아니 당최 그 괴이한 얼굴은 뭡니꺼. 혹 머스마를 가슴에 품고 계셨다거나…… 아, 아입니더!"

이에 하륜은 가볍게 눈을 흘기기만 했다. 이 들뜬 마음을 종놈 하나 때문에 망치고 싶지 않았다. 종자가 어느 방에 우뚝 멈춰서더니 낮은 목소리로 정도전을 불렀다.

"어떤 손이 공을 찾으십니다."

타지에서 그를 찾아올 손은 하륜밖에 없기에 그 말을 듣는 순간 책장을 넘기던 정도전의 손이 멎었다. 그는 책을 집어던지듯 손에서 놓고 일어나 문을 벌컥 열었다. 역시 그곳에 기대한 얼굴이 있었다. 하륜이 한창 키가 크고 몸의 골격이 잡힐 나이가 되어 정도전이 기억하는 하륜의 모습과는 사뭇 달랐지만, 곧바로 알아보지 못할 만큼은 아니었다. 왈칵 눈물마저 나오려는 것을 간신히 억누르며 그는 덥석 하륜의 손을 붙잡았다.

"이게 얼마만이냐! 너도 제법 애티를 벗었구나."

정도전은 하륜을 위아래로 훑어보곤 하하 웃으며 대견하다는 듯 말했다. 하륜은 뒤통수를 긁적이며 멋쩍은 듯 웃었다.

"제 나이도 이제 열넷이 아닙니까. 형님이야말로 이제 완연한 청년의 풍모이십니다."

4년간 보지 못했기에 하고 싶은 말이 너무나도 많았다. 들을 것, 말할 것이 넘쳐났다. 개경에서의 자질구레한 일거수일투족부터 사학의 큰 스승인 목은은 대체 어떤 인물인지, 과거시험 시행과 합격자 발표는 어떤 식으로 이뤄지는지 하륜은 쉬지 않고 물었다. 정도전은 조목조목 답변해주고 순흥에 별일은 없는지 물었다. 그들의 대화는 새벽까지 이어졌다. 이들의 살가운 대담에 신몽인은 입이 근질근질하여 대화에 끼고 싶은 마음이 굴뚝같았으나 두 지기는 그가 끼는 것을 허락하지 않았다. 그 탓에 그는 하릴없이 하품만 쩍쩍 해대며 두 고상한 어린 선비의 고담준론을 경청해야 했다. 한참을 과거시험 일정에 대해 얘기하던 정도전이 화제를 돌렸다.

"너도 선생의 문하에 들어오는 것이 어떻겠느냐?"

"선생이라면, 목은 선생님을 말씀하시는 것입니까?"

정도전은 가볍게 고개를 끄덕였다.

"저를 받아주실까요?"

"물론이다. 솔직히 말해서 날고 긴다는 준재들이 선생의 문하에 있었지만 나와 너만큼 식견을 갖춘 이는 많지 않았다."

정도전의 말에 하륜이 조용히 웃었다.

"형님의 식견을 따를 자야 개경에는 물론 천하엔들 얼마나 있겠습니까마는, 식견이랄 것이 없는 저에게는 가당치도 않은 말씀이군요."

공치사로 건넨 말이라 치부하고 가볍게 받아 넘기려는 하륜과 달리 정도전은 진지했다. 그는 굳은 표정으로 무겁게 고개를 가로저었다.

"그렇지가 않다. 내 그간 아우가 얼마나 학식을 쌓았는지 알기 위해 부러 어려운 화제를 꺼내보기도 했지만 너는 전혀 어려워하는 기색이 없었다. 사람의 식견이 어느 정도인지는 한 식경만 대화를 나눠보면 잘 알 수 있지. 해가 질 때 마주하였는데 이제 곧 해가 뜨려고 하니 너의 깊이를 능히 짐작하고도 남지 않겠니. 장담하지. 근 5년간 이곳을 거쳐 간 자들 중 나와 너에게 필적할 만한 선비는 단 한 명밖에 없어."

"부끄럽습니다. 헌데 형님께서 말씀하시는 그 한 명의 선비가 누굽니까?"

"작년에 이곳을 떠나 출사하신 분이 있지. 나보다 다섯 살 위이신데 정몽자 주자라는 이름자를 쓰시는데, 아마 예문수찬(藝文修撰)으로 계실 게다. 그를 제외하곤 나와 너에게 비길 자가 없어."

정도전의 말에 하륜은 온몸이 배배꼬이는 기분이었다. 정말로 자신은 정도전에게서 그런 평을 들을 만한 식견을 갖추지 못했다고 여기고 있었다. 하륜은 더욱 학업에 정진하라는 뜻으로 정도전이 그런 말을 했는가보다 여기고 더 거론하지 않기로 했다. 그리고 한편으론 정도전이 말한 정몽주라는 자에 대한 관심이 끓어올랐다. 정도전은 칭찬에 인색한 성정이었다. 겉으로야 미사여구를 보태어 남의 비위를 맞춰주긴 했으나 그럴 필요가 없는 자리에서 하는 인물평은 박하디 박했다. 그런데 허물없는 사이인 자신과의 대화에서 이렇듯 높여 말하니 그를 만나보고 싶은 마음이 동했다.

"어쨌든 선생께 청을 드려보아라. 어차피 너도 그럴 생각으로 개경까지 먼 길을 온 것이 아니냐. 나도 힘써 말씀드리겠다."

"감사드립니다."

"원로(遠路)에 여독이 심할 것인데 내가 미처 살피지 못하여 곤한 몸으로 밤을 새게 했구나. 내 종자에게 말해두어 건넌방에 이부자리를 마련하였으니 그곳에서 푹 쉬도록 하여라. 스스로 일어날 때까지 깨우지 않을 터이니, 하하."

정도전은 말을 마친 후 물을 마시려고 일어서고 난 뒤에야 하륜의 뒤에서 풀린 눈으로 무료하게 앉아 있는 신몽인을 의식했다.

"아이고, 미처 너의 종자에게 신경을 쓰지 못하였구나. 너도 물러나 눈을 붙이도록 해라."

신몽인은 끝이 없던 지루함에 종지부를 찍어준 정도전에게 아홉 번 절이라도 올리고 싶은 심정이었다. 아랫것이 불경하게 나설 수 없어 말하는 것을 그렇게 좋아하는데도 입에 단내가 날 정도로 입을 다문 채 밤을 샌 것이었다. 피곤하기도 했지만 좀이 쑤셔 견딜 수가 없었다. 그러던 차에 늦게나마 그 자리를 뜨는 것을 정도전이 허락하니 절로 긴장이 풀리며 피로감이 해일처럼 몰려왔다. 하륜도 피곤을 잊고 정도전과 대화를 나누다 자신이 휴식을 취하지 못한 것을 의식하니 역시 신몽인이 느낀 것을 그대로 느꼈다. 그는 눈을 비비며 하품을 하곤 정도전에게 꾸벅 인사를 한 뒤 눈을 붙이기 위해 정도전이 마련해준 방으로 이동했다.

✳

송장처럼 무려 여섯 시각(열두 시간)이나 누워 잤다. 정도전은 곤히 자는 하륜을 깨우기 싫어 가만히 놔두려 했지만 여섯 시각을 미동도 하지 않는 그가 염려되어 흔들어 깨웠다. 으레 그렇듯 정해진 시간 이상을 자고 나니 정신이 몽롱했다. 하륜은 얼이 쏙 빠져 눈의 초점이 사라졌다. 주위를 둘러보니 신몽인은 벌써 이불을 개어 놓고 문밖을 지키고 있었다. 정도전은 까치집머리를 하고 눈에 생기가 없는 하륜을 보고 저도 모르게 웃음을 흘렸다.

"네가 요절을 한 것인가 염려가 되어 깨웠느니라. 하하, 참으로 곤히 자더구나."

하륜은 눈을 비벼 겨우 정신을 차리곤 부끄럽다는 듯 정도전을 올려다보며 말했다.

"보지 않아도 꼴이 말이 아닌 것을 알겠습니다. 속히 씻어 부끄러운 꼴을 지워야겠습니다."

"오늘 선생님을 만나 뵈어야 하니 깨끗하게 씻어라."

정도전의 말대로 하륜은 혹여나 이색에게 밉보일까봐 이곳저곳 꼼꼼히 씻었다. 이색은 그렇게 나이가 많지 않았으나 벌써 그 높은 문명(文名)이 개경 곳곳에 파다한 터였다. 부전자전이라고, 과연 이곡의 아들다웠다. 그런 이색에게 수학할 기회를 잡은 것은 매우 가슴 뛰는 일이었다. 하륜이 몸을 씻고 난 뒤 의관을 정제하고 나오자 정도전이 그를 이끌고 이색의 방으로 갔다. 그의 방에 가까이 갈수록 그의 높은 학문에서 매화 향기마저 나는 듯하였다. 정도전과 하륜이 찾아갔을 때 이색은 방문을 열어 놓고 조용히 책장을 넘기고 있었다. 그에게 정도전이 조심스레 다가가 고 개를 꾸벅 하고는 정제된 목소리로 말했다.

"스승님, 도전입니다."

이색은 그 말에 정도전을 바라보았다. 초탈하고 깊이가 있는 눈빛이었 다. 하륜은 절로 경외감이 들어 더욱 허리를 굽혔다.

"그래, 도전이구나. 네가 어제 말했었지. 지금 내 문하에 참 재상의 재 목이 둘 있는데 하나는 너 자신이요, 둘은 하륜이라는 아이라고. 보아하 니 네 옆의 아이가 네가 말한 둘이렷다."

자는 동안에 정도전이 견딜 수 없을 만큼 황망한 말을 이색에게 했음을 알게 된 하륜이 놀란 토끼 눈을 하고 정도전을 바라보았다. 그에 반해 정 도전의 표정은 너무나도 편안해보여 하륜은 얄미운 감정까지 느낄 정도 였다.

"그러합니다. 미래 좌우정승 2인이 스승님께 문안 여쭈옵니다."

농담조였으나 진심이 담겨 있는 말이었다. 이에 이색은 허허 웃어보이 곤 하륜을 바라보았다. 여전히 상대로 하여금 우러르게 하는 눈빛이었 다.

"그래, 네가 하륜이더냐."

"예, 선생님."

"도전이가 사사로이 양대 재상으로 꼽았다니 참으로 기대가 크다."

목은이 낮은 웃음을 흘흘 흘리며 말했다. 하륜은 황망함을 견디지 못 하여 더욱 몸을 숙였다.

"그렇지가 않습니다, 선생님. 다만 형님께서 아우를 다그쳐 학문에 정 진하게 하려는 깊은 뜻에서 그러신 겁니다."

"겸양 또한 재상의 자질이지. 허허허. 도전의 추천이 있을진대 굳이 너의 자질을 시험할 필요가 있겠느냐. 앞으로 내 밑에서 수학하도록 하여라. 필히 도전의 말대로 조정의 좌우 정승이 좌 도전 우 륜이 되었으면 한다, 허허허."

하륜은 흙바닥도 아랑곳하지 않고 엎드려 사례의 절을 올렸다.

이색의 문하에서 하륜은 열심히 수학했다. 정도전과는 말할 것도 없이 둘도 없이 친한 사이였고, 동갑내기 이숭인(李崇仁)과도 친밀한 관계를 맺었다. 확실히 대학자의 위명이 무색하지 않게 목은의 식견은 심연과도 같았다. 순흥에서 하륜을 훈육한 그의 부친 하윤린이나 여타 스승들도 학식이 높았으나 목은에 비하면 털끝만큼도 미치지 못하였다. 그의 학식에 감탄하며 하륜은 배움에 대한 열의를 불태웠다. 그의 문하에서 함께 수학하는 학우들을 보면서도 마음을 다잡으며 공부에 열중했다. 순흥에 있을 때는 주위에 어중이떠중이만 즐비했기에 자만하는 마음이 은연중에 샘솟기도 했지만, 개경에 올라와 보니 모두 눈에 불을 켜고 학업에 열중하는지라 하륜도 경쟁적으로 나설 수밖에 없었던 것이다. 과거에 합격하여 출사하는 것도 수학의 목적이었지만, 배우는 것 자체에 하륜은 상당한 희열을 느꼈다. 무언가를 알아나가는 것은 눈앞의 장벽을 조금씩 허무는 것처럼 시야가 트이는 쾌감을 주었다.

그러나 즐거운 수학의 나날은 오래가지 못했다. 고려 조정의 사직을 위협할 만큼 북쪽으로부터 광풍이 휘몰아친 탓이었다. 때는 1361년(공민왕 10년) 10월. 한 떼의 군마가 압록강의 결빙을 틈타 도하(渡河)했다. 그 수효는 도합 10만, 그들을 이끄는 수령은 반성(潘城), 사유(沙劉), 관선생(關先生)이란 자들이었다. 그들은 하나같이 붉은 두건을 머리에 질끈 매고 있었다. 그리고 살기등등한 눈빛. 천하를 주름잡던 원조(元朝)라는 고목을 무너뜨린 악명 높은 홍건적(紅巾賊)의 무리였다. 무자비한 홍건적의 말발굽은 무서운 속도로 남하했다. 그간 홍건적이 원나라에 창궐하면서 고려도 그들의 침략을 줄기차게 받아왔다. 2년 전인 1359년에도 4만의 홍건적 무리가 쳐들어와 평양까지 함락시키고 돌아간 적이 있었으며, 그 외에도 수군을 동원하여 황해도 일대를 약탈하는 등 지속적으로 고려로 하여금 골머리를 앓게 한 그들이었다. 하지만 10만이나 되는 대병을 이끌고 대대적으로 침략한 것은 처음이었다. 이들은 병력을 부풀려 110만 군마라고 떠들고 다니며 무서운 속도로 휘몰아쳐 내려왔다. 이들이 지나간 자리엔 고통과 비명, 약탈과 겁간의 재앙만이 남았다. 조정에서는 이들을 제어하기 위해 절령(岊嶺)에 대대적인 방책(防柵)을 세우고 시뻘건 파도를 막으려 했다. 절령은 이색이 '가파른 절령은 곧장 하늘을 오르는 것 같아(岊嶺崔嵬直上天)' 라고 했을 만큼 험준한 지형을 자랑하는 천험의 요새였다. 하지만 붉은 두건의 도적떼는 이 방책을 가뿐히 넘어섰다. 회심의 방어벽이 뚫리자 전국(戰局)은 홍건적에 의해 압도되었다. 그들은 개경의 턱밑까지 진군했다. 이에 조정에선 임금에게 파천을 권했고, 임금은 눈물을 훔치며 응낙했다. 백성에게 부끄러운 꼴을 들키지 않기 위해 야음을 틈타 연(輦)이 급히 연경궁을 빠져나갔다.

"형님, 어찌 하실 요량입니까?"

홍건적의 대대적인 공세에 이색의 사숙(私塾)에도 불안감이 엄습했다. 벌써 약삭빠른 몇몇 학생들은 짐을 꾸려 고향으로 내려갔다. 하륜은 잔뜩 미간을 좁히며 정도전의 의중을 물었다. 정도전도 미간에 내천자를 그리며 고심하다가 답을 내놓았다.

"지금 피란해보았자 저들의 속도를 따라잡지 못할 것이다. 이곳에 남아 백성을 수습하는 것이 좋겠다."

이숭인이 거들었다.

"그것이 좋겠습니다."

하륜도 마찬가지였다.

"국란에 질서를 다잡고 백성을 독려하는 것은 선비의 당연한 책무이지요. 저도 같은 생각입니다."

임금이 복주(福州, 지금의 경북 안동)까지 파천했다는 소식이었다. 임금은 이방실(李芳實)을 도지휘사(都指揮使)로, 안우(安祐)를 상원수(上元帥)로 삼아 개경 수복을 도모하고 홍건적 무리를 축출하려 하였다. 하지만 이러한 임금의 뜻은 산산이 부서졌다. 이방실의 군대는 중과부적으로 대패하고 말았다. 개경에서 아군의 승리를 간절히 바라던 백성의 실망감도 컸다. 홍건적은 애초부터 군율이 엄정하지 않고 성분 자체가 매우 잡스러웠기 때문에 잔학함이 이루 말할 수 없을 정도였다. 그들은 남녀노소를 가리지 않고 쳐 죽이고 심지어는 인육을 지져 먹고 임신부를 죽여 그 젖가슴을 구워 먹기까지 했다.

선비들이라고 이러한 마수에서 벗어날 방법은 없었다. 하륜과 같이 수학하던 학우 중에도 목이 달아난 자가 허다했고, 가산(家産)을 적몰당한 경우는 다반사였다. 참으로 지옥이 있다면 이곳이었다. 그저 며칠만 견디면 되겠거니 하고 가볍게 여기던 하륜은 여태껏 겪어보지 못한 잔혹함에 치를 떨었다.

'이럴 수가 있는가. 인간의 거죽을 쓰고 이럴 수가 있는가. 저들은 인정이란 한 톨만치도 지니지 않고 있는가! 야수나 할 만한 만행을 저리 서슴지 않고 행하다니. 세상에 이럴 수가 있는가, 이럴 수가……'

분노하지 않을 수가 없었다. 슬퍼하지 않을 수가 없었다. 탄식하지 않을 수가 없었다. 극도로 잔인하고 극도로 괴로운 이 상황이 하륜으로 하여금 사유하게 했다.

"형님, 이 원인이 다 어디에 있습니까. 백성들이 무에 큰 죄를 지었기에 이런 큰 벌을 받아야 한단 말입니까. 다만 흙이나 파고 고기나 잡으면 족할 이들인데 말입니다. 저들이 불구덩이보다도 못한 이곳에서 고통 받는 이유가 무엇입니까."

정도전은 하륜의 분노에 찬 목소리를 잠자코 듣기만 했다. 해줄 말이 없었다.

"물론 첫째는 저 야만스런 족속 탓이겠지요. 사람이라면 마땅히 행하지 말아야 할 것을 저들은 차 마시듯, 옷 갈아입듯 하니 말입니다. 허나 둘째는 이 나라 탓입니다. 나라가 유약하니 저런 도적떼에게 나라를 통째로 도둑맞는 것이 아닙니까. 형님, 출사를 하면 저는 반드시 다시는 이런 일이 일어나지 않도록 하는 일에 분골쇄신할 요량입니다. 어찌 제 백성을 통째로 도둑맞는 나라를 두고 조정이요 사직이라 하겠습니까."

"내 너의 말이 옳고도 옳다고 여긴다. 반드시 그리 하자꾸나. 다시는 이런 수치스런 꼴을 보지 말자꾸나. 참으로 생지옥이다……."

"오늘의 참극을 똑똑히 기억할 것입니다. 그리고 오늘의 다짐을 반드시 이행할 것입니다."

하륜은 주먹을 꽉 쥐었다. 그리고 맘속에 아로새겼다. 반드시 백성을 지키는 나라를 만들겠노라.

그는 집안에 주저앉아 사태를 수수방관하지 않았다. 신몽인을 이끌고 먹을거리며 간단한 약제(藥劑) 등을 꾸려 여항(閭巷)으로 나섰다. 신몽인도 하륜의 의중을 잘 알기에 툴툴거리지 않고 군말 없이 그의 뜻을 따랐다.

그들이 목도한 광경은 참으로 참괴했다. 화마에 휩싸인 가옥들이 허다히 눈에 띄었고, 도적 무리가 아이의 눈앞에서 그 어미를 겁간하고 참살했다. 피 묻은 살점이 흙먼지 옷을 입은 채 도적들의 발길질에 반죽되었고, 개와 까마귀들이 송장으로 배를 불렸다.

굳은 결심을 하고 나온 하륜도 마음 한구석에 괜히 대문을 나섰다는 생각이 고개를 들 만큼 개경은 붉은 두건의 야수들에 의해 초토화되어 있었다. 그는 그들이 휩쓸고 지나간 곳에 신속히 다가가 피해를 수습하고자 했다. 하지만 부모가 참살당하고 집이 불타버린 아이들에게 그가 해줄 수 있는 것이라곤 얼마간 먹을 것을 주고 눈물을 닦아주는 것밖에 없었다. 무거운 한숨을 내뱉으며 쓸쓸한 걸음으로 자리를 떴다. 그는 신몽인을 돌아보며 늦가을 찬바람 같은 목소리로 말했다. 음성엔 눈물이 촉촉이 스며들어 있었다.

"저 아이가 무슨 죄가 있나. 저 아이의 아비, 어미는 무슨 죄가 있나. 왜 칼을 맞고 찬 땅바닥에 누워야 하는가."

신몽인도 아랫입술을 꼭 깨물고 참괴한 심정을 다스렸다. 고통 받는 자가 한둘이 아니었기에 가져온 약제가 금방 동이 났다. 도적들의 눈치까지 봐가며 그들을 도우려니 정신적 피로가 더했다. 한겨울의 칼바람에도 등줄기에 끈끈한 땀이 흥건했다.

"저기 좀 보시라예!"

신몽인이 한 곳을 가리키며 하륜에게 말했다. 반사적으로 그쪽에 시선이 옮겨졌다.

"이 공 댁이 아입니꺼?"

신몽인의 말에 하륜은 다급히 그곳으로 걸음을 옮겼다. 과연 그곳은 그의 말대로 대학자 이조년의 손자인 이인미의 집이었다. 하륜의 집안과도 몇 번 교류가 있던 사이였다. 이인미의 집은 반은 타서 재나 숯덩이가 돼버리고 반은 타다 말아 이곳이 사람 살던 집인 것을 알렸다. 그나마도 기둥이 잔뜩 검게 그을렸고, 지붕에 올린 기와도 손을 대면 바스스 흩어질 듯 위태로운 형세였다.

"칼 앞에선 귀인도 속절없구나."

하륜은 목구멍이 턱 막히는 기분이 들었다. 그 자리에 주저앉고 싶을 지경이었다. 그렇게 초점 흐린 눈으로 반파된 대청마루에 앉아 허공을 바라보고 있는데, 백성에게 나누어줄 먹을거리가 혹 있는가 하여 곳간을 뒤지던 신몽인이 소리쳤다.

"이리 좀 와보시이소!"

워낙 다급한 목소리였기에 반쯤 넋을 놓고 있던 하륜도 얼른 정신을 차려 소리가 난 쪽으로 가보았다. 그곳에 신몽인 말고 한 사람의 형체가 더 있었다. 헝클어지긴 했어도 둥근 어깨를 타고 흘러내린 땋은 머리가 여인임을 알려주었다. 그녀는 추위에 잔뜩 몸을 웅크린 채 인기척도 느끼지 못하고 죽은 개처럼 미동도 하지 않았다.

"죽은 길까예?"

신몽인이 조심스레 물었다. 하륜은 신중한 걸음으로 그녀에게 다가가 어깨를 살짝 잡았다. 찬 기운이 손바닥에 확 느껴졌다. 눈을 감고 잡았다면 찬 서리를 맞은 돌덩이라고 확신했을 터였다. 하륜은 제발 살아있어라, 간절히 속으로 되뇌며 긴장감에 살짝 아랫입술을 물었다. 그리고 그녀의 코앞에 손을 갖다 대었다. 소리는 들리지 않았으나 희미하게 미지근한 김이 하륜의 손을 건드렸다. 안도의 파랑(波浪)이 그의 마음을 적시었다. 살아있다. 하륜은 목소리를 냈다.

"낭자, 정신을 차리시오."

나지막한 그의 목소리에 여인은 꿈쩍도 하지 않았다. 차림새를 보아하니 귀한 댁 여식이 틀림없었다. 이인미의 텅 빈 집에 이렇듯 있으니 그의 여식이라 하륜은 확신했다. 안면이 있는 사람의 여식을 그냥 놔둘 수 없기에 신봉인을 시켜 업게 하고 급히 집으로 돌아왔다.

하륜은 돌아오자마자 계집종 서넛을 불러 물을 끓인 뒤 조금 식혀 여인을 씻기라고 명했다. 의원을 불러야 했지만 이 난리통에 의원을 찾기란 불가능했다. 별 수 없이 씻긴 후 두툼한 이불을 덮어 눕히는 것이 최선이었다. 물끄러미 누워있는 여인의 모습을 보니 참으로 절색이었다. 이 지옥불 속 같은 상황에도 이런 생각이 드는 자신이 우스워 허허로운 웃음을 지었다. 그는 이내 얼굴에서 웃음기를 지우고 무릎을 오므려 쪼그려 앉은 채 연신 탄식을 해댔다.

그런 난리 속에서도 해가 지고 달이 빼꼼 모습을 드러내기 시작했다. 난리와 어울리지 않는 환하디 환한 보름달이었다. 쏟아지는 달빛을 보지 못한 채 하륜은 곤한 피로감을 껴안고 고개를 꾸벅꾸벅하며 졸았다. 그때 여인이 살짝 눈을 떴다. 고통과 슬픔이 버무려진 눈이었다. 그녀의 눈에 처음 비친 것은 벽지가 잘 발라진 천장이었다. 그 다음 오른쪽으로 고개를 돌려보았다. 몸에서 시큰한 느낌이 퍼져 나왔지만 그런대로 견딜 만했다. 다리가 짧은 탁자 위에 읽다 만 책들이 어지러이 놓여 있었다. 왼쪽으로 고개를 돌렸다. 촛불이 어른거리며 자신을 비추고 있었고, 그것으로 인해 생긴 자신의 그림자가 어떤 사내로 하여금 불빛을 받지 못하게 하고 있었다. 여인은 살짝 놀라 눈을 조금 크게 떴다. 그 사내는 오므린 무릎에 얼굴을 파묻고 있어 얼굴이 보이지 않았다. 그녀는 떨리는 목소리로 입을 열었다.

“저…….”

작은 목소리였지만 하륜을 깨우기에는 충분히 컸다. 그는 화들짝 놀라 깨어나 급히 자세를 고쳤다.

“아, 낭자, 깨셨습니까. 상황이 급박하여 여쭈지 못하고 함부로 낭자를 이곳에 눕히었습니다. 부디 용서하십시오.”

차분한 얼굴에 맞지 않게 허둥지둥하는 그의 모습이 우스워 그녀는 낮게 웃었다.

“아닙니다. 다 잃은 목숨을 구제해주셨는데 용서가 다 무슨 말씀입니까. 도리어 몸이 이러하여 머리 숙여 감사드리지 못하는 소녀를 이해하십시오.”

“어, 어인 말씀을요…….”

하륜은 어쩔 줄 몰라 하며 뒤통수를 긁었다. 순흥에 있을 때도 땀내 풀풀 나는 사내들하고나 어울렸지 이런 규수와는 말도 섞어보지 못한 터였다. 특히나 한나라 미인 왕소군도 울고 갈 이런 절색하고는. 잠시간 어색한 침묵이 흘렀다. 그는 무슨 말이라도 해야지 싶어 입을 열었다.

“저, 이인미 님의 여식이 아닙니까?”

그의 물음에 그녀가 보일 듯 말 듯 고개를 끄덕였다.

“규연이라 합니다. 소녀는 도령을 몇 번 뵌 기억이 있습니다. 순흥부사로 계시던 분의 자제가 아니십니까.”

“맞습니다. 몸은 좀 어떻습니까?”

“크게 불편한 곳은 없으나 죄송스럽게도 한심하게 누워서 신세를 좀 져야 할 것 같습니다. 그래도 되겠습니까?”

“그럼요. 편히 쉬십시오.”

규연은 본래 부친인 이인미를 따라 복주로 피신할 생각이었다. 하지만 워낙 홍건적의 진군 속도가 빨라 이인미는 가솔을 챙기지 못한 채 피신했고, 결국 집에 남아있던 가족들도 난리 속에 뿔뿔이 흩어졌다고 했다. 가녀린 몸으로 따로 의탁할 곳도 없어 할 수 없이 반쯤 불에 탄 집으로 돌아올 수밖에 없었다고 하였다. 동사하거나 아사할 지경에 놓였다가 간신히 하륜에 의해 구제되니 그녀에게 하륜은 말 그대로 생명의 은인이었다.

규연은 며칠간 하륜의 집에서 머물며 몸을 추슬렀다. 다 큰 처녀가 다 큰 사내의 집에서 머무른다는 것은 평상시라면 세간에 입방아를 불러일으킬 염려가 있었으나, 난리 중이라 그것을 두고 왈가왈부할 여유가 있는 자는 없었다.

이방실의 군대가 격파된 이후 홍건적의 기세가 더욱 충천했다. 그에 따라 약탈의 강도도 더욱 높아지고 그에 비례하여 백성의 환란도 더욱 심해졌다. 복주로 파천한 임금도 도적떼에게 짓밟혔을 연경궁과 개경의 백성을 생각하며 밤잠을 설쳤다. 그는 서둘러 다시 군대를 편성하여 장군 정세운(鄭世雲)을 총병관으로 삼아 개경으로 올려 보냈다. 이방실의 군대가 일단 급한 불을 꺼보자는 심산에서 편성한 것이었다면, 정세운의 군대는 홍건적을 완전히 진압하고 압록강 밖으로 밀어내자는 의중에서 편성한 것이었다. 정세운에게 사태를 종결시키라는 임금의 뜻이 전달됐다.

"과인이 재주가 없어 일이 이 지경에 이르렀으니 뭇 백성을 볼 면목이 없다. 과인이 지은 죄의 만분의 일이라도 갚을 길은 서둘러 도적떼를 압록강 이북으로 몰아내는 것이다. 경은 과인을 대리하여 저 사독한 무리를 섬멸하도록 하라. 백성을 환란에서 구제하라. 무슨 수를 써서라도 반드시 연경궁이 다시 고려의 정궁이 되게 하라. 반드시 그리 하라."

침울하면서도 굳은 뜻이 담긴 목소리로 임금이 명하며 보검을 내리자 정세운은 그것을 절도 있게 받아들며 고개를 숙였다.

"예, 전하. 반드시 그리 할 것이옵니다."

정세운은 고려의 명운이 아직 완전히 기울지 않았음을 증명했다. 그는 단숨에 개경으로 치고 올라가 연경궁을 탈환하고 석 달간 홍건적의 마수에 숨통이 죄이던 고려의 백성을 구해냈다. 한동안 불안감에 떨던 이색의 사숙도 겨우 먹구름을 걷어낼 수 있었다.

말 탄 고려군 장교가 흙먼지를 일으키며 보병 수십 명을 대동하고 지나갔다. 그 모습을 보고 이숭인이 한숨을 푹 내쉬더니 하륜을 바라보았다.

"이제 겨우 진정이 되네. 그동안 얼마나 공포에 떨었던가. 어휴, 삼일 전만 해도 대낮에 대로를 걷는 것도 두려웠지."

"그러나 그 여파가 쉬이 가시지는 않겠네. 보게. 까마귀들이 개경 하늘을 떠나지를 않고 있어. 아직도 저들의 배를 불려줄 주검이 개경 곳곳에 남아 있다는 것이지. 장례는 꿈도 꾸지 못하고 단순히 시신을 거두어 묻는 것도 십수 일은 걸린다더군. 그리고 보면 천재(天災)도 두렵지만 인화(人禍)도 참으로 끔찍하구나."

하륜은 이렇게 말하며 또 다시 우울한 표정을 지어보였다. 홍건적의 난리 이후로 하륜은 그런 표정을 자주 지었다. 이숭인은 그의 기분을 전환시킬 요량으로 화제를 바꿨다.

"아, 동북면 병마사 이성계 얘기를 들었나? 개경 전체가 그 얘기로 떠들썩하더군."

물론이었다. 금번 홍건적의 난리로 가장 각광을 받은 인물은 누가 뭐래도 이성계였다. 홍건적 토벌의 총병관은 정세운이었지만, 조정의 관심은 이성계에게로 쏠렸다. 그는 원나라의 천호(千戶)였다가 고려에 귀부한 이자춘의 아들인데, 홍건적의 난리 때 고작 2천 명의 사병을 이끌고 함주(鹹州) 전투에서 선봉에 서서 싸워 적의 수뇌인 사유와 관선생의 목을 취하는 혁혁한 공로를 세웠다. 그런 까닭에 변방의 무관직에만 머물던 그에게 세간이 이목이 쏠린 것은 당연한 일이었다. 그런 사실을 하륜이 모를 리가 없었다.

"당연하지. 코흘리개들도 저들끼리 운운하는 이성계를 나라고 모르겠는가."

"인물은 인물이지 싶더군. 확실히 난세에 웅걸이 나타나는 법이야."

✻

홍건적이 격퇴되고 며칠 후 규연의 병세가 완연히 호전되었다. 복주에서 돌아온 이인미는 허겁지겁 사람들을 풀어 가솔을 찾으려 했다. 규연은 하륜을 대동하고 먼저 부친을 찾아갔다.

"아버님, 규연입니다. 여기 하 공 덕분에 죽을 고비를 넘기고 이렇게 아버님을 뵙습니다."

이 말을 들은 이인미는 하륜의 손을 덥석 잡으면서 고마움을 표했다.

"정말 고맙네. 이 아이를 잃었다면 나도 자진했을 거야. 정말 고마워! 내 어떤 식으로든 이 고마움을 표하겠네. 힘든 일이 있거든 내게 말하게. 뭐든 말해! 내 작은 힘일지언정 온힘을 다해 자네를 돕겠네."

"말씀만으로도 고맙습니다. 어른께서 제 이름자만 알고 계셔주셔도 충분히 감사할 것입니다."

"섭섭한 말씀 마시게! 어려움이 생기거든 꼭 내게 일러주게나."

하륜은 빙긋 웃으며 꾸벅 절을 하고 대문 밖으로 나섰다. 문을 나서면서 고개를 돌려 규연을 다시 한 번 보았다. 규연은 그를 보고 생긋 웃으며 살포시 고개를 숙였다. 하륜은 양 뺨이 뜨끈뜨끈 달아오르는 것을 느꼈다.

　"형님, 감축 드립니다!"

이색의 사숙이 떠들썩해졌다. 이색의 문하에 있는 학생들이 삼삼오오 모여 얘기를 나누고 있었다. 그들 중 활짝 웃으며 기쁨을 감추지 못하는 자도 있었고, 낙담하여 자리에 주저앉은 자도 있었다. 과거시험 당락에 따른 군상이었다. 정도전은 당당히 합격하여 하륜과 이숭인으로부터 격한 축하를 받았다. 좌주(座主, 과거 응시생을 합격시켜준 시험관인 지공거를 가리키는 말. 좌주의 합격생은 문생이라고 하며, 좌주와 문생은 부자관계처럼 끈끈한 관계를 맺었다)는 그의 스승인 이색이었다. 한바탕 홍건적의 난리가 휩쓴 터라 사치스러운 잔치는 벌이지 못했지만 가능한 선에서 하륜은 정도전의 과거 합격을 축하했다. 이숭인도 동참했다.

　"형님, 제 잔 받으십시오. 감축합니다."

하륜이 눈으로 초승달을 그리며 정도전의 잔에 그득히 술을 담았다. 어찌나 많이 따랐는지 넘쳐흘러 정도전의 소매까지 축축해질 정도였다.

　"아, 이보시게. 언제 눈이 멀었는가? 술로 옷을 다 적실 속셈이군!"

장난조로 정도전이 질책하자 하륜은 낄낄 웃으면서 답했다.

　"많이 자시고 선정을 베푸십시오."

정도전도 복수라도 하듯 하륜의 잔에 술을 넘치게 담았다.

　"아, 형님도 참 속이 좁으십니다! 그 속으로 어찌 천하를 담으시려고?"

　"너야말로 소인이로구나! 급제자의 기가 담긴 술잔을 들고 과거에 속히 급제하여 조정을 받들라는 나의 깊은 뜻을 알지 못하는구나."

이에 하륜은 공연히 흥, 하고 콧방귀를 뀌며 그득히 담긴 술을 탈탈 입안에 털어 넣었다. 그것을 보고 정도전도 호탕하게 웃으며 자신의 잔을 한 번에 비워냈다. 그것을 옆에서 지켜보던 이숭인도 킥킥거리며 정도전에게 잔을 내밀었다.

"형님, 저도 한 잔 주십시오. 기 좀 받아서 이 몽매한 아우도 얼른 합격 좀 하게 말입니다!"

스승인 이색도 껄껄 웃으면서 정도전에게 덕담을 건넸다.

"도전이는 초심을 잃지 말고 종묘사직을 보전하고 조정을 융성케 하기 위하여 진력하여라. 그것이 신료의 도리이며 최고의 선(善)이니라. 알겠느냐?"

정도전은 예, 하고 대답하면서도 한마디 첨언을 하였다. 그의 표정에는 방금 전까지 머금었던 장난기라고는 조금도 섞여 있지 않았다.

"물론입니다, 스승님. 하지만 조정에 망조가 들면 어찌합니까? 일개 신료의 힘으로 어찌 하지 못 하는 망조가 들면 말입니다."

정도전의 말에 이색의 표정이 흙빛이 되었다. 목은은 띵, 하는 이명마저 느꼈다. 차가운 기운이 그의 몸을 휩쓸고 지나갔다. 그는 쓴 침을 삼킨 뒤 짐짓 덤덤하게 대답했다.

"군주를 섬기는 신하가 최후까지 버리지 말아야 할 글자 하나, 그것이 무엇인 줄 아느냐?"

정도전은 스승이 원하는 답이 무엇인지 알면서도 대답하지 않았다. 무거운 침묵만이 둘 사이에 흘렀다. 이색이 씹어뱉듯 답했다.

"충(忠). 그것만은 목줄에 칼이 들어올 때까지, 마지막 숨을 쉴 때까지, 눈을 감을 때까지 지켜야 할 최후의 것이다."

"신하가 가장 위하여야 하는 것이 군(君)입니까, 민(民)입니까? 스승님께서 최후의 것을 충으로 짚으시니 스승님의 대답은 군일 것입니다. 허나 제자는 생각이 다릅니다. 신하가 최후까지 지녀야 할 것은 애(愛)입니다. 백성에 대한 사랑이 군주에 대한 충성보다 크고 숭고합니다."

이색은 아무 말도 하지 않았다. 그저 슬픈 눈을 하고 정도전을 바라볼 뿐이었다. 정도전의 눈에 그것은 보이지 않았다.

"오랑캐가 들어와 마구 강산을 짓밟고 백성을 사지로 몰아넣습니다. 관리들은 썩을 대로 썩어 나라는 그들의 배만 불리고 백성은 곯립니다. 땅을 가진 자는 못 가진 자를 핍박합니다. 한 주먹 흙을 경작하는데 세를 거둬가는 자가 셋, 넷, 다섯입니다. 목민관은 그것을 방조합니다. 빛이 없습니다. 하지만 왕재(王才)가 있습니다. 능히 그는 무너져가는 강토를 일으켜 세우고 죽어가는 백성을 위무할 수 있습니다. 그렇다면 어떻게 판단을 해야 합니까? 그 왕재를 택해야 합니까, 버려야 합니까? 무엇이 신하의 길입니까?"

하륜과 이숭인은 그의 열변을 잠자코 듣기만 했다. 이색은 반박하지 않았다. 그는 가만히 일어나 몸을 돌렸다. 한 줄기 땀이 그의 관자놀이를 타고 흘렀다. 한 걸음 내딛는 것만으로도 피로감이 쏟아졌다.

"네가 많이 취한 모양이로구나. 이만 들어가 쉬도록 하여라."

정도전도 저항하지 않고 가만히 일어나 자신의 집으로 돌아갔다. 하륜과 이숭인은 긴장 속에서 잠자코 있을 뿐이었다. 이색은 허공을 바라보았다. 별들이 쏟아질 듯 밤하늘에 박혀 있어야 했지만 그의 눈엔 암흑만이 들어왔다.

'머리 숙이는 신하에 만족하지 않을 것이다. 군주의 스승 노릇을 하려 들 것이다. 도전이에게 군주란 난을 치기 위한 붓이요, 묵이요, 종이에 지나지 않는구나. 잘된다면 태공(太公)의 경지에 미칠 것이나 자칫하면 나라를 통째로 집어삼킬 요물이 될 것이다.'

관 속에 들어간 것처럼 형용할 수 없을 정도의 답답함이 목은을 덮쳤다.

　목은과 정도전이 모두 자리를 떠난 후 하륜도 터벅터벅 무거운 걸음으로 집으로 돌아갔다. 곁에서 지키던 신몽인도 아무 말 하지 않고 그의 뒤를 따랐다. 하륜은 진창 술을 마실 작정이었으나, 고개를 들어 올려다보니 주홍색 노을의 테두리가 조금 남아있는 연보랏빛 하늘이 아직 초저녁임을 알려주었다. 이색과 정도전의 짧은 대화는 하륜에게 심오한 물음을 던져주었다.

　‘스승님이 옳은가, 형님이 옳은가? 군이냐, 민이냐?’

　어려운 문제였다. 그는 설레설레 고개를 저으며 씁쓸한 표정을 지었다. 초저녁의 을씨년스러운 기운이 그의 울적한 심회를 더욱 돋우었다. 파장 뒤 등짐을 잔뜩 진 무거운 몸을 이끌고 돌아가는 장사치들, 잔뜩 흙투성이가 되어 비지땀을 흘리며 한숨을 푹푹 내쉬는 농민들의 군상은 하륜의 마음을 복잡하게 했다. 고개를 푹 숙이고 바닥만 보고 걸어갔다. 신몽인도 그의 복잡한 심사를 알았는지 입을 꾹 다물고 그의 곁을 지키기만 했다.

　“하 공이 아니십니까?”

　익숙한 목소리에 하륜이 흠칫 놀라며 고개를 들었다. 규연이었다.

　“아, 아, 네. 낭자께서 어쩐 일로 이 시각에…….”

　규연은 낮게 웃고는 다소 수줍게 답했다.

　“장을 구경하러 왔습니다만 어리석게도 너무 늦게 나온지라 파장한지 한참이 되었습니다.”

　“하하, 그러셨군요.”

　하륜은 어색한 웃음을 흘리면서 쭈뼛쭈뼛 서있었다. 그는 침묵이 빚어내는 데면데면함이 못 견디게 싫었지만 규연의 앞에서는 하늘 천부터 잇기 야까지 모든 것이 머릿속에서 통째로 소멸하는 느낌이었다.

"헌데 낯빛이 좋지가 않습니다. 안 좋은 일이라도 있습니까?"

갑갑하고 어색한 상황을 탈피하기 위해 변명을 늘어놓고 줄행랑을 놓으려던 하륜은 규연의 질문에 머뭇거리다가 답했다.

"아, 안 좋은 일은요……. 그저 막연히 심회가 쓸쓸하여 그런 것입니다."

"그렇습니까."

규연은 활짝 웃으며 말했다. 화사한 웃음에 아찔할 지경이었다. 무어라 말을 해야 할지 몰라 규연의 입만 쳐다보고 있었다. 그녀는 한동안 우물거리며 하륜의 눈치를 보더니 그를 올려다보며 물었다.

"아직 홍건적의 잔당이 산 속에 숨어서 날이 어두워지면 행인을 해친다는 소식이 파다하더군요. 날이 어둑어둑합니다."

그러면서 시치미를 딱 떼고 호두만한 눈을 이리저리 굴렸다. 그리곤 대동한 계집종을 바라보며 고개를 절레절레 흔들기까지 하며 영 탐탁찮다는 표정을 지었다. 하륜은 작은 소리로 웃고는 그녀에게 말했다.

"암요, 그 야차들이 여태껏 물러가지 않았다는 소식을 저도 들었습니다. 제가 뫼시겠습니다."

이 말에 규연은 빙긋 웃기만 했다. 둘은 나란히 걸었다. 다소 걷는 속도가 느린 규연에게 하륜이 보조를 맞췄다. 그녀가 그를 올려다보며 말했다.

"공께서 꾸는 꿈은 무엇입니까?"

뜻밖의 질문에 하륜이 가던 걸음을 멈추고 그녀를 바라보았다. 규연도 따라서 멈췄다.

"제가 무례한 질문을… 했나요?"

하륜은 웃으면서 고개를 조용히 저었다. 그리고 다시 한 번 하늘을 바라보았나.

"모르겠습니다. 무엇이 옳은지, 무엇을 따라야 하는 것인지. 신하 된 자가 따라야 할 것은 군주일까요, 백성일까요?"

규연은 그를 가만히 응시하더니 다시 발걸음을 사뿐히 옮겼다. 대답을 기다리던 하륜은 앞서가는 규연을 어리둥절한 표정으로 따라갔다. 서둘러 따라오는 하륜을 향해 그녀가 몸을 돌렸다. 그리고 생긋 웃으면서 입을 열었다.

"잘 따라오시네요."

"대답도 하지 않고 쌩하니 가버리시니 당황하였습니다, 낭자."

규연은 잠시간 뜸을 들이다가 고개를 갸웃거리며 말했다.

"질문을 하시기에 소녀는 대답을 한 것입니다만."

하륜은 모르겠다는 표정이었다.

"무엇을 따라야 하냐고 묻지 않으셨습니까. 그때그때 따라야 할 것을 따르십시오. 꼭 군주만을 따라야 한다, 백성만을 따라야만 한다 정해 놓아야만 합니까? 어떨 땐 군주를 따를 수도 있고, 어떨 땐 백성을 따를 수도 있지요. 공자께서도 중용을 취하라 하지 않으셨습니까. 어느 한쪽에 매몰되지 마십시오, 하 공. 정신에만 해롭습니다."

그녀의 말에 하륜은 정신이 아득해짐을 느꼈다. 청량감마저 느껴졌다.

"하하, 낭자, 참으로 귀한 말씀입니다. 제가 지금껏 수학에 정진하고도 그 답을 찾지 못하였습니다만 오늘로써 그 답을 얻었군요. 그러합니다."

"소녀의 생각을 말한 것뿐인 걸요. 좁은 소견에서 나온 것이거늘 하 공과 같은 식견 높은 선비께오서 그리 과한 칭찬을 해주시니 소녀가 몸 둘 바를 모르겠습니다."

하륜은 산뜻한 기분을 오롯이 안은 채 규연을 집까지 데려다주었다.

"감사합니다. 공의 사내종이 투덜거리는 것을 엿들었사온데, 소녀의 집과 공의 댁이 정반대 방향이라고 하더이다. 소녀가 괜한 폐를 끼쳤습니다. 그래도 덕분에 편히 왔습니다. 또 뵙겠습니다."

이렇게 말하며 그녀는 고개를 숙였다. 하륜도 얼떨결에 고개를 숙였다. 그녀가 안으로 들어가고 대문이 닫히자 하륜이 깊은 속에서부터 한숨을 토해냈다. 이를 보고 신몽인이 비실비실 웃으며 외람되게도 주인을 놀렸다.

"지는예 도련님이 임금님 앞에서도 마 깡다구 있게 이기는 옳고 지기는 잘못됐다 이케 막 따지고 들 줄 알았거든예. 오늘 보니 그기도 영 아닌 것 같네예. 양갓집 규수 하나에 요래 휘둘린다 아입니꺼."

하륜은 때리는 시늉을 하며 그의 조롱을 받아쳤다.

"허! 네 녀석은 언제부터 그리 말버릇이 사나워졌느냐. 개성 인심이 사납다더니 벌써 못된 것만 배웠나보구나! 주인 놀려먹는 종놈이 세상천지에 어디 있다더냐. 주인 잘 만난 줄 알거라!"

낄낄거리며 조소를 퍼붓는 신몽인을 애써 외면하고 하륜은 돌아오는 내내 규연의 말을 곱씹었다. 그녀의 답이 명쾌한 것인지, 아니면 그녀를 생각하는 그의 마음이 저절로 유쾌한 것인지 알 수 없었다. 하륜의 입가에 순전한 웃음기가 번졌다.

젊은 정의

1367년(공민왕 16년).

 "하륜을 춘추관 검열(春秋館 檢閱, 역사편찬 기관인 춘추관의 정8품 벼슬)에 봉한다."

 교지를 읽는 관원의 엄숙하면서도 낮게 깔리는 목소리는 임금의 존엄한 뜻을 대신 읊는 데 딱 알맞은 것이었다.

 "삼가 성지(聖旨)를 받들겠나이다."

 하륜은 무릎을 꿇은 채 임금의 교지를 받들었다. 과거에 합격한 이후 받은 첫 번째 관직이었다. 그만큼 품은 바도 컸다. 춘추관 검열의 인(印)을 제수 받고 나서 그것을 탁자 위에 올려놓고 뚫어지게 바라보았다.

 '뒤도 안 돌아보고 수학한 까닭이 무엇이었는가. 과거 공부를 어찌 그다지도 열심히 하였는가. 고작 이 도장 하나를 얻기 위해서 그리 하였던 것이냐.'

 하륜은 고작해야 둘째 손가락만한 직육면체에 시선을 꽂은 채 그것을 집어 들었다. 이것으로 무엇을 할 수 있을까. 재물을 얻고, 권세를 얻고, 명성을 얻을 수 있을 것이다. 하륜은 인을 뒤집어 춘추관 검열이라는 글자가 양각된 면을 바라보았다. 꼬불꼬불하고 어지러웠다.

'하지만 이것이 인의 참모습이지.'

하륜은 그것을 다시 탁자에 세워놓았다. 멋들어진 조각으로 치장된 인의 겉면. 하지만 제아무리 천하명장의 솜씨로 다듬어졌다 해도 그 장식은 인의 유일한 구실, 즉 인주를 지면(紙面)에 묻히는 데서는 아무런 역할도 하지 못한다. 훌륭한 인은 주인을 나타내는 글자만 잘 새겨져 있으면 그만이다.

'관원도 마찬가지다.'

재물을 긁어모으는 재주, 권세를 얻는 재주, 명성을 얻는 재주는 인의 겉면과 같은 것에 불과하다. 조정과 백성을 이롭게 하는 재주, 그것이 관원의 유일한 덕목이며 인의 찍는 면과 같은 것이다. 21세, 혈기 넘치는 나이에 조정에 등용된 하륜은 마음속으로 관원의 본분을 되새기며 선정을 다짐하였다.

✳

"신임 검열 하륜이라 하옵니다. 많이 가르쳐주시고 꾸짖어주십시오."

하륜은 등청 첫날 관원들이 삼삼오오 모여 있는 틈을 비집고 들어가 꾸벅 절을 하며 아뢰었다. 그러나 그를 바라보는 관원들의 눈길은 싸늘했다. 무리 중 하나가 게슴츠레한 눈으로 그를 바라보며 조롱조로 말했다.

"좌주가 초은(樵隱, 이인복의 호) 대감이시라지?"

이 말에 하륜은 으레 안부를 건네는 것이겠거니 하며 고개를 끄덕여 그의 질문을 긍정했다. 물정 모르고 동그란 눈을 껌뻑거리며 고개를 끄덕거리는 그의 모습에 관원들이 킥킥 웃었다. 그들은 잔뜩 배를 앞으로 빼고

거만하게 뒷짐을 지며 비웃음을 머금었다. 하륜에게 좌주가 초은이냐고 물은 자는 소매를 휙 저으며 불쾌하다는 듯 말했다.

"에이, 시답잖은 자의 문안을 들었더니 기분이 좋지 않소이다! 옛날 허유(許由)는 듣기 싫은 말을 듣고 영수(潁水)에서 귀를 씻었다고 하던데, 나는 어딜 가서 귀를 닦아야 하오? 핫핫핫핫."

천박한 목소리로 떠들어댄 우스갯소리에 같이 있던 관원들이 배를 부여잡고 낄낄거렸다. 하륜은 참을 수 없는 모욕감을 느낌과 동시에 어째서 저들이 자신을 조롱하는지 알 수가 없었다. 그래서 더욱 답답한 마음에 부아가 치밀어 올랐다. 출사하여 처음으로 관원들에게 문안을 올렸는데 이렇게 초장에 자존심이 짓밟히니 눈물마저 핑 돌았다. 이 답답한 심사를 풀어놓을 대상은 정도전밖에 없었다. 퇴청 후 하륜은 그 억울한 사연을 정도전에게 털어놓았다. 술 한 잔을 입에 탈탈 털어 넣고 울음기에 잔뜩 벌게진 눈으로 정도전에게 하소연하듯이 물었다.

"형님, 어찌하여 저들이 나를 조롱했을까요? 제가 무슨 죄를 지었습니까?"

이를 듣는 정도전의 표정은 덤덤했으나 착잡함이 묻어나왔다. 그도 술잔을 들어 훌쩍 넘기고는 가라앉은 목소리로 그를 달래듯 대답하였다.

"그것이 관원들의 생리이다. 알고 보면 참으로 관원 집단이란 것은 더럽고 비열하고 치사한 것이야. 저들이 너를 왜 조롱했냐고? 네가 무슨 죄를 지었냐고? 그 까닭을 일러주마. 저들 기준에선 너는 천출(賤出)이다, 천출. 네 좌주가 누구시더냐?"

정도전의 물음에 하륜이 잔뜩 부은 목소리로 답하였다.

"초은 이인복 대감이 아닙니까."

"그것이 네 죄다."

"대체 무슨 말씀이십니까? 좌주가 초은 대감인 것이 죄라니요!"

잔뜩 억울한 표정을 지으며 하륜이 울듯이 묻자 정도전이 쓴 입맛을 다시며 답을 해주었다.

"좌주에게 권세가 있느냐 없느냐에 따라 조정 내에서 네 가치가 갈리는 것이다. 물론 초은 대감이야 훌륭한 분이지. 하지만 너도 알다시피 별다른 권세를 지니지 않은 분이 아니더냐. 힘이 없는 분이시다. 권세와는 거리가 멀어. 그래서 초은 대감을 좌주로 둔 문생들은 으레 업신여김을 받는 것이다. 권신을 좌주로 둔 문생들은 나름대로 무리 지어 다니면서 저들끼리 권력을 나눠먹는다. 힘없는 초은 대감을 좌주로 둔 너는 과거에 합격했을 때부터 저들의 조롱을 받게 되어 있었던 것이다."

그 말을 들은 하륜은 온몸이 꽉 조여드는 느낌이 들었다. 관료들 사이에 파벌이 있다는 것은 익히 들어 알고 있었지만, 이렇듯 좌주의 권세가 미미하다는 것만으로 도가 넘는 경멸을 받으리라고는 생각도 못 하였다. 가슴 깊은 곳부터 뜨거워지더니 온몸으로 뜨거운 기운이 퍼져 맴돌았다. 한숨을 내뱉어도 그 열기는 가실 줄을 몰랐다. 몸이 화끈화끈하게 달았다. 통증마저 느껴지는 듯했다. 울컥, 눈앞이 아른거리면서 시야가 희미해졌다. 정도전도 고개를 돌리고 눈물 섞인 한숨을 쉬었다. 한동안 둘은 말이 없었다. 백성을 위해 한 몸 불사르자, 호기롭게 다짐하며 이제 갓 조정에 첫발을 들인 초짜에게 한여름 땡볕에 푹 익은 인분처럼 역한 냄새를 풍기는 조정의 생리와 맞닥뜨리게 된 것은 견디기 힘든 시련이었다.

✽

술을 거나하게 취하도록 마시고 정도전과 헤어졌다. 그도 하륜에게 마땅한 위로를 해주지 못하였다. 취기가 올라 걷기가 다소 곤란하였다. 갈지자걸음으로 하염없이 걸었다. 흙길만을 바라보고 정처 없이 걸었다.

그러다가 초봄의 쌀쌀한 바람이 뺨을 스치고 지나가자 문득 고개를 들었다. 그때 그의 눈에 들어온 것에 하륜은 피식하고 자조적인 웃음을 지었다. 이인미의 집이었다.

“어휴, 이 한심한 인사야. 하하하.”

절로 머쓱해져 머리를 긁적이며 막 걸음을 돌리는데 뒤에서 그리던 목소리가 들려왔다. 그녀의 목소리에 부끄러워지면서도 괜스레 마음이 흐뭇했다.

“하 공께서는 멀리까지도 산보를 나오십니다.”

하륜은 다시 몸을 돌려 그녀를 바라보았다. 멋쩍은 기운에 손을 어디에 둘지를 몰랐다. 하륜은 입에서 나오는 대로 둘러댔다.

“삼봉 형님과 술잔을 기울이다보니 다소 취기가 올라 밤바람을 좀 쐬려고 하였습니다만, 꽤나 멀리까지 와버렸군요.”

“그러셨습니까.”

규연은 빙긋 웃으면서 그에게로 천천히 다가갔다. 이에 하륜은 더욱 시선 둘 곳을 몰라 하며 애꿎은 갓끈만 만졌다. 그녀는 머리 하나는 더 큰 하륜을 올려다보면서 사근사근한 목소리로 말했다.

“하 공, 이렇게 뵈니 좋습니다.”

이 말에 하륜은 숨이 막힐 지경이었다. 그는 침을 꿀꺽 삼키곤 어색한 웃음을 지으며 대답했다. 최대한 여유롭게 보이려 헛기침을 하고 억지미소를 짓는 것이 스스로도 여간 우스운 것이 아니었다.

“하하, 그, 그렇습니까. 저도 낭자를 뵈니 좋군요.”

“예까지 오셨는데 차라도 한 잔 들고 가시지요.”

뜻밖의 제안에 하륜은 우물거리기만 했다. 규연은 그의 소매를 잡고 이끌어 반강제로 그를 대문 안으로 끌고 들어갔다. 대문이 거듭 열렸다

닫히니 사랑에 있던 이인미도 나와 보지 않을 수가 없었다. 에헴, 헛기침을 하곤 양반의 위의를 갖추며 뒷짐을 진 채 대청으로 나서니 예상치 못한 인사가 있었다. 그는 토끼눈을 하며 다소 놀란 목소리로 물었다.

"아니, 하 공 아니야. 이 야심한 시각에 무슨 일인고?"

뭐라 답을 할지 몰라 눈알만 굴리는 하륜 대신 규연이 나서서 답을 해 주었다.

"술을 한 잔 하시고 밤기운을 좀 쐬고 계시던 것을 소녀가 억지로 끌고 들어왔습니다."

"허허허, 그랬느냐. 하 공은 괜찮다면 사랑에 들지. 차나 한 잔 하고 가시게."

그의 권유를 뿌리칠 이유가 없었다. 하륜은 가볍게 고개를 숙여 예를 표하곤 이인미를 따라 사랑으로 들어갔다. 이인미는 규연에게 다과상을 내오라 엄숙히 명하곤 뒷짐을 풀지 않은 채 사랑 안으로 들어갔다. 큰 키 탓에 고개를 숙여 사랑 안으로 들어가는 이인미를 뒤따라 들어가니 뜻밖의 인물이 앉아 있었다. 그의 좌주 이인복이 차를 들이키고 있었다.

"아니, 좌주께서 어인 일로……."

하륜이 어안이 벙벙한 표정으로 묻자 이인복이 헛웃음을 지으며 되물었다.

"아우의 집에 형이 들르지도 못한단 말인가."

이인복과 이인미는 동기간이었다. 그걸 새삼 깨닫고 나니 터무니없는 질문을 했다는 생각에 얼굴이 화끈거리기까지 했다. 하륜은 얼른 자신이 온 연유를 밝혀 부끄러운 질문을 한 뒤탈을 수습했다.

"바람을 좀 쐬려고 산보를 하였는데 예까지 오게 되어서 염치없지만 차나 한 잔 얻어 마시려고 들어왔습니다."

이 말에 이인복은 별 표정 변화 없이 고개를 끄덕였다. 하륜은 침을 꼴 깍 삼키며 가장 낮은 자리에 앉았다. 이인복은 어깨가 축 늘어지고 낯빛이 흐린 하륜을 바라보고 물었다.

“무슨 걱정이라도 있나?”

“아, 아닙니다, 좌주 어른.”

이인복은 고개를 돌려 차를 한 모금 머금더니 고개를 돌린 채로 담담하게 말했다.

“자네 표정이 말해주는 것을……. 무슨 일인가?”

하륜은 후우 한숨을 내쉰 뒤 모든 것을 털어놓았다. 그 걱정의 뿌리에 이인복이 있으니 사실대로 고하는 것이 꺼려지기도 했지만, 그라면 자신의 심정을 알아주고 최소한 위로라도 해줄 것 같았다. 사연을 들은 이인복의 표정도 썩 좋지는 않았다. 들릴 듯 말 듯 짧은 한숨을 내쉬었다.

“잘 듣게, 하 검열. 물론 자네가 업신여김을 받는 근본적인 이유는 나에게 있네. 그 점은 아주 미안하게 생각해. 하지만 그걸 핑계 삼아 이대로 주저앉아 버린다면 난 자네에게 아주 크게 실망할 걸세. 내가 자네를 왜 과거에 급제시킨 줄 아는가? 자네는 능히 이 나라 조정을 이끌어갈 만한 재목이기 때문이야. 나는 지공거로서 여태껏 수많은 관원들을 뽑아왔네. 그들도 모두 자네와 같은 취급을 받았어. 권세를 가지지 못한 못난 좌주 탓에 문생들도 꿔다놓은 보릿자루 취급을 받았단 말일세. 그 가운데 그걸 이기지 못하고 괴로워하다가 관직생활을 그만둔 자도 부지기수지. 크게 기대하지 않았던 자들은 견디지 못해 사직해도 내가 썩 아쉬워하지 않네. 하지만 자네는 달라. 근래 조정에 출사한 자들 중 나는 세 명을 눈여겨보고 있네. 정몽주, 정도전, 그리고 자네야. 이 셋은 능히 혼자서도 조정을 이끌어갈 수 있는 인재야. 셋 가운데 내 문생은 자네 하나지. 그래서 나는 자네를 아주 각별하게 생각하고 있네. 부탁 겸 충고를 하겠네. 견디게. 하잘 것 없는 놈들이 주는 눈총에는 신경 쓰지 말게. 묵묵히 앞만 보고 걸어가. 그러면 길이 보일 걸세. 자네는 능히 그럴 수 있는 인물이야.”

“도전 형님도, 스승님도, 좌주께서도 저보고 재상에 임용되어 능히 나라를 이끌어갈 인재라고 합니다. 그 말에 물론 어깨가 으쓱해지기도 하지요. 하지만 솔직한 심정으로, 제가 재상감이라는 것을 저 자신이 신뢰하지 못하겠습니다. 제가 어찌 감히 정몽주, 정도전, 그 쟁쟁한 이름들 사이에 낄 수가 있습니까?”

거의 항변에 가까운 토로였다. 이인복은 무거운 침묵을 지키다가 엄숙한 목소리로 말했다. 그의 눈빛은 곧장 하륜의 눈을 향했다. 피하기 어려울 정도로 중압감이 있었다. 그것은 그만큼 그가 진실된 말을 하고 있다는 것을 방증했다.

“길게 말하지 않겠네. 자네의 성정과 식견이 재상 자리에 적합하네.”

하륜은 그의 말을 듣고도 잠자코 있었다. 그러다가 가만히 고개를 들어 이인복의 표정을 보았다. 허투루 하는 소리가 아니라 진심이 담긴 말이란 것을 그의 표정이 말해주었다. 하륜은 고개를 끄덕였다.

“알겠습니다. 견디겠습니다. 좌주께서 주신 믿음을 지키겠습니다.”

이 말에 이인복은 잠깐 미소를 띨 뿐이었다. 곁에서 지켜보던 이인미도 흡족한 표정을 지었다. 그때 규연이 다과상을 들고 사랑에 들었다. 상을 올리고 막 물러나려는 찰나에 이인복이 그를 붙잡았다.

“규연이는 잠시 거기 앉거라.”

뜻밖의 주문에 이인미가 물었다.

“아니, 형님. 무슨 연유로요?”

이인복이 하륜을 바라보며 입을 열었다. 그가 무슨 말을 할 것인지를 하륜은 대충 예상했기 때문에 다시금 얼굴이 뜨거워졌다. 어깻죽지가 움찔움찔했다.

"자네 혼기가 찬 걸로 알고 있는데, 그렇지?"

이 말에 하륜은 규연의 눈치부터 살폈다. 솔직한 심정으로 이인복의 말은 하륜에게 큰 힘이 되는 것이었다. 내심 마음에 담아두고 있던 그녀를 그의 말 한마디로 얻을 수도 있게 되는 것이었다. 가장 걸리는 것이 그녀의 의중이었다. 지금까지 서로 대면해오면서 그녀가 하륜에게 싫은 내색을 하지 않고 다정하게 굴었지만, 혼사는 엄연히 다른 차원의 얘기이기 때문이었다. 곁눈질로 규연의 표정을 보았지만 그 속내를 알 수가 없었다. 고개를 다소곳이 숙이고 가만히 있을 뿐이었다.

먼저 나선 것은 이인미였다. 그는 싱글벙글한 표정이었다. 그는 이인복의 제안을 아주 기꺼워했다. 그도 그럴 것이 형님인 이인복은 항상 하륜이 천하를 경영할 인재라면서 침이 마르도록 칭찬해왔기에 하륜에 대해 좋은 생각을 지니고 있기 때문이었다. 꼭 그것이 아니더라도 추위에 얼어 죽을 뻔한 여식을 구해준 것도 하륜이니, 대찬성이었다.

"형님, 아주 좋은 말씀이시오. 둘이 마음만 맞는다면 이보다 더 보기 좋은 부부도 없지. 자, 하 공, 어떻게 생각하시는가?"

하륜은 애먼 웃음을 지을 뿐이었다. 이인미는 그의 어깨를 툭툭 치면서 호탕하게 웃었다.

"핫핫핫핫! 좋게 생각한다 이거지? 자, 규연아 네 생각은 어떠하냐. 하 공 정도면 우리 집안엔 과한 인재가 아니니?"

그녀의 반응은 하륜의 그것과는 사뭇 달랐다. 의사 표시가 확실했다. 나긋나긋한 목소리였지만 그 뜻은 분명했다.

"그간 하 공이 제게 마음을 줄 듯 말 듯하여 참으로 알 수가 없었습니다. 하 공께서 좋다고 하신다면 소녀는 기쁠 것입니다.”

할 말은 다 해놓고 무엇이 부끄러운지 그녀는 고개를 푹 숙이며 얼굴을 붉혔다. 그 모습에 퍽 귀여운 구석이 있어 하륜은 절로 미소를 머금었다. 이인미는 둘을 번갈아 보며 연신 익살스런 표정을 지었다. 그리고 이인복을 향해 터져 나오는 웃음을 억누르며 말했다.

“형님께서 아주 큰일을 하셨습니다! 이렇듯 선남선녀를 잘 묶어주셨습니다, 그려!”

이인복도 너털웃음을 웃었다.

“허허허, 이제 보니 서로가 서로를 썩 마음에 두고 있었구먼, 그래. 아주 흡족하네.”

순간적으로 두 남녀의 눈이 마주쳤다. 하륜은 서둘러 눈을 내리깔고 얼굴을 붉혔다. 가뜩이나 흰 피부에 번진 홍조는 남에게 들키기에 딱 알맞았다. 그것을 보고 이인미는 뭐가 그리도 좋은지 낄낄거리면서 하륜의 등을 팡팡 두들겼다.

“사내는 고개를 들고 살아야 되는 걸세!”

✳

하륜과 규연은 방에서 나와 뒤뜰을 함께 거닐었다. 한창 매화가 만발했다. 갖은 봄꽃들이 핀 뒤뜰은 장관이었다. 환한 달빛을 받아 밤중에도 꽃들은 제 빛을 발했다. 한참을 아무 말 없이 걷다가 규연이 발걸음을 멈추더니 하륜을 올려다보며 말했다.

“하 공.”

“네.”

담대해지자, 담대해지자, 맘속으로 그리 되뇌었건만 마구 다듬이질을 하는 심장의 박동을 막을 수가 없었다. 할 수 있는 것이라곤 잔뜩 긴장한 심정을 그녀에게 들키지 않기 위해 갖은 거짓 여유로 표정을 꾸미는 것이었다.

"백부님의 말씀으로 인연이 맺어지긴 하였사오나 소녀는 아직도 하공의 입으로 제게 마음이 있다고 하시는 말씀을 듣지 못하였사옵니다. 정말로 제게 마음이 있다면 직접 말씀해주시지 않겠습니까."

절로 침이 목구멍을 타고 넘어갔다. 심장의 다듬이질 소리가 천리 밖에서도 들릴 지경이었다. 하륜의 입이 열린 것은 규연이 한 번 더 같은 청을 한 뒤였다. 그는 간신히 용기를 내어 그녀의 손을 덥석 잡으며 나지막이 말했다.

"연모합니다, 낭자."

짧은 한마디에 규연은 환하게 웃었다. 지금까지 그녀의 많은 웃음을 봐왔지만 지금처럼 환히 웃는 것을 보기는 처음이었다. 마음속에서 맴돌던 그 한마디를 마침내 내뱉으니 후련하면서도 얼굴이 화끈거렸다. 그녀는 그의 품속으로 달려들어 그를 꼭 껴안았다. 급작스런 접촉에 당황하던 하륜도 이내 부끄러운 미소를 지으며 그녀를 안았다. 밝은 달빛이 그들을 비춰 사랑을 앙축했고, 봄날의 꽃향기가 둘을 둘러싸고 그들의 사랑을 비호했다.

✳

이인미는 화통한 성격을 택일에서도 여과 없이 드러냈다. 그는 쇠뿔도 단김에 빼야지 하며 가까운 길일을 택했고, 서둘러 둘의 혼례를 치렀다. 그만큼 이인미가 제 여식이 한시바삐 지아비를 두기를 바랐다는 것이기도 하였고, 하륜에 대해 흡족해하고 있다는 방증이기도 하였다. 예상을 뛰어넘는 신속함에 하윤린도 껄껄 웃으면서 놀라워할 정도였다.

"암, 사돈의 말씀이 지당하시지. 쇠뿔도 단김에 빼야지, 핫핫핫. 저런 재색을 겸비한 규수라면 서둘러 집안에 들이고 싶기도 했고 말이야.”

정도전도 둘의 결혼을 진심으로 축복해주었다. 그는 결혼 전날 하륜, 이숭인과 가진 술자리에서 익살스럽게 농담을 건넸다.

“이제 해방이군, 해방이야! 륜이 이놈이 술상을 앞에 두고 신세한탄 하는 것을 이제 더는 듣지 않아도 되니 말이야! 하하하.”

이숭인도 정도전의 장난을 거들었다.

“형님의 말씀이 지당하십니다! 아, 이제 술맛 뚝 떨어지는 얘기는 모두 제수씨가 도맡아 듣게 되었습니다, 그려.”

“아, 남의 혼삿날에 오셔서 하시는 말씀들 하고는! 술이나 자시고 썩 물러가십시오, 들!”

하륜의 짜증에도 정도전은 아랑곳하지 않은 채 오히려 더욱 낄낄거리면서 하륜을 놀려댔다.

“암, 암, 물러나고말고! 자네가 오늘 밤을 지새우며 할 일이 많을 터이니!”

이 말에 하륜의 얼굴이 사과만큼 붉어졌다. 그것을 보고 정도전과 이숭인은 또 익살스럽게 웃어댔다. 잔뜩 몸이 달아 머리를 좀 식히려고 문을 발칵 열고 나가니 이제는 종놈마저 낄낄거렸다. 신봉인이 속으로 웃음을 끅끅 참고 있는 것이 눈에 훤히 보였다. 하륜은 헛웃음을 터트렸다.

✳

확실히 안살림이 든든해지니 밖에서 자신감이 붙었다. 좌주 이인복의 조언 겸 격려도 하륜에게 힘이 되었다. 이제 관리 나부랭이들이 파벌을 지어 자신을 업신여기고 대놓고 망신을 주어도 고개를 빳빳이 들고 다닐 만큼 하륜도 나름 뻔뻔해졌다.

“이봐, 하 검열, 자네 외조모가 천출이라며? 어쩐지 춘추관 안에서 돼지 똥내가 진동을 하더니 자네 소행이었군!"

이런 식의 조롱은 이제 예사가 되어 하륜도 한 귀로 듣고 한 귀로 흘릴 정도가 되었다. 피붙이를 걸고넘어지는 아주 비열하고 치졸한 조롱이었지만 하륜은 담담히 넘겼다.

권세가를 좌주로 둔 관료들은 그 패악이 극악무도했다. 자파에 속하지 않은 관료들을 조롱하고 심한 경우에는 손찌검마저 일삼는 왈패 짓거리는 사실 가벼운 정도의 패악이었다. 저들의 폐해는 바로 정치적인 것에 있었다. 인사를 담당하는 상서이부(尙書吏部)를 휘어잡고 전횡을 일삼아 조정의 알짜배기, 노른자위 자리를 저들끼리 나눠먹는가 하면 매관매직을 하여 구린내 풍기는 돈을 뒷방에 쌓아놓고 저들끼리 배를 불리는 것이었다. 그런 권신 중심 관료조직의 기득권 사수를 위한 단결은 누구도 깨기 어려울 만치 단단해보였다. 그 경계 안에 들지 못한 자들은 모두 에이 더럽다, 한탄하며 침 한 번 뱉는 것밖엔 달리 방도가 없었다.

권세가들의 발호는 정도가 지나쳐 토지를 겸병하고 백성을 못살게 핍박하며 군권(君權)마저 크게 침해하는 지경에 이르렀다. 임금은 저들의 결속을 깨트릴 필요를 느꼈다.

"환부에 흙이 잔뜩 묻었다면 약을 쓰기 전에 깨끗한 물로 그것을 닦아내야 한다."

임금이 선택한 깨끗한 물은 밖에서 끌어들인 승려였다. 그의 법명은 편조(遍照)였다. 승려였지만 생긴 것은 꼭 기생오라비같이 피부가 희고 입술이 붉었으며 머리를 길게 길러 비녀를 지른 쪽진 머리를 하고 있었다. 출신성분조차 불분명한 그를 재상의 위에 세우니 그야말로 파격인사였다. 임금은 청한거사(淸閑居士)라는 칭호를 주고 그를 가까이 하기 시작했다. 그를 국사로 여겼으며 수정이순논도섭리보세공신 벽상삼한삼중

대광 영도첨의사사사 판중방감찰사사 취산부원군 제조승록사사 겸 판서
운관사(守正履順論道燮理保世功臣 壁上三韓三重大匡 領都僉議使司事
判重房監察司事 鷲山府院君 提調僧錄司事 兼 判書雲觀事)라는 긴 관직
을 내렸다. 관직명이 긴 만큼 그 권세 또한 막대한 것이었다.

편조가 등용된 것에 대한 조정의 반발은 불 보듯 뻔한 일이었다. 권세
를 가졌건 가지지 못했건 간에 임금이 어디서 굴러먹었는지도 모를 요승
하나를 데려와 백관의 으뜸으로 세우니 밸이 꼴리지 않을 수가 없는 일이
었다. 임금의 측근이자 현명한 신료로 꼽히는 이제현(李齊賢)도 완강하
게 편조의 등용을 반대하고 나섰다.

"상(上)께서 내리신 이번 교지는 불가한 것입니다. 편조는 출신도 불
분명할 뿐 아니라 신료들의 으뜸으로서 국정을 잘 수행해나갈지도 알 수
없는 일이옵니다. 어찌 상의 충성된 신하로서 이에 찬동할 수가 있겠사옵
니까. 신 이제현, 돈수백배하고 아뢰옵니다. 부디 명을 거두어주시옵소
서."

누에 같은 흰 눈썹과 잔뜩 굽은 허리, 심연과도 같은 눈에서 뿜어져 나
오는 안광은 척 보기에도 그가 뭇 신료의 좌장임을 명백히 알려주었다.
노신의 완강한 반대에 다른 백관도 그를 따라 몸을 굽히며 후창(後唱)했
다.

"부디 명을 거두어주시옵소서!"

백관이 불가를 외치는 소리가 편전을 쩌렁쩌렁 울렸다. 이제현이 한
번 더 아뢰었다. 그는 걸레를 꽉 비틀 듯 목청을 짜내어 낼 수 있는 한 큰
소리를 내었다. 그만큼 강력한 반감을 드러내고자 한 것이었다.

"과거와 음서를 통해 백관을 선발하라는 것이 선왕의 완고한 뜻이었
습니다. 그 까닭을 상께선 되새기소서. 그 뜻이 나라를 경륜할 만한 인재

를 뽑을 유일한 방책이기 때문입니다. 재야의 선비도 아닌 저잣거리의 요승이라니요! 또한 그의 골상(骨相)이 흉인(凶人)의 것이오니 결코 아니 되옵니다, 전하!"

"아니 되옵니다, 전하!"

임금은 손으로 머리를 짚었다. 포기할 마음은 추호도 없었다. 이미 이 정도의 반발은 그의 계산에 들어있었다.

"벌족(閥族) 세신(世臣)은 친당(親黨)의 뿌리가 서로 얽혀 있고 신진(新進)은 이름이나 낚으며 유생은 여리고 나약해 굳세고 용맹스러운 기질이 적은 데 비해, 편조는 도(道)를 얻고 욕심이 적으며 미천해 친당이 없으므로 큰일을 맡겨도 소신껏 국정을 살필 수 있을 것이다. 과인의 뜻은 이미 굳었으니 경들은 더 이상 왈가왈부하지 마라."

임금은 그대로 용상을 박차고 나가 강행할 뜻을 분명히 했다. 그는 자신의 뜻을 관철시켰고, 마침내 편조를 조정의 중심부에 진입시켰다. 임금은 그에게 거의 전권을 맡기다시피 하여 자신의 뜻을 추진하게 하였다. 그가 막대한 권세를 얻자 중국에서는 그를 권왕(權王)이라고 불렀다. 권력의 냄새 하나는 기가 막히게 잘 맡는 백관들도 반대하던 태도를 뒤집어 이제는 편조를 영공(令公)이라고 부르며 받들었다.

편조, 속명은 신돈(辛旽)인 그는 영도첨의사사사로서 임금의 뜻을 대리하여 조정의 폐단을 바로잡는 일에 정력적으로 나섰다. 그 개혁의 상징은 전민변정도감(田民辨正都監)이었다. 억울하게 땅을 빼앗긴 백성을 구제하는 일을 주된 업무로 하는 관청이었다. 한마디로 귀족들이 거머쥔 부당한 권력의 원천인 토지겸병의 혁파를 겨냥한 기관이었다. 신돈의 정치적 경륜이나 능력은 그다지 뛰어나지 않았다. 하지만 그런 만큼 투박하면서도 강력하게 개혁을 끌어갈 수 있었다.

신돈에 대한 세간의 평가는 극과 극으로 엇갈렸다. 땅을 쥐고 있는 자들에게 신돈은 때려 죽여도, 갈아 마셔도 시원찮을 자였다. 부당한 것일지언정 손아귀에 쥐고 있던 것들을 억지로 빼앗아 아랫것들에게 나누어 주니 그렇게 여길 법도 하였다. 이와 반대로 백성에게는 신돈이 자애로운 문수보살(文殊菩薩)의 현신이었다. 신돈의 행보는 하륜, 정도전, 이숭인이 모여서 술자리를 가질 때 좋은 안주거리가 되어주었다.

"영공을 중심으로 판이 새로 짜이고 있습니다. 형님, 영공의 천하가 얼마나 가겠습니까?"

이숭인이 정도전에게서 시선을 떼지 않은 채 술을 훌쩍 넘기며 물었다. 이에 대한 정도전의 반응은 미온적이었다.

"잘 모르겠구나. 지금 영공의 힘이 굉장히 강한 것 같지만 또 한편으로는 달걀을 쌓아놓은 듯 위태롭다."

"형님도 그를 영공이라 부르고 있질 않습니까? 원조(元朝)에서는 그를 권왕이라고 부른답니다. 이만하면 철옹성과 같은 권세가 아닙니까. 어찌 위태롭다고 보십니까?"

이 말에 정도전은 빙긋 웃으면서 하륜을 바라보았다. 그의 시선에 대신 말해보라는 의중이 담겨 있었다. 하륜은 가볍게 고개를 끄덕이며 입을 열었다.

"지금 영공의 권세가 어디서 비롯된 것인지를 봐야지. 바로 전하로부터란 말야. 뿌리를 박고 일어선 나무가 아니라 한갓 나뭇가지에 붙어있는 잎 같은 신세지. 바람이 세차게 불거나 가을이 되어 가지가 잎을 떨어트릴 때가 오면 그런 잎이야 맥없이 떨어지지 않겠나."

"륜이의 말이 옳다. 게다가 영공 본인의 역량도 하찮아. 조정에 발 한 번 디뎌보지 못한 인물이고, 경국(經國)과는 거리가 멀어. 일단 전하의 위의를 업고 무지막지하게 나가겠지만, 글쎄다, 어떻게 될지는 하늘만이 아는 일이겠지."

정도전은 이렇게 말하고 한동안 뜸을 들이더니 몇 마디 말을 덧붙였다.

"하지만 신돈의 자리에 더 경륜 있는 자가 앉는다면 그것은 퍽 훌륭한 일이 될 게다."

무심결에 듣고 있던 이숭인이 정도전이 한 말 중에서 이 한마디를 석연찮은 부분으로 잡아냈다.

"무슨 말씀이십니까?"

"재상, 강력한 재상 말이다. 유능하고 나라를 제대로 다스릴 줄 아는 재상에게 강력한 힘을 주는 것이 내가 꿈꾸는 이상이다."

이 말에 이숭인의 얼굴에 긴장한 기색이 역력했다. 정도전은 지난날 이와 비슷한 발언으로 한바탕 스승인 이색과 대립각을 세운 바가 있었다. 그때에는 나라에 망조가 들면 마땅히 임금을 폐하고 왕재를 옹립해야 한다고 하더니, 지금은 강력한 재상을 이상이라 말하고 있는 것이었다. 이숭인의 타는 마음을 아는지 모르는지 정도전은 제 할 말만 계속해서 늘어놓았다.

"항상 어진 임금만 나올 수 있다더냐? 지금껏 흘러온 역사를 보아라. 명군이 한 번 나오면 암군은 두 번 나왔다. 시대의 삼분지 일은 어진 정치 아래서 살고 삼분지 이는 어두운 정치 아래서 사는 것이다. 그렇다면 이를 어찌 타개해야 하느냐? 바로 어진 재상을 등용하여 그에게 왕과 같은 권세를 주는 것이다. 그렇게 하면 천세가 공히 평안할 것이다."

이 말에 하륜과 이숭인은 입맛만 다실 뿐 별다른 반응을 보이지 않았다. 둘은 속으로 차라리 하지 않는 것이 좋았을 말이라고 생각했다. 정도전은 가볍게 웃어보이곤 거푸 술잔을 입에 가져갔다. 셋 사이에 전에 없던 어색하고 다소 스산한 기운이 지나갔다.

✳

2년이 지났다. 1369년(공민왕 18년). 하륜은 그 전년에 22세의 나이로 정6품 사헌부 감찰규정(司憲府 監察糾正)에 임용되었다. 사헌부는 관리들에 대한 감찰을 주 업무로 하는 관청이었고, 그 감찰규정은 나름대로 조정에서 입지를 다질 수 있는 자리였다. 불과 스물두 살에 사헌부의 요직에 오른 만큼 그때 하륜이 품은 생각도 컸다. 사헌부로 승급하기 전에는 역사편찬이 주 업무인 춘추관에 있었는데, 거기에는 공공연한 차별이 있었기에 별다른 실적을 내지 못했다. 이제는 상대적으로 발언권이 큰 사헌부로 이직한 만큼 관리로서 소임을 다할 작정이었다.

하륜이 감찰규정에 임명된 때에도 해는 신돈의 천하에서 떠서 신돈의 천하로 졌다. 여전히 같은 사람이 쥐락펴락하는 나라였다. 그러나 그 상황은 퍽 달라져 있었다.

"청수(淸水)가 흘러 들어와 봤자 한자리에서 맴돌이 하면 그 역시 썩기 마련이다."

신돈도 별 수 없었다. 결국 그도 기성 관료들과 같이 타락하고 말았다. 퀴퀴한 악취가 몰칵몰칵 올라오는 탐욕의 화신이 되고 말았다. 신돈 자신은 변하지 않았는지도 몰랐다. 신돈이 변하지 않은 것이라면 권력의 향기를 맡고 꼬여들어 그를 둘러싼 벌이나 나비와 같은 자들이 그의 수족을 묶고 자신들의 의지를 그에게 불어넣은 것이 분명했다. 곧 낙엽이 되어 떨어질 잎일지언정 조금이라도 나라의 환부를 고쳐줄 것이라는 기대를 그에게 걸었던 하륜의 실망은 문수보살의 현신이라며 그를 떠받들던 백성의 실망만큼이나 컸다. 신돈은 그 자신이 타도하고자 했던 자들의 악습을 그대로 이어받았다. 뇌물을 받고, 제 당여를 중용하고, 토지를 무단으로 빼앗고, 여염집 아녀자를 함부로 취했다. 관료집단에 소속되어 있으면서도 내심 그가 정의의 철퇴를 내려쳐주리라 기대를 걸었던 소장파 관료들은 그대로 주저앉았다.

✴

"자, 자, 오늘은 내가 대접하는 것이니 마음껏 들도록 하오!"

신돈은 곧잘 관료들을 모아놓고 연회를 열곤 했다. 지지기반이 없는 신돈은 신진 관료들을 권력 유지의 주춧돌로 삼고자 했다. 그는 기존 권문세족의 토지를 빼앗음으로써 그들과 대립각을 세웠는데, 임금의 지지만으로는 그들에게 제대로 맞설 수가 없었다. 그래서 택한 것이 신진 관료들이었다. 정도전과 하륜도 대상이었다. 그 일환으로 신돈은 성균관(成均館)을 설립해 젊은 학사들을 육성하였고, 자주 연회를 열었다. 하륜도 한동안은 고사하다가 신돈이 어떤 사람인지 겪어보기 위해 이숭인을 대동하고 연회에 참석했다. 고려에서 제일가는 권신이 주최한 연회인 만큼 사치스런 격이 임금의 연회에 버금갔다. 평소에 듣기만 했지 전혀 보지는 못했던 진귀한 진미들이 상 위에 그득하였다. 신돈은 승려를 자칭하면서도 우악스럽게 고기를 뜯으면서 제신을 향해 말했다. 안 그래도 번들번들한 입술이 비질비질 흐르는 기름으로 더욱 윤기가 흘렀다.

"제공은 나를 어찌 생각하시오?"

이 질문에 뭇 신료는 입을 다물고 서로를 바라보기만 할 뿐이었다. 상투적인 물음이었지만 권력의 정점에 서있는 사내의 입에서 나오니 그 무게가 깃털에서 납덩이로 바뀌었다. 대답 여하에 따라 그 자리에서 목이 쏙싹 날아갈 수도 있었고, 잘만 하면 재상에 준하는 벼슬을 받을 수도 있는 것이었다. 이는 특히 신돈과 같이 적당한 광기를 지닌 자에게는 더욱 잘 부합하는 명제였다. 그 물음에 섣불리 대답할 만큼 우매한 자는 없었다. 신돈이 세 번이나 거푸 제신을 향해 물었으나 돌아오는 답은 없었다. 연한 고기를 쩝쩝 씹으며 신돈이 누군가를 지목했다. 그의 표정에는 항시 광소(狂笑)가 섞여 있었다. 신돈이 광소를 머금은 채 곧게 뻗은 손가락은 가장 아랫자리를 향했다. 그 자리엔 조용히 찻잔을 손에 들고 있는 하륜이 있었다. 바로 곁에 있던 이숭인은 기겁을 하며 하륜을 바라보았다. 들리는 풍문에 그 질문을 받고서 우물거리거나 그의 성에 차지 않는 대답을 입에 담으면 그 자리에서 거한이 밖으로 끌고나가 초주검을 만든다고 하였다. 하륜도 긴장할 수밖에 없었다. 하륜이 침묵을 지키니 신돈은 소매로 입가의 기름기를 쓱쓱 닦은 후 여전히 만면에 웃음을 담은 채로 말했다.

"감찰규정 하륜 공, 그대는 나의 질문에 답하기 싫은가보오."

신돈의 웃음은 보는 이로 하여금 절로 소름끼치게 만들었다. 매사에 진중하고 침착한 하륜도 그의 마성에는 뒤통수가 서늘해질 지경이었다. 흰 여우가 사람으로 둔갑한 것이 신돈이라는 여염의 허무맹랑한 소문마저 사실일지도 모른다고 생각하게 만들 정도였다. 하륜은 고개를 숙이며 공손히 답했다. 옳은 말을 해봐야 듣지 않을 것이 명약관화하니 굳이 그의 눈 밖에 날 말을 할 까닭이 없었다.

"영공이야 항시 밤낮으로 백성을 생각하시고 그런 고민의 결과를 과감히 행동으로 옮기시는 분이 아닙니까. 항간에선 영공을 두고 문수보살, 성인 등으로 칭송하는데, 전혀 어긋남이 없사옵니다."

딱 듣기 좋은 말이었다. 하지만 신돈은 광소를 얼굴에서 거두더니 자세를 고쳐 앉고는 쥐고 뜯어 먹던 고깃덩이를 탁자에 툭 던지며 짧게 말했다.

"재미없구면."

그는 경망스럽게도 바닥에 침을 탁 뱉더니 잔뜩 기름이 엉겨 붙은 손을 탁자보에 대강 슥 문질렀다. 그리고 좌중을 둘러보며 물었다.

"하 공의 말은 내가 이미 지겹도록 들어온 말이오. 항시 듣던 말을 듣자고 공들을 부른 것이 아니란 말이오. 그대들은 장안의 내로라하는 학사들이 아닌가? 그 정도 말이야 개경 저자에서 아무나 붙잡고 내가 신돈인데 나를 어찌 생각하는가, 하고 물어도 들을 수 있는 것이지. 조금 더 파고들란 말이야. 내가 고개를 끄덕이고 나서 고칠 것은 고치고 더할 것은 더하게 말이야! 그래야 그대들이 선비의 이름을 취할 자격이 있다고 하질 않겠는가? 이런 것도 하지 못한다면 사농공상 중 가장 높은 곳에 앉아서 거들먹거릴 자격이 없는 것이야!"

"그럼 감히 한 말씀 아뢰겠사옵니다."

하륜이었다. 이숭인은 토끼눈을 하고 탁자 아래로 하륜의 팔을 붙잡아 끌며 강력히 만류했지만 이미 뱉은 말이었다. 신돈은 그제야 재미있다는 표정을 지으며 상체를 앞으로 숙였다.

"옳지! 그래, 말을 하시오, 말을!"

자칫하면 목숨을 잃을 수도 있는 상황에서 하륜이 구태여 입을 연 것은 호기 때문이 아니었다. 신돈이 고칠 것은 고치고 더할 것은 더하겠다고 공언하는 것을 보고 그래도 아직까지는 사람 구실을 할 수 있겠거니 하고 여긴 탓이었고, 또한 신돈의 말처럼 몸이 다칠 것을 두려워하여 바른 말을 하지 못한다면 선비의 자격이 없다고 여긴 탓이었다. 그는 진중하고 착 가라앉은 목소리로 또렷하게 말했다.

"영공께서 처음 상의 신뢰를 받아 국사로서 대접받으시고 그에 부응하여 벌족세신들의 폐단을 바로잡으니 참보살이라고 여겼습니다. 헌데 근자 들어 그 빛이 많이 쇠하였으니, 아뢰옵건대 마땅히 그것을 시정하셔야 하옵니다."

"빛이 쇠하였다! 재밌군. 상세히 말해보시오."

"영공께서 아실는지 모르실는지 소생은 알지 못하오나 근래에 영공을 따르는 일파의 횡포가 벌족세신들의 그것과 비교하여 결코 덜하지 않사옵니다."

신돈은 기현(奇顯)이라는 자의 집에서 머물렀고, 기현이 그의 집사 노릇을 하고 있었다. 뇌물이나 여자를 접수하고 그 값어치만큼 뇌물이나 여자를 바친 자를 신돈에게 칭찬해주고 중간에서 이문을 뜯어먹는 것이 그의 주된 벌이였다. 이 기현이라는 자를 중심으로 신돈 일파의 폐해가 극에 달한 상태였다. 하륜은 이런 사실을 고하고 있는 것이었다. 가장 상석에 앉은 신돈의 좌측에서 헤헤거리며 그를 보위하고 있던 기현의 야비한 낯빛이 어두워졌다. 신돈은 그런 기현의 낯을 보고 방정맞게 낄낄거리더니 다시 하륜을 향해 말했다.

"그러한가? 나는 모르던 바요."

"영공께서 지금이라도 아셨다면 고치시길 바랍니다. 소생을 비롯한 많은 사람들이 영공께 거는 기대가 매우 크옵니다."

이 말에 신돈은 비식비식 웃을 뿐이었다. 그는 딸꾹질을 해대며 웅얼거렸다.

"취하는군……. 취한다는 건 좋은 것이야. 진세(塵世)를 극락으로 보이게 하거든! 그리고 보면 술이 부처인 게야. 부처님도 술을 시기해서 술을 금하신 게야! 흐흐흐."

기현은 그런 그를 보고 좌우의 시중꾼에게 눈빛을 보내어 그를 부축하게 했다. 그리고 벌떡 일어나 손을 휘휘 저으며 좌중을 향해 소리쳤다.

"영공께서 대취하셨으니 그만 돌아들 가십시오. 훗날 다시 영공께서
연회를 열어 그대들을 대접하실 것입니다."

하륜과 이숭인도 자리를 털고 일어났다. 하륜은 돌아오는 길에 연신
고개를 절레절레 저었다. 속으로 잔뜩 치밀어 오르는 부아를 삭이는 기색
이 역력했다.

✳

"신돈은 가치를 잃었다. 더 이상 신돈에게 기대할 것이 없어."

이미 신돈은 무언가에 홀려있었다. 분명한 것은 그 무언가에 백성을
위한 정치는 절대 해당되지 않는다는 것이었다. 하륜은 실망했다. 그의
진정이 여전히 남아있다 할지라도 고려를 쥐락펴락하는 것은 그를 둘러
싸고 있는 탐욕의 화신들이었다. 이숭인도 터벅터벅 걸음을 옮기며 힘없
이 말했다.

"영공이 원에서 무언가 사람을 홀리는 약을 들여와 그것에 심취했다
는 소문도 심심찮게 들려오더군. 매일 밤 여인과 동침하여 정력을 소진했
다는 풍문도 있지. 아무튼 사실이 무엇이라 해도 목표와 추진력을 잃은
것은 명확해 보인다!"

자리가 파하고 난 후 신돈은 또렷한 정신으로 양쪽에 반라의 여인들을
끼고 앉았다. 그 앞에 기현이 그 간교한 두 손을 곱게 모으고 입맛을 다시
고 있었다. 신돈은 아무것도 걸치지 않은 여인의 둥근 어깨를 쓰다듬으며
중얼거렸다. 대충 얼버무리긴 했지만 왱왱거리는 모기처럼 잔뜩 힘이 들
어간 하륜의 외침이 귀찮게 귓전에 계속 맴돌았다.

"감찰규정 하륜이라. 이보게, 그에 대해 아는 바가 있는가?"

이에 기현은 몸을 굽실거리며 카랑카랑한 목소리로 대답하였다. 혹여
신돈이 지루해할까봐 부러 말의 속도를 높였다.

"특별한 점은 없사옵니다. 그러나 의협심이 강하고 정도전, 이숭인과 가깝게 지낸다 하옵니다."

"정도전?"

신돈의 미간이 삽시간에 좁혀졌다. 정도전이라면 신돈이 학을 떼는 인물이었다. 그가 행하는 일거수일투족에 딴지를 거는 정도전이었다. 때문에 신돈은 그를 아주 꺼려하던 차였다. 그런데 하륜이 그와 가까이 지낸다니, 역시 초록은 동색이라며 신돈은 혀를 끌끌 찼다.

"하륜이 말했지. 나의 횡포가 벌족세신들의 횡포보다 덜한 것이 없다고 말이야. 이런 놈들이 가장 문제야. 제 혈기를 못 이겨 제 몸집보다 더 큰 소리를 내려고 하는 놈들."

신돈은 저도 모르게 손톱을 세워 껴안은 여인의 몸에 생채기를 냈다. 좌우 여인의 간드러진 교성이 그의 흥분을 더욱 돋웠다. 신돈은 바득바득 이까지 갈았다.

"제 몸보다 더 큰 소리를 낸다면, 그것은 저 죽여 달라는 소리로만 들리는 것이다."

✳

"주인어른."

퇴청하는 하륜의 뒤통수를 향해 신몽인이 불렀다. 하륜이 돌아보며 부른 까닭을 묻자 그는 쭈뼛거리며 주저하다가 조심스러운 목소리로 아뢰었다.

"쇤네와 친하게 지내는 얼라들이 몇몇 있는데 하도 해괴한 꼴을 당해가 말입니더. 안 아뢰려고 했는데 워낙에 사안이 커서예."

하륜은 고개를 한 번 갸웃거리더니 들어오라는 손짓을 하곤 사랑으로 들었다. 신몽인도 종종걸음으로 그 뒤를 따랐다. 등을 곧게 세운 채 하륜이 입을 열었다.

"그래, 그 해괴한 꼴이란 것이 무엇이냐."

"마 한 줌 땅 갖고 파먹으모 사는 자들이 많은데, 양전부사라는 작자가 그기를 함부로 빼앗아가 제 잇속을 채운다 안합니꺼. 천한 종놈이라 요래 아뢰는 기 주제넘은 줄은 알지만예, 이건 아입니더."

"양전부사가 그런단 말이냐?"

신몽인은 무겁게 고개를 끄덕였다.

"야."

양전부사는 이름 그대로 양전업무를 전담하는 직책이다. 전민변정도감에 소속되어 억울하게 빼앗긴 땅을 되찾아 백성에게 나누어주고 그 내역을 기록하여 통계를 남기는 것을 주 업무로 하는 자리였다. 그런데 그런 자리를 차고앉은 자가 오히려 칼을 백성에게 겨누다니 산천이 통곡할 일이었다. 신몽인의 울분에 찬 얼굴을 보니 하륜은 절로 속이 쓰려왔다.

다음날 하륜은 휴가를 내고 신몽인의 제보가 사실인지를 알아보기로 했다. 맨 먼저 신몽인이 말한 양전부사에게 땅을 빼앗긴 자를 찾아가 조사했다. 밭이랑 옆에 쪼그리고 멍하니 앉아있는 그를 불렀다. 신몽인이 저를 세 번 부르고서야 그는 겨우 소리 나는 곳을 쳐다보았다. 하륜은 그의 집으로 가 자세한 내막을 들었다. 거의 반은 쓰러진 초막이었다. 싸리문도 반은 넘어져 있었다. 안타까운 마음에 심장이 저리저리했다.

"드릴 것이 없어 송구합니다."

잔뜩 천 조각을 대어 기운 옷을 입은 아내가 상을 내왔다. 냉수 한 사발에 묽게 쑨 죽, 바닥이 다 비치는 간장 한 종지가 다였다. 상을 받는 하륜이 다 민망해져 얼굴이 화끈해질 지경이었다. 그는 너털웃음을 지으면서 애써 아무렇지 않은 척하였다.

“하하, 그대들의 마음을 아니 미음 한 그릇도 수랏상과 진배없다.”

이 말에 그는 오히려 민망해진 듯 몸을 배배 꼬았다.

“송구합니다, 나리.”

“아니, 송구할 것도 많네. 오히려 이 지경이 되도록 그대들을 잘 돌보지 못한 조정에 잘못이 있지. 자, 자네의 사연을 듣고자 하네. 조사를 해보고 사실로 드러난다면 최선을 다해서 자네의 억울한 사연을 풀어줌세.”

주저하다가 자신의 사연을 털어놓기 시작한 그는 말을 할수록 제 분을 이기지 못하여 눈물을 쏟아내었다. 오열하면서도 그는 사건의 전말을 모두 털어놓았다. 양전부사는 자신에게서만이 아니라 다른 백성에게서도 함부로 농토를 빼앗아 자신의 잇속을 채우거나 고관대작에게 헌납하는 뇌물로 쓴다고 하였다. 권세가 있는 사람들에게는 잣대를 느슨하게 들이대고, 뇌물을 받고 불법을 눈감아주는 일이 허다하다고 했다.

“이런 말도 안 되는 일을 당하고 있사온데 어찌하여 조정에서는 아무런 조치도 취하지 않는 것입니까!”

종내 그는 피 섞인 일갈을 토해냈다. 하륜은 눈을 감고 속으로 눈물을 삼키는 수밖에 없었다. 하륜은 낮은 신음소리를 내더니 그의 손을 맞잡았다.

“내가 파직되는 한이 있더라도 이것에 대해서는 그대들을 대신하여 목소리를 내주겠네.”

하륜은 사헌부로 가서 자신의 직속 예하에 있는 관원들을 불렀다. 그들을 죽 도열시켜 놓고 하륜은 분이 풀리지 않은 목소리로 말했다.

“그대들은 사헌부의 관원이다. 사헌부의 책무가 무엇이냐! 시대의 정사를 논하고, 백관(百官)을 규찰하며, 기강과 풍속을 바로잡고, 억울한 일을 없애는 것이 사헌부의 맡은 바 소임이 아니더냐. 오늘이 바로 그 소임을 다하는 날이다. 권세 있는 자들에게 빌붙어 그들의 과실을 눈감아주고 힘없는 백성의 고혈을 짜는 자들이 횡행하여 나라의 기강이 문란하고 질서가 어지러워졌는데도 일신의 안위와 영달을 위해 몸을 숨기는 것이 어찌 사헌부 관원의 도리겠는가!"

하륜은 즉각 관원들을 이끌고 조사에 착수했다. 양전부사는 신돈의 최측근이었다. 전민변정도감의 수장은 신돈이 직접 맡고 있었지만 그는 다른 국사를 돌보아야 하기 때문에 양전 사업은 그의 직속 부하인 양전부사가 도맡아 하고 있었다. 그의 권위는 하륜도 익히 들은 바가 있었다. 국가의 핵심사업인 양전 사업을 도맡아 하는데다 권력의 정점에 있는 신돈의 심복 중의 심복이니 조정 내에서 그의 입지는 양전부사라는 관직의 이름값 이상이었다. 그가 신돈과의 친분을 이용하여 매관매직을 한다는 소문은 하륜도 익히 들어 알고 있었고, 심지어는 관원의 부인들까지 취한다는 소문마저 있었다. 신몽인의 제보가 아니어도 언젠가 한번 탄핵상소를 올려야겠다고 마음먹고 있었던 하륜인데, 이번 사건이 터짐으로 해서 그 뇌관을 건드리게 되었다.

양전부사가 제 힘을 믿고 부끄러움을 모른 채 당당히 부정을 행하던 터라 증거를 확보하는 일은 매우 수월했다. 다만 관련된 인사들이 그의 보복을 두려워하여 그들의 증언을 받는 것에 다소 애를 먹었을 뿐이었다. 기실 이번 일은 하륜이 감찰규정으로서 처음 맡게 된 큰 사건이었다. 지금까지 그는 주변부만 맴돌면서 잡범 정도나 잡아들일 따름이었다. 분명히 구린내가 풍기는데도 몸통은 상부의 압박으로 잡지 못하고 그 꼬리만 열심히 잡아들였을 뿐이었다. 따라서 양전부사의 사건에 그는 매우 의욕이 넘쳤다. 21세 젊은 관원의 혈기는 모든 부정을 찢어발길 듯 매서웠다.

하지만 그의 의욕을 가로막는 장애물이 너무나도 많았다.

"아니, 장령(掌令, 사헌부의 정4품 벼슬) 어른, 어째서 관두란 겁니까? 장령께서도 이 사안이 얼마나 중차대한 사안인지 아시질 않습니까!"

"중차대한 사안이니까 관두란 걸세. 자네 마음 잘 알아. 약관의 나이면 공명심도 있고 혈기도 넘쳐서 조정의 거물을 잡아넣으려는 마음도 크지. 나도 그랬어. 이해해. 하지만 잘 생각해보게. 자네가 양전부사를 탄핵하면 어떤 후폭풍이 닥칠지 말일세. 대충 덮어. 그게 최선이야. 괜히 험한 꼴 당하지 말고, 내 말 듣게."

"장령 어른!"

장령은 울분에 찬 하륜의 얼굴을 애써 외면하며 손을 휘휘 저었다.

"나는 자네를 도와줄 수가 없어. 굳이 하겠다면 사헌부에 파장이 미치지 않도록 하게."

하륜은 너무나도 허탈하여 장령이 떠나간 후에도 한동안 우두망찰했다. 그것이 사헌부의 간부가 할 소리인가. 분명 장령도 양전부사의 죄과가 탄핵은 물론이요 참형을 내려야 마땅함을 알고 있을 것이었다. 헌데 그걸 알면서도 대충 덮으라고? 윗배가 쓰렸다. 그곳으로부터 환멸감이 꾸물꾸물 올라왔다. 관자놀이의 핏줄이 마구 당겼다. 욕지거리가 입가를 맴돌았다. 사헌부가 이 정도밖에 안 되는가. 마땅히 정의를 논하고 나라의 기강을 바로 세워야 할 사헌부가 이 정도밖에 안되는가. 서러운 눈물이 하륜의 뺨을 타고 흘러내렸다.

하륜은 사헌부를 헤집고 다니면서 자신의 뜻에 동조해줄 관원들을 찾으려 했다. 양전부사 정도의 거물을 탄핵하려면 고작 규정 하나의 상소만으로는 태부족이었다. 그러나 그의 생각에 동조해주는 이는 단 한 명도 없었다. 다만 마음속으로 돕겠다는 어느 동료 규정의 말이 그나마 가장 우호적인 반응이었다. 사헌부 관원들은 하륜을 돕지는 못할망정 신돈과 양전부사의 개 노릇을 자처하고 나섰다. 그들은 은밀히 하륜이 양전부사를 탄핵할 뜻을 품고 있다고 고하면서 꼬리를 살랑거렸다.

"허허허허, 아주 의협심이 깊은 관원이 아니냐!"

신돈은 양전부사와 기현을 불러다 놓고 낄낄거리며 익살스럽게 말했다. 그러나 양전부사의 얼굴은 딱딱하게 굳어 있었다.

"영공, 그리 웃고 넘기실 사안이 아닙니다. 고작 규정 하나가 난리를 피운다고 하지만, 미꾸리 하나가 물을 다 흐리는 법입니다!"

다급한 양전부사의 진언에도 신돈은 술잔을 탈탈 털어 술을 입 안에 넣으며 손을 내저었다.

"됐어. 사헌부에 그나마 용기 있는 녀석은 그 놈 하나뿐이지 싶은데 그냥 두도록 해. 그런 놈도 하나 있어야지!"

하지만 양전부사는 저를 노리는 하륜의 행동에 긴장하지 않을 수가 없었다. 원체 뒤가 구린 그였기에 아무리 권세가 있다 해도 상황이 어떻게 돌아갈지 모르는 일이었다. 그는 비밀리에 손을 쓰기로 결심했다. 그는 잘 아는 살수 셋을 모아 은밀히 지령을 내렸다.

"해치워라. 다른 사람들은 물론이고 영공의 눈에도 띄지 않게 해치워라. 소란스럽게 하지 말고 깔끔하게 해치워. 알았나?"

양전부사가 탁한 눈동자를 굴리며 혹여 밖으로 말이 샐까봐 잔뜩 목소리를 낮췄다. 이에 살수들도 목소리를 낮추어 대답했다.

"옛!"

살수들이 행동을 개시한 때는 다음날 밤이었다. 구름이 달을 가려 잿빛 그림자가 땅에 쏟아졌다. 직속 관원들과 함께 증거를 뒤지고 조합하고 정리하다가 잔뜩 녹초가 된 그들을 위무하기 위해 술을 몇 순배 돌린 하륜이 적당히 기분 좋은 취기를 머금은 채 가마 위에서 고개를 반쯤 눕히고 있었다. 그가 탄 가마는 가마꾼 넷이 받쳐 들고 옮기고 있었고, 신몽인이 허리춤에 찬 긴 칼을 매만지면서 그를 호위했다.

"몽인아, 참으로 좋은 나라가 아니냐. 고려 말이다."

하륜이 신몽인의 이름자를 부르는 것은 그가 기분이 굉장히 좋거나 대취한 경우였다. 물론 지금의 상황에서 하륜의 기분이 좋을 수가 없기에 신몽인은 하륜이 취기가 단단히 올라왔음을 확신했다.

"마 좀 주무시이소. 갈 길이 멉니더."

"흐흐, 주인의 소리가 듣기 싫으니 닥치고 잠이나 자라는 것이냐? 싫다, 이놈! 주인 입을 틀어막는 종놈이 어디 있다더냐. 나는 말을 할 것이니 너는 듣기 싫은 귀를 막아라."

신몽인은 빙그레 웃으며 하륜을 돌아보곤 다시 앞을 바라보며 뚜벅뚜벅 걸었다.

"고려는 살기 좋은 나라다. 감투들이 살기에 말이야. 그중에서도 배알이 없고 쥐새끼 같은 감투들이 살기 좋은 나라다. 더럽고 썩은 내가 나고 제 배 채울 궁리만 하는 감투들이 살기 좋은 나라다!"

하륜은 이렇게 말하곤 멀쩡할 때에는 감히 입에 담을 상상도 하지 못하는 흉한 욕지거리를 마구 입에 담았다. 응어리진 울분의 표출이었다. 신몽인도 한숨을 쉬었다.

그러던 중에 갑자기 쉭, 하고 화살 하나가 날아와 가마 팔걸이에 박혔다. 신몽인은 반사적으로 칼을 빼들었다. 그러나 하륜은 계속 웃음을 삐죽삐죽 흘리면서 가마에 널브러져 있을 뿐이었다.

"누고? 비겁하게 숨지 말고 모습을 보이라카이!"

그의 말에 복면을 쓰고 검은 옷을 입은 사내 셋이 나타나 칼을 빼들고 달려들었다. 그들의 급습에 신몽인도 급히 칼을 휘둘렀다.

"굼벵이를 쳐 씹어묵었나. 뭣들 하노! 퍼뜩 안전한 곳으로 안 뫼시나!"

셋이 한꺼번에 달려드니 애를 먹을 수밖에 없었다. 게다가 상당한 수준의 검객들이라 어깨너머로 배워 칼깨나 쓴다는 신몽인도 당해낼 재간이 없었다.

"보낼 거면 얼라 하나만 보내지 뭣하러 셋이나 보내쌌노, 제길!"

점점 힘에 부쳤다. 일 대 일로 붙어도 승리를 장담할 수 없을 정도로 강해 그들인데 삼 대 일로 겨루니 감당하기 어려웠다. 신몽인이 몇 번 생채기는 입었지만 그런대로 그들의 공격을 막아내는 것만으로도 선방하는 것이었다. 그러나 신몽인은 자신이 점점 죽음을 향해 가고 있다는 것을 느꼈다. 저들의 억센 공격을 막아내려고 팔에서 온갖 힘을 쥐어짜내고 있었으나 남은 힘이 얼마 없었다. 칼이 맞닿아 금속성을 낼 때마다 그로 인한 저리저리한 진동이 싸구려 칼자루를 타고 팔뚝에까지 울렸다. 다리가 후들거리고 심장 박동이 빨라져 호흡을 일정하게 할 수가 없었다.

"계집 하나 안아보도 몬하고 내 죽을 수는 엄따!"

신몽인은 이를 악물고 덤볐지만 이제 최후를 염두에 둬야 했다. 그는 저들의 공격이 무뎌진 틈을 타 뒤를 흘끔 돌아보았다. 다행히 하륜의 가마는 시야에서 벗어나 멀어지고 없었다. 검객들 중 하나가 서둘러 가마를 좇으려 했으나 신몽인이 발을 걸어 그를 넘어뜨렸다.

"지랄하고 있네! 어딜 갈라꼬!"

"웬 놈들이냐!"

그때 멀리서 누군가의 음성이 들려왔다. 신몽인은 다급하게 그를 불렀다.

"마 그기 사람 있음 좀 도와주소!"

신몽인의 요청에 그 사람이 발 빠르게 달려와 칼을 빼들었다. 칼을 지니고 있는 것을 보니 무사가 분명했다. 솜씨도 발군이었다. 덕분에 신몽인도 한숨 돌렸다. 삼 대 이의 싸움이었지만 일단 기세가 오른 것은 신몽인과 사내 쪽이었다. 한번 멈칫한 검객들은 순식간에 수세에 몰렸다. 게다가 얼마 되지 않아 관군들이 쏟아져 나왔다. 관청 근처에서 습격이 일어났기에 가마꾼들이 서둘러 관군에 도움을 요청한 것이었다. 신돈의 측근이 보낸 검객들임을 알 리 없는 관군 장교는 군사를 급파했다. 검객들은 도주할 수밖에 없었다.

사태가 일단락되자 하륜은 급히 신몽인을 찾았다. 마른하늘의 날벼락에 이미 취기는 날아가고 없었다.

"괜찮으냐? 다친 곳은 없는 것이냐?"

그의 다급한 물음에 신몽인은 웃음을 지으며 괜찮다고 했다. 하얀 옷에 선명히 피가 배어나온 오른쪽 팔뚝은 슬그머니 감추었다. 그리고 자신을 도운 사내를 끌어다가 그에게 보였다.

"일마가 도와줘서 마 큰일은 없었심더."

하륜의 눈이 그에게로 향했다. 신몽인보다 머리 두 개는 작았으며 뽀얀 피부에 뺨이 불그스름했다. 눈은 맑고 코는 오뚝했다. 비록 덩치는 작으나 몸이 다부졌다. 앳된 얼굴이 열다섯도 안 되어 보였다.

"허, 이 어린 아이가 도왔단 말이냐?"

하륜이 아이라고 지칭한 그가 앞으로 나서며 공손히 고개를 숙였다.

"박자청이라 하옵니다."

하륜은 빙그레 웃으면서 그의 손을 맞잡았다. 뜨거운 기운이 손을 타고 올라왔다.

"고맙구나, 고마워! 네 덕분에 변을 면했구나. 그래, 올해 나이가 몇이

더냐?”

하륜의 물음에 박자청이 야무지게 대답했다.

“예, 올해 나이 열셋입니다.”

“하하하, 열셋이라 하였느냐! 그 나이에 이토록 무예가 출중하다니 장군감이로다. 참으로 고맙구나. 내가 적절한 포상을 할 것이다. 이 은혜는 잊지 않을 것이야.”

“과찬이십니다. 사람을 죽이려는데 어찌 보고만 있을 수 있겠습니까.”

하륜은 기분 좋게 웃으며 박자청의 어깨를 두드렸다.

✱

“형님, 어제는 퇴청하는 길에 칼을 맞아 비명횡사할 뻔했다니까요.”

하륜이 어이없는 웃음을 지으며 정도전에게 하소연하듯 말했다. 그는 전날의 악몽을 떠올리며 손으로 목을 쓰다듬었다. 정도전도 씁쓸한 표정이었다. 그는 신돈의 끄나풀 노릇을 하는 자들의 이름자 앞에 개, 돼지를 붙여가며 씹어뱉듯 말했다.

“쓸모없는 놈들이지. 자기 권세가 남의 목숨보다 귀한 줄 아는 자들이야. 에이, 염병할 놈들.”

하륜이 킥킥거리면서 말했다.

“형님도 제법 욕지거리를 하십니다, 그려.”

“에이, 이 썩은 세상에 욕 안 하고 배긴다더냐, 어디!”

정도전은 타구에다가 침을 탁, 하고 뱉으며 염병, 염병, 했다.

“네 목숨 아끼란 말은 안 하겠다. 네가 하는 일이 바른 것이니까. 필요하다면 내 목도 내놓겠다! 두려울 게 무어냐? 이 썩은 세상에 발붙이고 사나, 바른 말 하고 죽어서 극락 가나 매한가지지, 제길.”

하륜은 정도전의 말이 우스워 연신 웃음을 삼키며 차를 들었다. 찻물에 섞인 쌉쌀한 맛이 그의 입을 헹구었다.

✳

하륜은 박자청을 내시(內侍, 이 당시 내시는 환관이 아니라 문반직이었다)에 천거했다. 하륜이 그의 미천한 출신을 조금이라도 개선할 수 있도록 적은 힘이나마 보탠 것이었다. 박자청은 본디 양반가의 노비였는데, 하륜은 그의 주인을 만나 두둑이 돈을 쥐어주고 그가 내시로 출사할 수 있게 해달라고 청을 넣었다. 박자청은 뛸 듯이 기뻐하였다.

"참으로 감사합니다. 너무나도 과한 상을 주셨습니다! 허락만 해주신다면 평생 규정 어른을 모시고 싶습니다."

당돌하면서도 기특한 말에 하륜은 하하 웃었다. 하륜 자신도 갓 약관을 넘긴 나이였지만, 박자청을 아들처럼 여겨 귀여워했다.

"너는 이제 내시의 직책으로 전하를 모셔야 할 것인데, 어찌 그리 무엄한 말을 하느냐! 오직 너의 본분을 다해야 할 것이다."

"이 은혜는 반드시 갚을 것이옵니다. 어떤 일이든 맡겨만 주옵소서."

"하하, 오냐. 말만이라도 고맙구나."

✳

박자청의 도움으로 간신히 목숨을 부지하기는 했으나, 곱씹을수록 치밀어 오르는 부아를 참을 수가 없었다.

"이럴 수가 있는가. 이 정도로 썩었는가. 그른 것을 그르다고 아뢰었을 뿐인데 죽이려 들다니 천하에 이런 법이 있는가!"

양전부사의 술수는 하륜을 더욱 분노케 했다. 하륜은 죽음의 두려움에 몸을 웅크리기는커녕 더욱 보란 듯이 활개를 치고 다녔다. 휘하 관원들을 동원해 양전부사의 측근들을 잡아들이는가 하면 개경 거리에 방을 붙여 양전부사의 비행을 공론에 붙이려고 시도하기도 했다. 또 사헌부 관원들이 한데 모인 자리에서 열변을 토하기도 했다. 하지만 하륜의 주장은 쉽사리 관철되지 않았다. 심지어는 사헌부 관원들이 일제히 그를 압박하는 일까지 있었다.

"이쯤 해둬. 자네의 뜻은 이미 다른 사람들이 다 아니 이쯤에서 관둔다 해도 뭐라 할 사람은 아무도 없네. 여기서 더 나가면 어떤 일이 벌어질지 몰라. 나로 하여금 자네를 탄핵하는 일이 없도록 해주게."

참으로 기가 막히는 말이었다.

"어찌 그런 말씀을 하실 수가 있습니까? 나라의 법도를 바로세우겠다는 제 뜻을 어른도 아시지 않습니까? 그런데 뭐라고요? 그런 저를 탄핵하시겠다니 제정신이십니까?"

"미친 세상에선 정신 똑바로 박힌 놈이 미친놈이야."

"그럼 어른이나 미친 채로 계십시오. 저는 미친 세상을 바로 잡을 겁니다. 이 말도 안 되는 부조리, 제가 다 깰 겁니다."

"그래봐야 자네 말을 들어주는 이는 없을 거야."

하륜은 그의 말을 다 듣지도 않고 그 자리를 떴다.

✳

"당장 양전부사를 파직하여 법의 지엄함을 바로 세우십시오! 양전부사 탄핵을 사헌부 공동의 방침으로 정해주십시오!"

엄정하면서도 분노에 찬 일갈이 사헌부에 찌렁찌렁하게 울려 퍼졌다. 그곳에 하륜이 서있었다. 그는 두루마리 뭉치를 펼친 것을 꽉 쥐어 들고 조목조목 따져가며 자신의 주장에 힘을 실었다. 좌우에 좌정한 그의 동료 관료들은 쥐 죽은 듯 침묵한 채 바닥만 보고 있었고, 사헌부의 수장인 대사헌은 눈을 감은 채 애꿏은 흰 수염만 쓰다듬고 있었다. 그가 하륜의 주장을 무시하고 있는 것인지, 아니면 아예 귀가 먹어버린 것인지 짐작하기 어려웠다.

"대사헌께서는 소직의 주장을 받아들여주십시오. 여길 보십시오. 그의 죄과가 명확히 드러납니다. 금은을 함부로 수뢰하여 부당하게 양전 업무를 처리한 기록이 있습니다. 당사자의 증언도 확보했고, 오간 금품도 압수했습니다. 대체 무엇을 더 캐내야 합니까? 그뿐만이 아닙니다. 그는 영공과 친분이 두터운 것을 이용하여 함부로 매관매직을 하였으며 힘없는 백성에게는 잣대를 과중히 들이대고 힘 있고 부유한 세족에게는 잣대를 느슨히 들이대니 어찌 처벌하지 않을 수가 있습니까? 양전이란 조정에서 역점을 두고 추진하는 사업입니다. 그 무거운 책무를 맡은 양전부사가 이토록 비행을 일삼으니 마땅히 그 죄를 무겁게 다뤄야 하지 않겠습니까! 부디 대사헌께서는 허여해주소서!"

그야말로 열변이었다. 종내 쇳소리까지 튀어나올 정도의 열변이었다. 하지만 뭇 사헌부 관료들은 입을 삐죽이며 여전히 시선을 아래로 향하고 있었고, 대사헌의 눈이 떠졌지만 입은 굳게 다물려 있었다.

"대사헌!"

하륜은 거의 울듯이 외쳤다. 사실 그도 자신의 주장이 완전히 관철되리라곤 생각하지 않았다. 양전부사는 신돈의 측근 중에서도 최측근이었다. 그런 그를 탄핵하려는 것은 곧 신돈의 오른팔을 베어내려는 수작으로 간주될 소지가 있었다. 권력의 정점에 있는 신돈의 심복을 탄핵하다니, 여간한 배짱이 아니고는 감행할 수 없는 일이었다. 하륜이 판단한 바로는 대사헌도 그다지 정의감이 투철한 인사는 아니었다. 적당히 자신의 자리를 보전해가면서 실적을 올리려는 주의였다. 하지만 죄과가 명확하고 그 증좌까지 완벽하게 확보해놓은 상태에서 강력히 탄핵한다면 대사헌도 별 수 없이 자신의 주장을 관철시키게 해줄 것이라고 확신했던 그였다.

그래도 그렇게 되는 것이 지금까지의 법도였으니까. 그런데 대사헌의 반응은 실망스러운 것이었다. 실망을 넘어 경멸의 감정이 일었다. 하륜은 우두커니 선 채로 대사헌의 대답이 떨어질 때까지 기다릴 작정이었다. 하지만 그 무거운 입은 열릴 줄 몰랐다. 괴물 같은 침묵이 흘렀다. 잔뜩 어깨를 움츠린 사헌부 관원들은 무시무시한 기운을 풍기는 하륜과 대사헌 사이의 기류를 쥐새끼처럼 간사하게 살폈고, 대사헌은 바위처럼 완고하게 침묵을 견지했다.

"대사헌!"

하륜이 다시 소리쳤다. 울음기가 더 많이 섞였다. 눈물 한 줄기가 뜨겁게 뺨을 타고 추락했다. 그간 발로 뛰며 확보한 증좌를 담은 두루마리 뭉치가 힘이 들어간 하륜의 손에 의해 마구 구겨졌다. 그것을 구긴 것은 물리적으로는 하륜의 힘이었지만, 그 근원은 대사헌의 침묵이었다.

"대사헌! 마지막으로 청하겠습니다. 받아들이지 않으시면 독단적인 방법을 택하겠습니다. 저 혼자서라도 양전부사를 탄핵할 것입니다."

대사헌은 고개를 돌리며 하륜에게서 시선을 거두었다. 받아들이지 않겠다는 강한 의지의 표현이었다.

"좋습니다. 대사헌의 뜻을 알았습니다."

하륜은 울분을 삭이며 사헌부 문을 박차고 나갔다. 그를 따라오는 자는 아무도 없었다.

✳

'전하, 감히 아뢰옵건대 신의 소견에 의하면 양전이야말로 작금의 가장 주요한 사업이옵니다. 양전은 백성이 삶을 영위할 수 있도록 하는 데서 가장 중요한 일입니다. 따라서 양전 업무를 맡은 관원은 성정이 곧고 엄정하며 일을 처리하는 데 있어 한 치의 사정도 두어서는 안 되는 것이옵니다.

하온데 신이 듣기로 양전부사가 사사로이 비행을 일삼는다고 하니 이에 관해 전하께 아뢰고자 하옵니다. 신이 듣고 직접 조사해보니 과연 그것이 옳았사옵니다. 증좌를 별첨하여 드리오니 부디 전하께선 물리치지 마시오소서.

양전부사는 영공과 가까워 권세가 막중합니다. 큰 권세를 지닌 관원에게는 도덕률이 더욱 엄격히 적용되어야 합니다. 양전부사의 행적은 굳이 엄밀히 따지지 않아도 파직하여 외지로 유배를 보낼 만큼 매우 중하옵니다. 전하, 다시 아뢰옵건대 양전부사를 파직하시어 아직 조정의 법이 지엄함을 일깨우시고 일벌백계하시어 백관으로 하여금 국사에 바르게 임하게 하오소서.'

하륜은 일필휘지로 임금에게 올릴 상소를 작성했다. 분노에 찬 지면 위의 일갈이었다. 하지만 그 회심의 상소는 임금의 손에 다다르지 못하였다. 상소가 임금에게까지 오르려면 몇 사람의 손을 거쳐야 하는데, 애석하게도 그런 일을 맡은 관원들의 다수가 신돈의 수족 노릇을 하는 자였다. 최종적으로 하륜의 상소를 받은 이는 신돈이었다. 임금의 침전이나 대전이 아니라 신돈이 기거하는 기현의 대저택에 무더기로 쌓인 두루마리 뭉치들, 신돈의 임의대로 상소로서의 자격을 박탈당한 두루마리 뭉치들 가운데 하나가 하륜의 상소였다. 신돈은 그르릉 웃으며 고개를 까딱거렸다. 야수의 얼굴이었다.

"참 햇병아리 하나가 권세가 얼마나 무서운 것인 줄도 모르고 시끄럽게 짹짹대는구나."

신돈은 고개를 삐딱하게 하고 하륜의 상소를 펼쳐 보았다. 그리고 광소를 퍼부었다. 한 손에 독주가 든 병을 들고 목울대를 움직여 술을 꿀꺽

꿀꺽 넘겼다.

　“참으로 명문이 아니냐! 명문이야. 정의감에 불타올라 눈물을 삼키며 휘갈겨 쓴 젊은 사헌부 관료의 탄핵 상소! 이보다 더 순결한 것이 천하에 있을까! 희고 뽀얀 소녀의 몸도 이보다 더 순결치는 못하리라. 흐흐흐.”

　기현은 힐끔힐끔 신돈의 기색을 살피다가 그 야수의 광기가 다소 수그러들어 저점에 이르렀다고 여겨졌을 때 잔뜩 몸을 숙이며 아뢰었다. 이는 수년간 신돈을 지척에서 모시며 터득한 나름의 비결이었다. 그의 울렁거리던 목울대가 잠잠해지고 쾡한 눈이 껌뻑거릴 때가 적기였다.

　“영공, 하륜이란 작자를 그냥 내버려두실 심산입니까? 마땅히 내쳐야 하지 않습니까?”

　그의 말에 신돈이 눈을 바로 뜨며 느릿하게 말했다.

　“내가 말하지 않았는가?　천하에 가장 순결한 것이 무엇인지를.”

　“하오나 그리 그냥 넘기기엔 하륜은 위험한 인물입니다. 잘라내셔야 하옵니다.”

　신돈은 흐흐 웃으며 기현의 어깨를 휘감고 고개를 끄덕였다.

　“암, 암, 물론이네. 비리를 열심히 발로 뛰어 캐는 것을 보고 그나마 좀 귀여워서 봐주려고 했지마는, 이렇듯 상께 상소까지 올리니 이 신돈도 목줄이 다 서늘해지는 걸. 가뿐하게 잘라내면 그만인 것을, 굳이 벼룩 같은 놈을 옷 속에 넣고 다닐 이유는 없지.”

　기현이 비열한 웃음을 뚝뚝 흘리며 그렇게 할 적절한 때를 물었다. 신돈은 독한 내가 올라오는 술을 거침없이 들이키며 답했다.

　“시기를 따질 것이 무엇인가. 당장 날이 밝으면 파직하지.”

✻

　그 한마디에 하륜의 모든 것이 끝장났다. 탄핵 상소는 고스란히 하륜에게로 돌아왔다. 사헌부는 물론 대다수 관청에서 하륜이 엄한 사람을 잡는다며 대대적인 탄핵 상소를 올렸다. 이에 임금은 너그러운 처분을 지시했고, 하륜은 파직되었다. 허탈한 웃음만이 공허한 그의 가슴을 울렸다.

"허허허……."

조정에 최소한의 정의는 남아있을 것으로 여겼던 자신의 생각이 한갓 치기였다는 생각에 절로 몸서리가 쳐졌다. 명백한 증거도 현실의 힘 앞에서는 영웅심에 불타는 조무래기의 투서로 죽고 말았다. 더 이상 울음도 나오지 않았다. 빈 웃음만 나왔다. 사헌부에서 넘치는 의욕으로 바쁘게 일하던 그가 이제는 방 안에서 하릴없이 이나 잡는 신세가 되고 말았다. 한참 이를 잡는 데 집중하던 그가 문득 고개를 들어 규연에게 말했다.

"부인."

그의 부름에 옷가지를 정리하던 그녀가 돌아보았다.

"예, 서방님."

"미안합니다. 내가 생각이 깊지 못하여 이렇게 되었습니다."

"맞지 않은 말씀입니다. 오히려 사헌부의 실추된 위상을 서방님께서 조금이나마 높인 것이 아닙니까? 저는 서방님이 자랑스럽습니다. 서방님이 아니면 누가 감히 국사로 대접받는 자에게 그렇듯 대놓고 반기를 들 수가 있답니까. 오늘 서방님께서 파직을 당했지만, 이것은 욕된 것이 아니라 영광된 것입니다."

하륜은 쓸쓸한 웃음을 지으면서 대답했다.

"고맙습니다. 하지만 여전히 이 나라가 당면한 상황이 너무나도 한스러워 견딜 수가 없군요……."

그는 파직당한 후 정도전, 이숭인과 더욱 잦은 만남을 가졌다. 또한 가끔은 외지로 유람을 떠나기도 하였다. 어쩌면 조정에서 쫓겨나 마음의 족

쇄를 풀어버린 지금이 그에게는 더욱 편안한 때인지도 몰랐다. 마치 멍에를 벗어버리고 언덕배기를 오가며 한가로이 풀을 뜯는 소처럼 하륜은 자유룝게 시간을 보냈다. 하루는 행장을 꾸리고 규연에게 해맑은 웃음을 지으며 말했다.

"내 요번에 충청도 쪽으로 주유(周遊)를 좀 할까 합니다."

그의 말에 규연은 바느질을 하다 말고 그를 뚫어져라 바라보았다. 무언의 압력에 하륜은 진땀을 삐질 흘리며 곤란한 웃음을 지어보였다.

"내 갔다 와선 얌전한 송아지처럼 집에만 머무르리다."

"몸조리 잘하십시오. 이번에도 사내 하나만 대동하고 가십니까?"

그녀가 사내 하나라고 부른 자는 신몽인이었다. 하륜은 당연하다는 듯 고개를 끄덕였다. 그 말고 다른 자는 좀체 의지가 되질 않았다. 그만큼 종놈 주제에 상전의 말벗 노릇을 하려 들려는 자가 없었고, 또 험한 세상에 도적이라도 만나면 칼이라도 휘둘러줄 자가 그밖에 없었다. 하륜이 원체 넓게 교제하는 성격이 아닌지라 그의 벗이라면 정도전과 이숭인 정도가 고작이었다. 하지만 조정에 종사하는 그들을 데리고는 멀리 갈 수 없는 노릇이니 그의 길동무로는 신몽인이 제격이었다.

괴승과 백여우

"요번엔 충청돕니꺼? 참말로 부지런케도 다니시네예."

신몽인은 입을 두 치나 내밀고 삐죽거렸다. 말은 저렇게 하지만서도 그도 내심 멀리 유람을 가는 것을 반겼다. 개경에 처음 발을 들였을 때에는 숨 막히는 화려함에 압도되었지만 이내 생기 없는 기운에 질려버린 그였다. 또 하륜의 집에 머물면서 하는 것이라곤 마당이나 쓸고 장작이나 패는 그야말로 허드렛일뿐이었다. 그런 일이나 하느니 차라리 주인을 모시고 좋은 것도 보고 여기저기 유람을 다니며 즐기는 것이 백배는 나았다. 종놈 팔자에 이런 운은 흔치가 않았다.

"잔말 말고 행장이나 챙겨라."

행장을 꾸리자마자 하륜은 미련 없이 나귀에 올랐다. 신몽인은 나귀 고삐를 잡고 경쾌한 걸음으로 길을 재촉했다.

가을은 유람하기에 더없이 좋은 계절이었다. 노릇노릇 물든 교목들이 좌우로 뻗어 운치를 더했고, 가을바람이 살랑살랑 향기롭게 불어왔다. 생동감 넘치는 농군들의 가을걷이 군상은 절로 웃음 짓게 했고, 나귀가 지나가며 밟는 낙엽은 바삭바삭 소리를 냈다.

"정말 그리고 보면 무슨 영화를 바라고 죽을 듯이 수학을 하여 관리가 되려고 했는지 모르겠구나. 이렇듯 산이나 벗하고 바람이나 동무하여 즐기다 가면 되는 것을. 그렇지 않느냐?"

가을 정취에 한껏 거나하게 취한 하륜이 피식피식 웃으며 신몽인에게 말했다.

"양반님네들이야 그리 생각해도 되지예. 마 그렇지만서도 지같은 천한 놈들이 듣기엔 배부른 말씀이라 아입니꺼. 지기 농사짓는 자들 좀 보이소. 저래 다 걷어놓음 이놈이 와서 반, 저놈이 와서 반 뜯어가면 남는 게 없심더. 산이고 바람이고 느낄 새가 어딨습니꺼. 그런 것들을 제대로 다잡는 게 양반님네덜 책무라 아입니꺼. 지 같은 상놈들이 그래가 양반님네 수발을 든다 안캅니꺼."

다른 양반이 들으면 괘씸하다고 펄쩍 뛸 말이었지만, 하륜은 새겨들을 만하다며 고개를 끄덕였다.

"네가 제법 그럴듯한 말을 하는구나. 네 말이 맞다! 풍류가 무엇이냐. 그것은 양반으로서의 책무를 버리는 것이지. 자고로 양반이란 백성을 생각해야 하는 것, 신선처럼 속세를 버리고 자연이나 벗하겠노라 하는 것도 사실 제 잇속 챙기기가 아니냐. 그렇구나, 네가 옳고 내가 틀렸다."

한참을 가니 감악산(紺岳山)의 암석 봉우리가 하륜과 신몽인의 눈에 들어왔다. 가을이 되어 색동옷을 입은 모습은 그야말로 절경이었다.

"참으로 장관이구나. 내 듣자하니 감악산에 백련사라는 절이 있다던데 그곳에서 하룻밤 신세를 지도록 하자."

소박한 절이었다. 3층으로 된 석탑이 서있고, 그 주위에 대웅전을 비롯한 건물 몇 채만 덩그러니 서있을 뿐이었다. 개경에서 잔뜩 금칠을 하고 탑을 높게만 세운 사찰을 많이 봐서인지 담백한 맛이 있는 백련사(白蓮寺)가 퍽 마음에 들었다. 절로 얼굴에 미소를 띄우며 하륜은 절간 대청마루에 몸을 맡겼다. 신몽인은 나귀를 끌고 나가 물을 먹이고 풀도 뜯긴다며 자리를 떴다.

하륜은 조용히 탑 주위를 맴돌았다. 그러다가 한 자리에 멈추어 눈을 지그시 감고 한껏 가을 공기를 빨아들였다. 고소한 나물 냄새가 나는 듯하다가 청아한 솔잎 향이 났다.

"객은 뉘신가? 차림을 보아하니 먼 길을 오신 듯싶으이."

낯선 소리가 들리자 하륜은 감았던 눈을 떠서 그곳을 바라보았다. 백련사의 정취에 정말로 잘 어울리는 스님이 서있었다. 마른 체형에 약간 큰 키, 온화한 표정, 짙은 눈썹, 단정히 모은 두 손은 그가 가벼운 성정이 아님을 알려주었다. 하륜은 급히 합장을 하며 고개를 숙였다.

"허락도 없이 찾아와 인사도 드리지 않았습니다. 스님께선 부디 용서해주십시오."

"허허, 손님은 이상한 말씀을 다 하시오. 어디, 오는 이 막는 절간을 보았는가."

하륜은 쑥스러운 웃음으로 대답을 대신했다.

"자초(自超)라 하오."

"하륜이라 합니다."

자초는 하륜의 이름자를 듣더니 낮은 탄성을 내지르며 말했다.

"하륜? 혹 전 사헌부 감찰규정 하륜 공이신가?"

'전' 사헌부 감찰규정이라는 말이 가슴을 찌르고 들어왔다. 그러면서도 그가 자신을 알아본 것에 놀라 눈을 동그랗게 떴다. 자신은 조정에서 쫓겨난 선비에 불과했다. 그것도 고위 관직을 지낸 것도 아니고 고작 사헌부의 말단 관직을 지내다가. 이런 산골 스님이 알 만한 정도의 위명은 아니었다.

"스님께서는 어찌 그걸 아셨습니까?"

그의 물음에 자초는 빙그레 웃으며 얌전히 답했다.

"이 몸은 떠다니는 부운(浮雲) 같은 몸이오. 오며 가며 주워들었지. 듣자하니 편조한테 반기를 들었다며?"

"반기랄 게 뭐 있습니까. 영공을 공박한 것도 아니고, 다만 부정한 것이 있어 그와 친한 자를 탄핵했을 따름입니다. 그릇된 자를 욕보였더니 오히려 제가 그릇된 자가 되어 쫓겨나고 말았습니다."

하륜의 말에 자초는 낮게 껄껄 웃으며 고개를 끄덕였다. 맑은 웃음에 절로 하륜의 마음도 깨끗해졌다.

"미친 세상이라 그러지. 소나기가 내리면 잠시 피했다 가는 것이 상책이오, 하 공."

✲

하륜은 한동안 백련사에 머물렀다. 자초도 이곳에 한동안 발을 붙일 예정이라고 했다. 그다지 규모가 큰 절이 아니기에 인적이 드물어 교유할 사람이라고는 서로밖에 없었다. 때문에 하륜과 자초는 자연스레 깊은 교분을 나누게 되었다. 정확히 스무 해 나이 차이가 나는 둘이지만 워낙에 자초가 상하를 따지는 성정이 아니어서 둘은 벗처럼 지냈다. 그는 하륜을 스스럼없이 대했다. 초면에 하륜이 자초에게서 느꼈던 중후한 인상, 내지는 진중한 인상이 애초부터 다 거짓부렁이었다는 것은 고작 사흘 만에 들통이 났다.

"야, 하륜!"

자초의 목소리에는 항상 가래가 끓는 소리가 섞여 있었다. 그의 걸걸한 목소리를 하륜은 맘에 들어 했다. 하륜이 낄낄 웃으며 자초를 바라보자 자초는 미간을 좁히며 혼자 무어라 구시렁거리더니 대뜸 하륜의 코를 붙잡았다. 그의 뜬금없는 행동에 하륜은 엉겁결에 팔을 허우적거리며 상체를 뒤로 젖혀 자초의 거칠거칠한 손에서 벗어났다.

"뭐, 뭡니까?"

하륜의 당혹스러운 표정과 달리 자초는 덤덤했다. 그는 고개를 삐딱하게 하고 연신 입맛을 다셨다.

"참, 사람 일은 모르는 거라니깐."

모를 소리에 하륜이 고개를 갸웃거리며 속뜻을 묻자 자초는 하륜 앞으로 바짝 다가오더니 미간에 손가락을 콕 찍었다. 그리고 콧등을 타고 손가락을 내렸다.

"미간부터 콧방울까지 콧대가 선 굵게 내려온다. 좋은 코야. 또 콧대가 높으니 고집이 세다. 절대 신념을 안 꺾는다. 유들유들 살아야 할 것인데 타협은 절대로 없구나. 입은 크고 꾹 다물려 있으니 추진력이 있다. 눈은 길어 귀인의 상이면서 양쪽이 균형이 맞지 않는 짝눈이니 남 잘못된 것을 꼬집어 비판하길 좋아한다. 잘 되면 위징(魏徵)이요 못 되면 예형(禰衡)이니 네 녀석의 주인이 어떤 자가 될지에 따라 명운이 결정될 것이다."

자초는 한참을 말하더니 벌떡 일어나 문을 열고 바깥을 내다보았다. 그리고 밖에 시선을 고정시킨 채 중얼거렸다.

"봉황의 눈이다. 네가 뜻만 품으면 천하를 쥐락펴락할 수 있다. 몸을 떨쳐 일으켜 기지개를 편다면 왕이 될 수도 있지. 몸을 웅크려 남의 밑에 들어간다면 반드시 재상의 반열에 오를 것이요, 그도 아니 하고 아예 속세에서 벗어나 몸을 숨긴다면 신선이 될 것이다. 어떤 길로 갈 것인지는 네가 선택할 일이지. 어떤 길이든 올바른 길을 택하여라."

자초의 말에 하륜이 흐흐 웃음을 흘리면서 가볍게 받았다.

"고승께서 그리 평하시니 기분이 가뿐하군요."

"진중하게 상(相)을 논하였더니 가벼이 농으로 받는구나! 고얀 놈."

"어디 낯간지러워서 참을 수가 있어야지요. 제가 재상의 반열에 오를 것인지는 두고 보면 알지 않겠습니까. 그건 그렇고 자초 형님, 그 얼굴 보는 법이나 좀 알려주십시오."

"오냐! 알려주마. 어디 얼굴 보는 법뿐이냐. 지세(地勢)를 살피는 것도 중요하다. 이런 것을 잡학으로 치부하는 것들은 아주 배우지 못한 놈들이지. 음양오행은 세상 돌아가는 원리다."

하륜은 그에게서 관상 보는 법과 풍수지리 살피는 법을 배우고 음양오행의 원리와 사주팔자 보는 법을 배웠다. 평생 유교 경학만 공부하던 그에게 이런 것들은 매우 흥미로운 학문이었다. 자초의 가르침은 혹독했다.

"사람의 관상은 동물에 종종 빗대어진다. 봉황, 용, 호랑이, 현무, 해태, 사자, 늑대, 독수리, 말, 당나귀, 물고기까지 다양하지. 사람의 생김새가 어떤지 알려면 봉황이, 용이, 호랑이가, 현무가, 해태가, 사자가, 늑대가, 독수리가, 말이, 당나귀가, 물고기가 어떻게 생겼는지 알아야 하는 것이다. 그래야 사람의 얼굴을 보고 봉의 상이다, 용의 상이다 할 것이 아니냐."

자초는 자신이 한 말을 그대로 실습으로 옮겼다. 하륜을 끌고 시장으로 가서 냄새 나는 말의 얼굴에 제 얼굴을 가까이 대게 했다. 하륜은 질색했지만 자초의 억센 악력이 그를 벗어나지 못하게 했다.

"관상을 보는 방법에는 여러 가지가 있다. 관상은 우선 삼정(三停, 얼굴을 세 부위로 나눔)으로 본다. 상정(이마), 중정(눈썹 아래부터 코 끝까

지), 하정(코 끝에서 턱 끝까지)이 그것이다. 또 사독(四瀆, 이목구비)으로
도 본다. 얼굴이나 몸에 있는 점으로도 관상을 본다. 즉 삼정과 사독과 점
으로 관상을 보아라. 이것은 말이다. 말의 얼굴을 한 사람은 이기적이고
독단적이며 독립심이 강하다. 또 가난하게 사는 사람이 없다. 다소간 난
봉꾼 기질이 있다. 관상에서 말상은 아주 좋은 상 중 하나로 본다. 알겠느
냐?"

"아, 알았으니까 이제 좀 풀어줘요!"

말의 주둥이에서 풍기는 썩은 풀 내에 기겁을 하던 하륜은 자초가 풀어
주자 황급히 말에서 떨어져 가쁜 숨을 어푸어푸 내쉬었다. 자초는 낄낄거
리면서 하륜에게 말했다.

"가르침은 혹독해야 하는 것이다. 자, 기억에 잘 남지 않니? 이렇게 가
르쳐야 잘 새겨지는 것이야!"

"자초 형님은 괴승 중에 괴승이올시다!"

자초는 하륜을 시장 구석구석으로 끌고 다니며 다른 동물들도 살피게
했다. 봉황이 없으니 닭을 살피도록 했고, 현무 대신 자라, 해태 대신 삽
살개, 사자와 호랑이 대신 고양이, 늑대 대신 개를 살피게 했다. 양반 신
분으로 졸지에 냄새 나는 가축들을 이리 저리 만져가며 살피는 꼴이 스스
로 생각해도 사뭇 우스웠다. 모든 동물을 다 살피고 나니 절로 몸에서 퀴
퀴한 냄새가 나는 듯하였다. 하륜이 잔뜩 얼굴을 찡그리자 자초가 한심하
다는 듯 혀를 끌끌 찼다.

"뭘 그리 기분상해 하나? 개, 돼지보다 더 역겨운 것이 사람이거늘!"

관상뿐만 아니라 풍수지리도 자초는 괴상한 방법으로 엄혹하게 가르
쳤다. 직접 지세가 좋은 곳을 찾아가 산을 오르내리게 하기도 했고, 좋은
물줄기라고 하며 하륜을 강에 빠트리기도 했다. 하륜은 허우적거리면서

도 뭐가 그리 좋은지 실없는 웃음만 터트렸다.

"마, 스님 덕분에 좋은 구경 많이하네예."

신몽인은 어이없는 듯 자초를 보고 허허 웃었다.

"참 괴인이 아니냐? 고작 약관의 나이에 사헌부 관원에 임용되었다. 조금만 버티면 출세 길이 활짝 열릴 것인데 괜히 벌집을 들쑤셔서 보기 좋게 쫓겨났다. 그리고는 여기에 와서 잡학이나 배우겠다고 땡초가 등쳐먹는 대로 곧이곧대로 당하니 말이야. 아니, 괴인보다는 바보요, 병신이요, 등신이다! 등신이다, 등신!"

자초의 말에 저 멀리서 하륜이 삿대를 마구 저으며 외쳤다.

"다 들리니 목소리 낮추십시오!"

✻

하륜은 백련사에 더 머물며 자초의 가르침을 받고 싶었으나, 규연으로부터 세 번에 걸쳐 서신으로 귀가하라는 은근한 압력을 받았기에 돌아가는 수밖에 없었다. 그는 신몽인이 열심히 나귀에 짐을 이는 것을 흘끗 보더니 자초에게 능글맞은 표정으로 물었다.

"언제까지 백련사에 머물 요량입니까? 딱히 정해둔 곳이 없으면 제 집에서 머무시지요."

하륜의 제안을 자초는 가볍게 뿌리쳤다.

"자초 스님이 말씀하시길, 갈 곳 정한 여행만큼 질 떨어지는 여행은 없느니라 하였다."

그렇게 하륜과 자초는 기분 좋게 작별했다.

"이렇듯 기약 없이 헤어지지만 또 뵐 날이 있겠지요."

"물론이다! 원래 걸물끼리의 인연은 질긴 법이거든."

그렇게 하륜은 백련사를 등졌다. 자초도 멀어져가는 나귀를 묵묵히 바

라보더니 반대쪽으로 발걸음을 옮기며 콧노래를 흥얼거렸다. 걸음걸이
가 스님답지 않게 진중한 맛 없이 경망스러웠다.

"십팔자위왕(十八子爲王, 오얏 리(李) 자를 파자하면 십(十), 팔(八), 자
(子)가 된다. 즉, 이 씨가 왕이 된다는 뜻)이니 하륜이 왕이 될 리는 없고,
그렇다고 초야에 묻혀서 사라질 인물도 아니다. 그렇다면 재상이 될 것이
분명한데……. 어떻게 세상을 갖고 놀지 궁금타!"

✳

"그래, 백련사의 고운 여종이라도 마음에 두고 있으셨나 봅니다."

규연이 바느질을 하며 눈길 한 번 주지 않고 묻자 하륜은 진땀을 삐질
흘리며 자신을 변호했다.

"아, 그것이 아닙니다! 다름이 아니라 음양오행을 좀 공부하느라 이리
된 것이니 마음 푸십시오."

"집에 돌아오시면 송아지처럼 묶여 계신다 하셨으니 그리 하실 줄로
믿겠습니다."

"하, 하하, 물론입니다."

규연은 어쩔 줄 몰라 하는 하륜을 보고 미소를 띠며 다시 바느질에 열
중했다. 하륜은 머리만 몇 번 벅벅 긁다가 대청마루로 나가 걸터앉았다.
그리고 깨끗하게 빤 세탁물을 잔뜩 대야에 담아 들고 오는 여종을 손짓으
로 불렀다.

"예, 부르셨습니까?"

"그래. 내 몇 가지 물을 것이 있다."

여종은 눈을 깜빡이며 고개를 끄덕였다. 참으로 순박하기가 그지없었
다. 잔술수를 부릴 줄을 몰라 규연이 각별히 아끼는 여종이었다.

"혹 내가 출타해있는 중에 무슨 일이 있었더냐?"

하륜은 그저 안부를 확인할 겸 가볍게 던진 물음이었다. 그런데 그녀는 자꾸 규연이 있는 안채를 흘끗흘끗 살피며 우물거렸다. 확실히 무언가 있는 눈치였다. 하륜은 짐짓 엄한 표정을 지으며 추궁했다.

“어허, 주인이 묻는데 어찌 대답하지 않는 것이냐!”

그녀는 거의 울상이 되어 안절부절못했다. 시선 둘 곳을 찾지 못했고, 곱게 모은 두 손은 와들와들 떨렸다. 그녀는 한동안 주저주저하더니 한숨을 팍 내쉬곤 고개를 숙인 채 아뢰었다.

“마님께서 발설하지 말라고 하셨는데, 물으시니 고하지 않을 수가 없습니다. 기실 몇 번 조정에서 사람이 와서 괴롭힌 예가 있습니다…….”

이렇게 말하곤 그녀는 여전히 어쩔 줄 몰라 하며 발을 동동 굴렀다. 하륜이 화들짝 놀라며 자세한 내막을 묻자 그녀는 모든 것을 실토했다. 양 전부사의 끄나풀들이 몇 번이나 와서 행패를 부렸다는 것이었다. 가재집기를 부수고 함부로 종들을 때리고 괴롭혔으며, 차마 입에 담을 수 없는 욕설을 퍼부었다고 하였다. 그럼에도 신돈의 권세가 두려워 복날에 두들겨 맞는 개처럼 당하기만 했다는 전언이었다.

“아……..”

숨이 턱 막히는 기분이었다. 정신이 어찔어찔하고 저절로 이가 갈렸다. 자신이 없는 동안에 부인이 그렇듯 고초를 당했다는 말을 들으니 가슴이 막혀왔다. 분노를 가라앉힐 수가 없었다. 그럼에도 부인의 고초를 갚아주지 못하고 애먼 가슴만 팡팡 치는 수밖에 없다는 사실이 너무나도 혐오스러웠다. 하륜은 안채에 있는 규연이 듣지 못하도록 자신의 입을 틀어막고 오열했다. 끅끅, 울음 참는 소리가 간간이 삐져나왔다.

✳

하륜이 집에서 이나 잡고 잡학이나 파고드는 동안 신돈의 마수는 고려의 땅에 단단히 뿌리를 내렸다. 이제 양전부사의 전횡쯤이야 당연시될 정도로 고려에 면역이 생겼다. 부정부패에 둔감해지고 조정은 점점 탁하디탁한 수렁 속으로 빠져 들어갔다. 나름대로 일정한 선을 지키던 신돈도 주위에 몰려드는 아첨꾼과 뇌물꾼들로 인해 점점 더 타락해갔다. 이제는 권문세족들이 발호하던 때보다 부패가 더 심하였다. 돈과 여자에 관련된 추문이 끊이질 않았다. 수차례 신돈에 대한 반감을 품은 자들의 탄핵 및 암살 모의가 있었으나, 그런 자들이 오히려 신돈에 의해 숙청되고 신돈의 권위만 더욱 단단해지는 형세였다. 상황이 이쯤 되니 처음에 신돈을 생불이니 문수보살의 현신이니 하며 칭송하던 백성도 갑갑한 마음으로 신돈을 저주했다. 애초에 전면적인 개혁을 강행할 목적으로 신돈을 내세웠던 공민왕도 점점 그에게서 마음을 거두었다. 이에 위기감을 느낀 신돈은 무리수를 두기 시작했다. 임금이 유일한 지지기반이었던 그는 임금이 자신에게서 관심을 거두자 임금의 권위 없이도 자립할 힘을 갖추기 위해 차지할 수 있는 감투는 죄다 차지해야 한다고 생각하였다. 종내는 고려 5도(五道)를 총괄하는 도사심관(都事審官) 자리를 요구하였다. 임금에 필적하는 권위를 요구하는 신돈의 주제넘음에 임금은 한심하다는 듯 고개를 절레절레 저으며 단호히 거부했다. 이는 신돈의 시대가 종말에 이르렀음을 고하는 선언이었다. 엄청난 위기감에 사로잡힌 신돈은 더욱 미쳐버렸다. 말도 안 되는 개혁정책을 내놓고 인사를 터무니없게 처리했다. 그러자 조정의 거센 반발에 봉착했다. 임금의 총애와 조정에 대한 장악력 모두를 상실한 신돈의 권세는 수직 급강하했다. 계속 오르막을 타던 자에게 한번 위기가 닥치면 수습이 불가능한 게 세상의 이치였다. 이제 신돈의 시대가 끝났다고 여긴 그간의 아첨꾼들이 썰물처럼 빠져나갔다. 그의 주위에 아무도 남지 않게 되었다. 그동안 그의 주위에 있던 자들은 그를 흠모해서가 아니라 그의 권세를 흠모해서 그랬던 것이기 때문이었다. 심지어는 제 아내까지 바쳐가며 몸을 굽히던 기현도 미련 없이 손을 털고 신돈에게서 떠났다. 1370년(공민왕 19년) 임금은 친정체제를 선포했고, 신돈은 실각했다. 이듬해에 신돈이 역모를 획책했다는 내용으로 이인이라는 자가 쓴 투서를 재상인 김속명이 입수했고, 이 때문에 신돈은 탄핵되어 수원으로 유배를 가게 되었다. 얼마 후 신돈에게 참수령이 내렸다.

"인생 참 웃기는 것이지. 좋다! 후회는 없어. 즐길 거 다 즐기고 겪을 거 다 겪고 죽으니 남을 한이 무어냐!"

술에 취한 듯 중언부언하는 신돈의 주둥아리가 멈췄다. 그의 머리를 지탱하던 목에서 붉디붉은 피가 콸콸 쏟아졌다. 그의 죽음은 썩어버린 개혁의 종언이었다.

✻

신돈이 제거되자 그에게 반대했던 이들은 조정으로 복귀하라는 명령을 속속 받았다. 양전부사를 탄핵하여 파직되었던 하륜도 그중 하나였다. 하륜은 정6품 고공좌랑(考功佐郎)에 임명되었다. 고공좌랑은 인사를 관리하는 이부(吏部)의 유일한 하부 관청인 고공사(考功司)의 둘째 가는 자리로, 관리들의 고과를 산정하는 직책이었다. 그만큼 품계에 비해 입김이 강한 자리였다. 그 탓에 인사 관련 청탁이 많이 들어올 수밖에 없었다. 권력에는 항상 그 향기를 맡고 꼬이는 벌과 나비들로 붐비는 것이 당연지사였다. 하륜은 비교적 조정에서의 경력이 일천하고 나이도 어렸기 때문에 조정의 중신들이 접근하기가 더욱 수월했다.

신돈이 죽은 뒤 조정의 판이 새로 짜이기 시작했다. 그 중심에 이인임(李仁任)이 있었다. 그는 하륜의 좌주인 이인복과 빙장인 이인미의 형제였는데, 청렴하고 올곧은 이인복과는 달리 권력을 탐하고 권력을 얻기 위해서라면 어떤 것도 마다하지 않는 인물이기에 이인복과의 사이가 매우 좋지 않았다.

당시 중원의 상황은 복잡하게 돌아가고 있었다. 홍건적 장수 출신으로 세력을 규합한 주원장(朱元璋)이 명(明)나라를 세웠고, 중원을 장악했던 원(元)나라는 점점 더 세력이 줄어들고 있었다.

이인임은 신돈이 등장하기 전에 고려의 패권을 장악했던 권문세족의 중심인물이었다. 권문세족은 부원파(附元派)가 주류였다. 따라서 새롭게 권력을 잡은 이인임도 기본적으로 친원을 표방했다. 귀족, 대지주, 대신, 부원파. 모든 기득권 집단의 교집합에 위치한 그였다. 그가 수구적인 자세를 취하는 것도 어쩌면 당연한 생리였다.

조정의 다른 한 축에는 최영(崔瑩)이 있었다. 그도 권문세족의 한 갈래로 보수적인 성향이었지만, 이인임의 수구적인 태도와는 사뭇 다른 태도를 취했다. 기득권을 이용해 자신과 자신 주변의 사리사욕을 챙기는 이인임 일파와는 명백히 선을 그었다. 국가에 충성하고 국가를 위해 자신을 희생할 줄 알았다. 그렇다 해도 저변에 깔린 정치적 성향은 이인임과 유사했다. 기본적으로 귀족층의 이권을 수호하고 친원적인 생각을 지니고 있었다.

조정은 이렇듯 이인임과 최영에 의해 양분되다시피 하고 있으면서도 그 사이에서 새로운 정치세력의 싹이 트는 구조였다. 새로운 정치세력의 중심에 이색, 정몽주, 정도전이 있었다. 그들은 아직 이인임, 최영 일파에 견줄 만한 정치력을 확보하진 못했지만 신흥세력으로서 입지를 넓혀가고 있었다. 그들은 이인임, 최영과 달리 기득권을 해체하여 대대적인 개혁을 감행해야 한다는 주의였고, 대체로 친명파였다. 그들은 최영과 함께 군부를 쌍두마차 격으로 이끌고 있는 이성계를 포섭하여 본격적으로 중

앙정계에서 입지를 넓힐 요량이었다.

이런 복잡한 정치적 환경에서는 어느 정파에게든 인사권은 반드시 확보해야 하는 중요한 권력이었다. 때문에 고공좌랑으로 있는 하륜의 입지가 더욱 확대됨과 동시에 하륜은 엄청난 청탁공세에 시달려야 했다. 그는 시도 때도 없는 각 정파의 회유와 협박에 몸살을 앓았고, 매일같이 술자리에 불려나갔다.

"내 좌랑을 눈여겨보고 있었지. 사헌부에 있었을 때부터 말이야. 신돈의 오른팔을 탄핵할 만한 관료가 대체 자네 말고 누가 있었던가? 그때부터 내 자네가 인재인 줄을 알았지."

신돈을 탄핵할 때 사정없이 자신을 내친 사헌부 장령이 이인임의 전령이 되어 자신을 찾아왔을 땐 그의 위선에 구토가 날 지경이었다. 그는 누런 이를 드러내고 씩 웃으며 은근히 말했다. 찰랑찰랑 딱 알맞을 정도로 하륜의 잔에 술을 채운 그는 잔을 들어 마시기를 권했다. 하륜은 마뜩찮은 표정으로 술잔을 받아 단숨에 술을 넘겼다. 장령은 넉살스럽게 웃어 보이더니 소매에서 반듯하게 접힌 서간을 꺼내어 하륜에게 보였다.

"수문하시중(守門下侍中, 중서문하성의 정1품 벼슬, 이인임의 관직)께서 아끼시는 자들이네. 요번 고과평가에서 잘 좀 봐주시게나. 알잖나. 좋은 게 좋은 거지. 잘만 해주면 수문하시중께서도 자네를 눈여겨보실 게야."

하륜이 펼쳐 보니 이름자들이 빼곡히 적혀 있었다. 그 면면을 보니 과연 아첨 잘 하고 절대적으로 이인임에게 붙어먹는 자들이었다. 하륜은 장령이 술을 따라 건넨 잔을 저만치 치우고 새 잔에 직접 술을 따라 거푸 두 잔을 넘겼다. 장령은 일순 불쾌한 기색을 표했으나 곧 표정을 풀고 웃으며 살갑게 굴었다. 하지만 그와 대조적으로 하륜의 표정은 얼음장처럼 차갑게 굳어있었다. 하륜은 석 잔째 술을 넘기더니 곧장 장령에게서 받은 서간을 그들에게 빛을 비추어주는 호롱불에 갖다 댔다. 그러자 매운 연기가 피어오르면서 탐욕의 이름들이 불티가 되어 허공으로 날아갔다.

장령의 이마에 핏줄이 곤두섰다. 분노를 간신히 억누르는 듯 목소리가 파르라니 떨렸다.

"이게 무슨 짓인가?"

하륜은 장령을 한동안 쏘아보더니 아무 말도 하지 않고 갓을 고쳐 쓴 뒤 자리를 박차고 나갔다. 기방의 대문을 나서는 하륜의 등 뒤로 분노에 찬 장령의 일갈이 메아리쳤다.

"네놈이 잘난 맛에 취해 제멋대로지만, 세상 일이 어디 네놈 맘대로 되는가 보아라!"

대청마루에 앉아 꾸벅꾸벅 졸고 있다가 화들짝 놀라 하륜의 꽁무니를 종종걸음으로 따라 나선 신몽인도 우려 섞인 표정을 지었다.

"우짜실라고 이카십니꺼?"

평소에 하륜의 행동거지에 열광하다시피 지지를 보내던 신몽인도 이번에는 퍽 걱정이 되는 모양이었다. 그도 그럴 것이 이번 행동은 사헌부 장령에게 반발한 것이 아니라 대놓고 정면으로 이인임에게 반기를 든 것과 다름이 없었다. 당대 권신에게는 대충 비위를 맞춰주는 것이 상례였다. 특히 정치에서 가장 중요한 인사에 관한 건에서 반기를 들다니, 일자무식의 신몽인도 염려하지 않을 수가 없었다. 그러나 하륜의 표정은 덤덤했다.

"이놈아, 목 잘린 신돈의 권세가 이인임의 것에 못 미쳤다고 보느냐. 신돈한테도 머리를 안 숙였는데 이인임 그 쥐새끼 같은 놈한테 조아릴 것은 또 무어냔 말이다."

“아니 그래도예……”

“됐다. 이미 저지른 일이다.”

신몽인은 고개를 푹 숙여 한숨을 내쉬더니 엷은 웃음기를 입가에 머금으며 말했다.

“좌랑 같은 관원이 두서넛만 더 있었어도 마 조정이 일케는 안 썩었을 겁니더.”

“나 같은 관원이 어디 쉽게 나온다더냐? 나로 말할 것 같으면 천하에 다시없는 재상감인데, 그런 이가 두서넛이나 더 있으면 고려는 천하의 군자국이 될 것이다.”

신몽인은 기가 차다는 듯 웃으며 자신감에 찬 하륜의 눈빛을 외면했다.

“그렇다고 칩시더.”

사헌부 장령이 분을 풀지 못하고 씩씩거리며 이인임에게 하륜의 건방진 행동을 하나하나 열거하며 보고했다. 이인임은 씩 웃으며 재밌다는 표정을 지었다.

“그 자는 신돈 시절에 그렇게 당하고도 정신을 여태 못 차렸나 보구나.”

“수문하시중께서는 어찌 그 고집불통을 고공좌랑에 앉힐 생각을 하셨습니까. 애초에 그를 부르지 않았으면 이런 일도 없었을 것인데……”

장령이 짐짓 우려스런 표정을 짓자 이인임은 혀를 끌끌 차며 그를 가볍게 질책했다.

“고작 6품 고공좌랑이 승인을 안 해준다고 내가 내 사람 승진 못 시킬 거 같은가? 원, 자네는 이 이인임을 뭘로 보는 거야? 고공사 수장부터가 내게 충성을 맹약한 것을 자네도 알 텐데.”

이인임이 다소 불편한 심기를 보이자 장령은 잔뜩 몸을 웅크리고 굽실거리며 그의 비위를 맞췄다. 이인임은 한심하다는 눈빛으로 그를 바라보더니 느긋하게 웃으며 중얼거렸다.

"하륜이란 작자가 난 인물은 난 인물이구나. 신돈이든 이인임이든, 거칠 것이 없어. 제 소신대로 밀고나가는 인물이야. 참으로 대담한 인물이 아닌가."

의외의 인물평에 장령은 당혹스러움을 감추지 못했다. 맞장구를 쳐주어야 할지, 아니면 행간의 숨은 뜻을 짚어내어 적당히 하륜을 공박해야할지를 몰라 우물거리다가 침묵했다. 이인임은 자신의 눈치만 보는 장령의 태도를 보고 영 못마땅하다는 듯이 코를 찡긋하더니 멀리 다른 곳을 쳐다보며 말했다.

"아니, 왜 입을 다물고 있어? 왜 떳떳하게 자네 의중을 털어놓지 못하나? 나보고 하륜 같은 고집불통을 왜 요직에 갖다 놓았냐고 했지? 자네 꼴을 좀 봐. 말을 해보라고 하면 자네처럼 내 눈치부터 보는 놈들이 9할이야. 조정에서 정몽주, 정도전 같은, 저들 스스로 소장파라 부르는 어린 나부랭이들이 우리보고 뭐라는 줄 알아? 꼴통이래, 꼴통! 원나라 뒷구멍이나 핥고 눈앞의 돈만 챙기는 꼴통이래. 최영 그 작자도 이 이인임의 얼굴만 보면 제 분에 못 이겨서 마구 짖어대지. 저들은 우국충신이고 우리는 나라를 팔아먹는, 죽일 놈 중의 죽일 놈이야. 지금 과거를 보고 들어오는 놈들 중에서 알짜는 죄다 저놈들 밑으로 들어가고 있어. 우리 밑에는 다 어중이떠중이에 소인배만 우글거린다구. 왠 줄 알아? 자네 같은 자들이 득시글거리니까 자네 같은 자들만 들어오는 거야. 나는 하륜을 내 사람으로 만들 거야. 그리고 이 이인임의 얼굴로 내세울 거야. 이대로 쓰레기 같은 놈들만 끌고 가다가는 우리도 폭삭 망하고 말 거야."

장령은 눈을 껌뻑거리며 그의 말을 듣기만 했다. 이인임은 꿀 먹은 벙어리처럼 아무런 반응도 내놓지 않는 그의 태도에 답답한 듯 가슴을 팡팡 치며 어이구, 어이구, 하더니 자리에서 일어나 그를 한 번 쏘아보곤 그대로 휑하니 나가버렸다.

다음날 퇴청하는 하륜을 이인임이 붙잡았다. 하륜은 그에게 붙잡힌 손을 슬그머니 빼내며 불쾌감을 감추지 않았다. 전날의 청탁도 있고 해서 심기가 매우 불편했다. 그래도 조정의 수장이기에 예를 갖춰 대하였다.

"수문하시중께서 어인 일로 고공사에까지……."

이인임은 껄껄 호탕하게 웃어 보이고는 하륜의 어깨를 툭툭 치며 친근함을 과장했다.

"아, 내 자네와 술 한 잔 하고 싶어서."

"어찌 미천한 소직과 술자리를 같이 하려 하십니까."

"자네가 거절하지 않는다면 꼭 깊은 대화를 나누고 싶었던 바네."

하륜은 영 뒷맛이 찜찜하였지만 일단은 이인임의 제안에 응하기로 했다. 어찌되었건 그는 조정의 최고 실권자였다. 그에게 자신의 생각을 피력하여 그로 하여금 실현하게 할 수 있을지도 몰랐다. 만약 신돈처럼 자신을 눈엣가시로 생각하여 잘라내려고 한다면 순순히 그렇게 당해주면 그만이라는 생각이었다. 이인임은 하륜을 요정으로 데려가 각종 진미와 귀한 술을 대접하였다. 절색의 기생도 붙여주려 했지만 하륜이 극구 사양하는 바람에 그만두었다. 하륜은 이인임이 온갖 미사여구와 현실적인 권력을 내세우며 자신을 제 편으로 끌어들이려고 할 것이라 여기고, 어떻게 하면 이인임의 기분을 최대한 덜 상하게 하면서 완곡하게 그것을 거절할지를 고심했다. 하지만 이인임은 정치 얘기는 하지 않고 제 마누라 흉보는 얘기를 하다가 원나라에서 들어온 마필이 꽤나 훌륭한데 한 필 내주겠다든가 하는 시시콜콜한 잡담만 늘어놓았다. 이인임이 의외로 소탈하고 유쾌하게 하는 말을 하륜은 웃으면서 받아주었다. 한참을 떠들던 이인임이 술을 머금어 목을 축이더니 전을 하나 집어 입 안에 우겨넣고 와구와구 씹어 넘겼다. 그리곤 젓가락을 든 손으로 하륜을 가리키며 말했다.

"내 말만 했으니 자네가 좀 지루하겠군. 이제는 자네 얘기 좀 해봐. 그래, 조정의 명신을 불러다놓고 담화하는 자리인데 조정 얘기를 하지 않을 수가 없지. 내가 수문하시중의 자리에 있지마는 부족한 점이 많아. 그래서 그러니, 자네가 좀 조언을 해주게나. 나는 신돈과는 달리 마음이 너그러우니 툭 터놓고 얘기해도 좋네!"

이인임이 이런저런 잡담으로 둘 사이의 긴장감을 많이 이완시켜서 하륜이 자신의 의견을 개진하기에 편안한 상황이었다. 하륜은 기탄없이 의견을 늘어놓았다.

"대저 조정의 큰 병폐가 무엇입니까? 신하들이 제 잇속만 채울 줄 알고 백성을 고려하지 않는 것이 아닙니까. 순자 왈, 군주는 배와 같고[君者舟也] 백성은 물과 같다[庶人水也] 하였습니다. 물은 배를 띄울 수도[水卽載舟] 뒤집을 수도 있으니[水卽覆舟] 군주는 항상 백성의 의중을 살펴야 한다고 하였습니다. 신하들은 군주가 백성의 의중을 살필 수 있게 해주는 눈이자 군주가 자신의 뜻을 밝히면 그 뜻을 수행하는 수족과 같은 존재입니다. 그런 신하들이 눈의 역할도, 수족의 역할도 제대로 하지 못하니 어찌 나라가 병들지 않겠습니까? 이것이 조정의 제일 병폐입니다."

이인임은 하륜의 일장연설을 잠자코 듣더니 고개를 끄덕이며 강하게 긍정했다.

"옳다, 옳다. 정말로 자네 말이 옳으이. 역시 자네 말은 백성을 제일로 생각하라 이것이지?"

"예. 삼봉 형님도 말씀하시길, 신하들은 군주에 대한 충성보다 백성에 대한 사랑을 우선해야 한다고 하셨습니다."

하륜이 정도전을 거론하자 이인임은 잠시 얼굴을 찡그리더니 하륜의 눈치를 슬쩍 보며 히히 웃었다.

"아, 미안하이. 정도전이 자네와 의형인 것을 내가 잘 알지. 하지만 워낙에 나한테는 독사 같은 자라서……."

"이해합니다."

이인임은 자세를 고쳐 앉으며 하륜의 잔에 술을 그득히 채웠다. 그리고는 하륜의 눈에 시선을 고정시킨 채 말했다. 진중함이 들어있는 목소리였다.

"자네의 조언은 참으로 새겨들을 만하네. 백성을 중히 여기라는 말은 인이 박히도록 들었지만 새삼 다시 들으니 탁 트이는 느낌이 드는구먼."

"그렇게 여기셨다니 소직도 기분이 좋습니다."

"자네가 신돈의 오른팔을 탄핵할 때부터 내 자네를 눈여겨보았네. 이번에 장령의 청탁을 거절한 것에도 크게 놀랐지."

이인임은 이렇게 말하곤 하륜의 기색을 살폈다. 하륜은 덤덤한 표정이었다.

"그것은 관원에게 마땅한 도리가 아닙니까."

"물론이네. 허나 마땅한 도리도 제대로 따르지 못하는 자들이 많지. 조정의 실권을 쥔 자에게 감히 그리 할 수 있는 자가 얼마나 되는가?"

"통탄한 일이지요."

이인임 앞에서 그가 청탁을 한 것을 두고 통탄할 일이라고 말한 것은 여간한 배짱이 있지 않고서는 불가능한 일이었다. 그런데 하륜은 미동도 하지 않고 그런 말을 쏟아냈다. 이인임은 그 말을 문제 삼지 않고 오히려 너털웃음을 터트리면서 대담하다고 하륜을 치켜세우기 바빴다.

"허나 자네가 오해하는 것이 있어. 나는 자네에게 청탁을 한 일이 없네. 사헌부 장령이 나에게 총애를 좀 받을까 하고 독단적으로 그리 한 게야. 자네가 나를 그런 소인으로 보지 않았으면 하네."

"알겠습니다."

"자네도 이번에 겪었듯이 장령 같은 자들이 내 밑에 수두룩하네. 그래서 내가 이런 태를 벗으려고 노력을 하지만 그게 어디 나 혼자 힘으로 되겠는가? 내가 갑 하라 하면 을 하고 병 하라 하면 정 하니 이게 안 되는 거야. 정치란 어려운 것이야."

이인임은 이렇게 말하곤 입을 다물어 여운을 남겼다. 그 의중은 충분히 짐작할 수 있었다. 자기 사람이 되어 자기를 도와달라는 권유였다. 하륜은 이인임의 뜻을 알면서도 애꿎은 젓가락을 놀려 안주를 집어먹으면서 침묵으로 일관했다. 이인임의 권유에 넘어갈 의향이 결단코 없었다. 결국 이인임이 입을 열었다.

"자네가 날 좀 도와줘. 나도 내가 쥐고 있는 권력을 어중이떠중이들 잇속 채워주는 데만 쓰고 싶지는 않단 말일세. 자네 같은 인물이 내 주위에 있다면 나도 소신껏 백성을 위한 정치를 하고 싶네."

하지만 하륜은 싸늘하게 받아쳤다.

"그럴 의지만 갖고 계셨으면 하실 수 있는 일이 많았습니다. 허나 소직은 공께서 백성을 위해 그리 하신 일을 듣지도 보지도 못하였으니 공의 의지를 신뢰할 수가 없습니다."

이인임이 뭐라 항변하려 했지만 하륜은 벌써 자리에서 일어나 있었다. 그는 꾸벅 허리를 숙여 예를 표하곤 자리를 떴다. 이인임은 순간 울컥하는 마음에 호통을 치려고 했다가, 이내 부아를 가라앉히고 조용히 웃었다.

"그래, 이 정도 인물은 돼야 낚는 맛이 있지. 사람 낚기가 좀 어렵던가."

"수문하시중 어른, 어찌 그리도 하륜에 집착하십니까?"

임견미(林堅美)가 말했다. 이인임의 수족을 자임하는 대신 둘이 있었다. 그중 하나가 임견미이고 다른 하나가 지윤(池奫)이었다. 이 둘은 전형적인 무관으로 기골이 장대하고 장비수염을 길러 자못 장부의 기개가 느껴졌으나 속은 아주 간사하고 비열한 자들이었다. 그들은 자신들과 상반된 성향을 지닌 정도전, 하륜 등을 경멸하다시피 했는데, 이인임이 하륜을 포섭하려고 무진 애를 쓰니 이해할 수 없다는 반응을 보이며 불쾌한 기색을 감추지 않았다.

"쯧쯧, 자네들 같은 소인이 뭘 알겠나. 어이구."

이인임이 혀를 끌끌 차며 한심하다는 눈빛으로 두 덩치를 바라봤다. 임견미와 지윤은 고개를 갸웃거리며 모르겠다는 표정만 지었다.

"하륜을 얻으면 따라오는 것이 한두 가지가 아냐. 우선 하륜을 우리 쪽 얼굴로 써먹을 수가 있지. 정몽주, 정도전 일파가 우리를 공박하는 내용 중 단골이 비리나 일삼는 더러운 무리라는 것이 아닌가? 그런데 하륜이 우리에게 와서 얼굴 노릇을 해주면 이를 상쇄시킬 수 있지. 두 번째로 정몽주, 정도전 일파를 분열시킬 수가 있어. 하륜은 저들에 속해 있지 않지만, 저들 일파 중 하륜을 따르는 관원들이 꽤 있거든. 하륜이 우리 쪽에 서서 우리를 비호하고 저들을 공박한다면 분열을 충분히 획책할 수가 있는 것일세."

이인임의 이 말을 듣고서야 임견미와 지윤은 과연 그렇다며 고개를 끄덕였다. 이인임은 허탈한 웃음을 지으며 그들을 꾸짖었다.

"나 원, 심복이란 작자들이 계책을 내놓기는커녕 설명을 해줘야 알아 듣다니! 이래서라도 하륜이 필요한 것이야."

"헌데요, 하륜이 과연 우리에게 동조할까요? 부귀나 공명, 이런 것을 중시하는 자 같지는 않던데요."

지윤이 무슨 말이라도 해야 면박을 당하지 않을 것 같은지 입을 열었다. 이에 이인임이 고개를 끄덕이며 대답했다.

"간만에 자네가 말 같은 말을 하는군. 물론 하륜을 포섭하기란 쉽지 않네. 아마 실패할 공산이 더 크겠지. 허나 우리가 지속해서 하륜을 아끼고 비호한다면 정몽주 일파도 의구심을 품을 걸세. 최소한 반간계로서의 힘은 발휘할 것이란 말이지. 하륜 포섭의 두 가지 목적 중 하나만 달성해도 성공일세."

✻

이인임은 진득하게 하륜에게 달라붙었다. 임견미와 지윤도 이인임의 지령을 받아 고공사에서 하륜을 기다리다 술자리로 이끌고 가는 일이 다반사가 되었다. 또한 이인임은 하륜의 진언을 받아들이는 체하여 그의 환심을 사는 일도 마다하지 않았다.

이렇게 되니 하륜이 이인임에게 마음을 열지 않았음을 알면서도 정도전은 속으로 불안하지 않을 수가 없었다. 하륜의 잠재력을 자신의 것과 동치로 놓는 정도전으로서는 하륜이 자신과 척을 질 일말의 가능성이라도 두려워하지 않을 수가 없었다. 그렇지 않을 것이라고 고개를 설레설레 저었지만 움트는 불안감과 두려움을 잘라낼 수가 없었다. 그는 더욱 의식적으로 하륜과 자주 만났다. 하륜도 정도전의 마음을 충분히 짐작하여 착잡한 마음으로 그와 만났다.

"굳이 해명하지 않겠습니다. 형님은 제 진심을 아실 것이라 확신합니다."

"물론이다. 나는 네가 그런 속물들과 어울릴 것이라고 믿지 않는다. 하지만 솔직한 심정으로 불안하구나. 사람이란 것이 이런 존재야."

"이해합니다. 저들이 형님과 저를 갈라놓으려 할수록 더 끈끈히 결합합시다. 저는 언제까지나 형님과 형님의 생각을 지지할 것입니다."

정도전은 뭉클한 따뜻함을 느끼며 하륜의 손을 맞잡았다.

"나도 언제까지나 너와 동행하고 싶다."

✻

하지만 이인임의 계책은 주효했다. 정도전이 아무리 하륜을 신뢰하고 변호한다 해도 친명과 개혁을 지향하는 무리의 수장격인 정몽주가 하륜을 매우 부정적으로 보는 것을 막지는 못했다. 그는 물론이고 그가 거느린 일파의 요인들도 하륜을 회색분자로 분류해놓고 있었다.

"사성(司成, 성균관의 정3품 벼슬, 정몽주의 관직) 어른, 하륜은 그럴 인사가 아닙니다. 소직이 보장한다지 않습니까. 사성께서는 하륜은 믿지 않더라도 소직은 신뢰하지 않습니까? 제 말을 믿어주십시오."

정도전이 정몽주와 독대한 자리에서 거의 울듯이 하소연했지만 정몽주는 단호하게 고개를 절레절레 저었다.

"내가 그 말을 믿는다고 해도 다른 사람들이 동의하지 못해. 지금 이인임이 하는 꼴을 보게. 하륜이 진언하면 그대로 하고 있잖아. 대체 이걸 어떻게 해석해야 하나? 그리고 임견미, 지윤 일파가 하륜과 수차례 술자리를 가진 것은 조정에 있는 이라면 누구나 익히 알고 있는 사실이네. 내가 자네의 말을 믿는다 해도 다른 이들까지 믿게 할 자신은 없군."

포용력이 좋기로 소문난 정몽주가 이런 반응을 보일 정도였으니 다른 당여(黨與)들의 시선은 말할 필요도 없었다. 하륜을 두고 철면피, 독사, 여우 등 갖은 부정적인 칭호를 붙여 조롱하는 자들이 상당했다.

상황이 이렇게 되니 하륜의 신세가 참으로 애매하게 되었다. 정몽주, 정도전 등과 함께 조정을 개혁하려는 열의에 사로잡혀 있던 그는 의욕을 잃게 되어 어깨가 물에 젖은 솜처럼 축 늘어졌다.

'참으로 우습게 되었구나. 졸지에 이쪽에서는 나를 변절자로 낙인찍고 저쪽에서는 나를 꼭두각시로 삼으려 혈안이 되어 있으니 어디에 몸을 기대야 하는가.'

참으로 쓸쓸했다. 조정이 신돈의 손아귀 안에 있던 시절에 소신 있게 정의를 외치고 그대로 파직당한 것에 대해서는 후회라든지 아쉬운 소회 따위가 남아있지 않았다. 그런데 신돈이라는 큰 마가 제거된 후에도 이렇듯 조정이 바르게 굴러가지 못하니 거기서 오는 쓸쓸함이란 결코 지울 수가 없었다. 게다가 자신감을 갖고 이런 불합리를 고쳐보려고 동분서주하였거늘 오히려 회색분자로 몰려 이도저도 아니게 되었으니 뒷맛이 더욱 썼다. 위정이라는 것에 대한 회의가 해일처럼 밀려들었다.

하륜은 대들보에 몸을 기댄 채 밝은 달을 바라보았다. 구름이 잔뜩 끼었지만 달빛은 옅은 회흑색 막을 뚫고 누리를 적셨다. 제아무리 구름이 겹겹이 몰려들어 달을 가리려 해도 달은 더욱 빛을 발하며 누리를 밝히는 제 일을 게을리 하지 않았다. 하륜은 묵묵히 이를 바라보다가 신몽인을 돌아보았다.

"나도 저렇게 할 수 있을까?"

신몽인은 옅은 웃음을 지었다.

"주인도 모르는 기를 종놈이라고 알겠습니꺼."

"주인보다 종놈이 낫지 말란 법이 어디 있느냐."

"지 생각으론 충분히 하시고도 남심더. 함 해보시이소. 꼭 이쪽이나 저쪽에 붙을 필요가 뭐 있습니꺼. 직접 중심에 서이소."

하륜도 웃었다. 신몽인의 말 한마디가 든든해서이기도 하였고, 당면한 현실이 너무나도 한스러워서이기도 하였다.

정도전도 언젠가 신몽인의 말과 유사한 말을 한 적이 있었다. 한창 하륜에 대한 정몽주 일파의 눈초리가 따가워진 시점이었다.

"나는 네가 굳이 너를 탐탁지 않아 하는 무리에 들어오지 않았으면 한다. 구태여 그럴 필요가 무엇이냐? 반드시 당여가 될 필요는 없는 것이다. 줄타기를 하면 되는 것이지."

✱

말하기는 쉽지만 행하기는 쉽지 않은 일이었다. 아슬아슬하게 두 정파 사이에서 줄타기를 하는 일은 하륜에게 덧씌워진 회색 칠을 더욱 뚜렷하게 만드는 결과를 가져올 수도 있는 노릇이었다. 지금 겉으로 보이는 이인임의 호의마저 잃는다면 양당의 표적이 되어 조정에서의 생명은 끊기고 마는 것이었다. 하지만 하륜에게 주어진 다른 선택의 여지가 없었다. 이인임의 당을 선택하기에는 그의 정치적 신념이 가로막고 있었고, 정몽주의 당을 선택하기에는 그 당여들의 반발이 심하였다. 결국 홀로서기를 하는 수밖에 없는 상황이었다. 이인임의 계산적 호의에 휘둘리지 않고 그를 역이용하면서 정몽주의 당과 적당히 제휴하여 자신의 정치적 신념을 고수하는 쪽으로 갈 생각이었다. 그렇게 가다보면 길이 보일 것이라 여겼다.

"외로운 싸움이 될 것이다. 내 힘을 실어주고 싶지마는 사람의 마음을 바꾸는 것이 쉽지가 않구나."

하륜이 자신의 결심을 스승 이색에게 털어놓자 그는 안타까운 목소리로 말했다. 이에 하륜도 덩달아 씁쓸한 표정을 지었다.

"어쩌겠습니까. 그게 관료들 사이의 자연스러운 생리가 아닙니까. 그 틈바구니에서 어떻게든 제 뜻을 지키려다 보니 이런 우스운 선택을 하게 되었습니다."

"내가 너를 포용하지 못하는 것이 매우 안타깝구나. 허나 나나 도전이만은 너를 물심양면으로 도울 것이니 너무 심려치 말거라."

"말씀만이라도 감사합니다."

이렇듯 정도전과 이색이 하륜을 돕겠다고 천명했으나, 뚜렷한 당적 없이 관료생활을 하는 것은 역시 쉬운 일이 아니었다. 개혁파 쪽에선 자신을 업신여기는 시선을 받아야 했고, 이인임 쪽에선 반쯤은 조롱이 섞인 호의를 받아야 했다. 이런 상황에서도 하륜은 본분에 충실했다. 어떤 편벽함도 없이 충실히 인사 업무를 처리해나갔다. 하지만 조정의 상황은 하륜이 제 일에만 몰두하도록 내버려두지 않았다.

하륜이 조정에 실망한 것은 관료들의 부도덕 때문이었다. 제 당파끼리 붙어먹고 상대방을 지나치게 비방하며 제 잇속만 챙기고 백성은 안중에 두지 않는 자들이 조정의 실권을 쥐고 있기 때문이었다. 그런데 언제부턴가 조정에 새로운 해악이 등장하였다.

임금이었다. 그는 왕위에 막 올랐을 땐 백성의 찬사를 받았다. 원나라의 시종 노릇을 하던 친원파의 수괴 기철 일당을 숙청하고 고려의 내정에 간섭하는 일을 하던 원나라의 기관 정동행성이문소(征東行省理問所)와 쌍성총관부(雙城摠管府)를 철폐하고 북쪽으로 영토를 넓히는 등 대외사업에 의욕적으로 나섰다. 내부적으로도 부패한 정방(政房)을 폐지하고 신돈을 전면에 내세워 토지개혁을 실시하는 등 개혁사업에 매우 열정적으로 나섰던 그였다.

하지만 그에게 큰 버팀목이던 원나라 출신 왕비 노국대장공주(魯國大長公主)가 사망하자 정신적으로 큰 타격을 받아 그 뒤로는 국사에 대한 의욕을 잃고 감정의 기복이 심하게 되었다. 이런 중세가 점점 심해지더니 종내 광인처럼 되고 말았다.

하륜은 자주 임금을 찾아갔다. 썩을 대로 썩은 조정인데 임금마저 불능이 되면 고려는 완전히 썩어버리고 말 것이었다.

"전하, 기운을 차리십시오. 전하께서는 만백성의 어버이십니다. 이렇게 주저앉아버리시면 백성의 삶은 도탄에 빠질 것입니다."

하지만 임금은 벌써 괴물이 되어가고 있었다. 그의 편전에는 구석구석 술에 쩐 내가 진동을 했고 그의 목소리는 잔뜩 술에 잠겨 있었다.

"고공좌랑이 아니냐. 좌랑은 어찌하여 그런 고리타분한 말만을 한단 말이냐? 내 수문하시중에게 듣자하니 아주 곧은 인사라고 하던데, 그리 살면 인생이 재미없지 않나."

"관원의 책무를 다할 따름이옵니다. 전하, 돈수백배하고 아뢰옵니다. 부디 떨치고 일어나 이 나라 고려를 굽어 살피소서."

임금의 눈썹이 한 치나 올라갔다.

"떨치고 일어나라니. 경의 눈에는 과인이 주저앉은 것으로 보이는가?"

"신의 뜻은 그것이 아니오라……."

"경은 그만 물러가는 것이 좋을 듯싶군. 더 이상 과인으로 하여금 노하게 하지 마라. 물러가라."

그의 곁을 지키던 환관 최만생(崔萬生)이 얼굴을 찌푸리며 가만히 고개를 절레절레 흔들었다. 선을 넘지 말라는 표시였다. 가까이서 왕을 보필하는 그인 만큼 임금이 어떤 반응을 보일지 그의 머릿속에서는 이미 계

산이 끝난 상태였다. 하륜은 씁쓸한 마음을 안고 그대로 편전에서 나오는
수밖에 없었다.

✳

　임금의 정신적 고통이 더해지면서 그의 변태적 행위가 도를 넘어섰다.
하륜이 고공좌랑 직을 제수 받은 1372년에는 임금이 자제위(子弟衛)란
관청을 설립하고 이를 통하여 귀족 자제 중 미남자들을 선발하여 자신의
시중을 들게끔 했는데, 은밀히 동성애를 즐기기도 하였다. 이는 노국대장
공주의 사망 이후 다른 여인들은 임금의 눈에 들지 않게 된 결과였다. 홍
륜(洪倫)이라는 자가 특히 임금의 총애를 한 몸에 받았다. 임금은 동성애
를 즐기면서도 후사를 걱정했는데, 이에 대한 해결책으로 해괴한 명령을
내렸다. 임금은 후궁인 익비(益妃) 한 씨에게 자제위 청년들과 관계를 맺
으라고 명령하고 그들이 관계 맺는 것을 보며 광소를 터트렸다.

　조정의 대신들은 이런 임금의 만행을 보고 경악했다. 특히 도덕적 완
벽함을 추구하는 신진 사대부들에게 임금이 저지르는 일련의 행동은 그
를 증오하게 만드는 데 충분했다. 정몽주와 정도전도 서로 만나면 이인임
의 탐욕을 우려하다가도 항시 임금의 행태에 대해 혀를 차곤 했다.

　"임금의 악행이 도를 넘는구나."

　이인임 일파에게도 항상 화두는 임금의 이상행동이었다. 하지만 나라
의 미래를 걱정하는 이색, 정몽주, 정도전, 하륜과는 달리 이들은 다른 쪽
으로 그 비상한 머리를 굴렸다.

　"상께서 그리 하시는 것이, 솔직히 말하면, 우리에겐 이득이 아닙니까?
예전 같으면 원나라에 조금이라도 굽실거릴라 하면 불호령이 떨어졌는
데 요즘은 그렇지도 않습니다."

　지윤이 잔뜩 들뜬 표정으로 말했다. 그도 그럴 것이 임금이 정사에 의

욕을 잃으면서 조정의 기강이 해이해져 그의 비리를 공박하던 대간들의 붓심마저 약해졌고, 그 덕에 지위를 이용하여 매관매직을 하고 백성을 겁박하여 토지를 빼앗는 일이 쉬워지고 수지도 제법 좋아진 것이었다. 임견미도 옳다, 옳다, 하며 너털웃음을 웃었다. 그는 이인임이 하륜을 이용하여 이색 일파의 혼을 쏙 빼놓은 덕분이라는 말을 곁들이며 아부도 잊지 않았다. 그러나 돌아오는 것은 이인임의 불호령이었다.

"에이! 못난 사람들 같으니! 어찌 그리 사람들이 얕아? 이래서야 원 자네들과 천하를 의논할 도리가 있겠는가?"

"어, 어찌 그러시옵니까?"

지윤이 민망한 표정으로 그 까닭을 물었다.

"뭐? 어찌 그래? 그러고도 자네가 이 나라 관원이야? 상께서 갈피를 못 잡고 계신데 제 잇속이나 채울까 싶어 히히거리는 꼴이라니."

물론 맞는 말이었지만 제가 아는 이인임이 할 말은 아니라서 지윤은 당황한 표정을 감추지 못했다. 맞는 말에 무어라 따지기도 궁색하여 그는 머리만 긁적일 뿐이었다. 이인임은 그런 그를 바라보다가 말했다.

"흐흐, 알았네. 자네는 필시 내가 나답지 않은 말을 했다고 여기고 있는 게지. 그럼 자네가 나답다고 생각할 말을 해줄까? 지금이 기회야."

"예? 기회라뇨?"

"권력의 정점에 오를 수 있는 기회, 고려를 손아귀에 완전히 넣을 수 있는 기회 말이다."

이인임이 싸늘하게 웃자 임견미는 뒷목이 당길 정도로 소름이 끼쳤다. 대체 저 여우는 무슨 생각을 하는 걸까.

"그것이 무슨 말씀이십니까. 어리석은 자들을 위해 쉽게 말씀해주십시오."

"오냐! 그럴 요량이었다. 왕을 죽이려 한다!"

지윤과 임견미는 그의 엄청난 발언에 입을 다물지 못했다. 관자놀이에 압박감을 느꼈고, 목울대가 마구 꿀렁꿀렁했다. 온몸의 털이 곤두서는 느낌이었으며, 종내 한기마저 느껴졌다. 이 땅에서 신하라는 이름으로 사는 자가 저지를 수 있는 가장 큰 죄악이었다.

"무, 무슨 말씀이십니까! 제, 제가 잘못 들은 것이지요?"

임견미가 바들바들 떨며 묻자 이인임은 콧방귀를 뀌더니 고개를 저었다.

"자네 귀가 제대로 들었네. 왕을 죽일 것이야. 지금 눈엣가시인 문하찬성사 최영도 목호(牧胡, 제주도에 파견된 몽골 출신 목자들)를 토벌하러 내려가 있으니 이보다 더 나은 호기는 없지."

"허나, 그것은 반역지죄가 아닙니까? 어찌 왕을 시해하여 권력을 얻을 수 있단 말입니까?"

지윤도 경악한 채 말했다. 그들의 목소리는 잔뜩 긴장되어 있었다. 그에 반해 이인임의 음성은 편안하고 낮게 착 깔려있었다.

"왕을 시해하면 왕을 이을 후사가 필요하지. 지금 왕을 이을 후사는 딱 하나밖에 없어. 반야(般若, 신돈의 집에 머물던 시녀. 공민왕이 신돈의 집을 찾았을 때 관계를 맺었다)의 소생, 강령부원대군(江寧府院大君) 우(禑) 말이다. 왕을 시해하고 정국을 주도하여 내 손으로 그를 왕위에 옹립한다고 하자. 그렇게만 된다면 곧 내가 여불위가 되는 것이지. 그리고 누가 내 손에 피를 묻힌다고 했나? 알아서 해줄 자가 있어."

"허, 허나……. 만일 실패로 돌아가고 우리가 모의했다는 것이 들통 나면 어찌합니까?"

이인임의 대답은 가뿐했다.

"그땐 별 수 없이 죽어야지. 어찌 밑천 내줄 각오도 안 하고 도박을 한단 말인가? 천하를 얻기 위한 담보로 목숨을 내놓는 것이라면 그런대로 해봄직하지."

지윤과 임견미의 심장이 마구 절구질하는 소리가 이인임의 귀에 또렷이 들려왔다. 그는 좌우에 앉은 그들의 어깨를 붙잡고 나지막이 속삭였다.

"걱정 말게. 지금껏 자네들이 나를 따라서 손해 본 일이 있었던가? 그저 가만히 나를 따라와!"

이인임은 이렇게 말한 후 지윤과 임견미를 돌려보냈다. 물론 그들이 허튼 짓을 할까봐 사람을 붙여 따르게 하였다. 그리고 여유롭게 수염을 쓰다듬으며 시종을 불렀다.

"환관 최만생(崔萬生), 이강달(李剛達)을 불러와."

비록 임금을 가까이에서 모시는 환관들이라지만 근자에 임금이 그들을 찾는 일이 없었다. 임금이 정신을 놓고 거의 매일 노국공주의 사당에서 술에 취해있거나 잠을 자기 때문이었다. 이 때문에 환관들의 바깥출입이 상대적으로 수월해진 터였다.

최만생, 이강달이 이인임 앞에 대령하자 이인임이 손을 뻗으며 자리를 권했다.

"그리 뻣뻣하게 서있을 게 뭔가. 편히 앉게."

그들은 이인임의 말을 듣고 자리에 앉았지만 여전히 고개를 푹 숙이고 긴장한 표정이 역력했다.

'상을 모시는 자들이 이리 담이 작아서야 원……. 이래선 안 되는데.'

이인임은 못마땅하다는 듯 고개를 설레설레 젓다가 입맛을 쩝쩝 다셨다.

"내 빙빙 돌려 말하지 않겠네. 그대들이 날 좀 도와줘야겠어."

"말씀하십시오."

제아무리 담이 큰 이인임이라지만 그 엄청난 말을 초면에, 그것도 임금을 근거리에서 모시는 환관들에게 단숨에 내뱉을 정도로 배짱이 있는 것은 아니었다. 그는 하릴없이 입맛만 몇 번 다시다가 겨우 입을 열었다.

"그대들이 상을 시해해주면 좋겠어."

이인임이 말하는 순간 최만생, 이강달의 시선이 이인임에게 꽂혔다. 그들의 반응은 지윤, 임견미의 그것보다 더하면 더했지 결코 덜하지 않았다. 온몸이 떨리는 것이 명백히 눈에 띄었다.

"그래, 그래, 알아. 듣기만 해도 와들와들 떨릴 테지. 하지만 잘 듣게. 인생 뭐 있나? 한바탕 즐기다 가는 거야. 이왕 즐길 거 천하 사람들이 누리지 못한 부귀영화를 즐기다 가는 것이 좋지 않아? 한 번쯤 시도해볼 만한 일이지."

"하, 하오나, 어찌!"

최만생은 눈을 어디에 둬야 할지 몰라 했다. 엉덩이도 들썩거리는 것이 당장이라도 빠져나가고 싶은 눈치였다. 그 엄청난 말을 들은 귀를 자를 수만 있다면 당장에 잘라버리고 싶다는 표정이었다. 역적죄는 역적모의를 들은 것만으로도 성립되는 죄였다. 이인임은 최만생을 새가슴 중의 새가슴이라고 조롱하곤 이강달을 쳐다보았다. 그의 눈빛은 떨리고 있었지만 최만생의 그것처럼 두려움만 담고 있지는 않았다. 이인임은 그 까닭을 잘 알고 있었다.

"이봐, 자네는 좀 다르지? 상께서 그대를 얼마나 박하게 대했어?"

이강달은 일찍이 흥왕사(興王寺)의 변(1363년 김용이 공민왕을 시해하려고 한 사건) 때 공을 세워 1등 공신에 봉해진 자였고, 임금의 총애를 받은 바 있는 인사였다. 그러나 신돈이 죽은 뒤 도당(都堂)에서 행패를 부리는 등 임금의 권세를 등에 업고 정사를 농단하여 임금의 지시로 옥에 갇힌 적이 있었다. 이후 임금의 총애는 더 이상 그에게 내려지지 않았다. 그런 과정에서 이강달은 임금에 대한 원한 내지는 더 이상 총애를 받지 못함에 따른 상실감, 공포 따위를 느꼈다. 이인임도 그것을 잘 알고 있었다.

"내 장담하지. 성공할 거야. 이미 치밀하게 계획을 세워 놨어. 그대들이 이 거사를 실행할 용기만 있다면 누구보다도 높은 자리에 올라설 수 있네."

마침내 이강달은 결심한 듯 고개를 끄덕였다.

"수시중의 영을 받들 것입니다."

그러자 최만생은 기겁을 하며 이인임과 이강달을 번갈아 쳐다보았다. 그는 목울대를 울려 침을 마구 삼키며 어찌할 바를 몰라 했다. 그도 결국 고개를 숙여 이강달과 같은 말을 할 수밖에 없었다. 만약 이를 거절한다면 이인임은 최만생이 역모를 꾸며 자신을 끌어들였다 주창하며 자신을 역도로 몰고 갈 것이 분명했다. 이인임은 그럴 만한 힘이 있는 자였다.

두 환관의 응낙을 받은 이인임은 그들과 어깨동무를 하고 껄껄 웃으며 반드시 성공할 것이라 장담했다.

✽

"전하, 익비께서 회임하셨다 하옵니다."

홍륜과 익비가 관계를 맺은 지 얼마 후 임금에게 환관 최만생이 아뢰었다. 임금은 초점 흐린 눈을 하고 스산한 웃음을 흘리면서 고개를 끄덕였다.

"알겠다. 드디어 과인의 후사가 생기는구나. 이렇게 좋은 날 어찌 술을 마시지 않을 수 있겠는가? 주안상을 대령하라."

임금의 명령에 최만생이 허리를 잔뜩 굽혔다.

"알겠사옵니다. 허면 다른 대신들도 불러 연회를 열까요?"

"되었다! 그놈들은 꼴도 보기 싫다. 과인의 얼굴만 보면 질질 짜면서 정신 좀 차리라고 할 것인데 뭣 하러 부른단 말이냐! 오늘은 과인 혼자서 술을 마실 것이다."

임금은 용좌에 비스듬히 기댄 채 자작을 했다. 궁녀들이 도와주려는 것을 뿌리치고 한사코 제가 따라 마시겠다 하였는데, 가끔씩 절제를 하지 못하여 술을 흘렸다. 나무로 된 바닥에 술이 잔뜩 스며들어 눅눅한 내를 풍겼다. 임금은 퀭한 눈으로 최만생을 바라보았다.

"너도 한 잔 할 테냐?"

허 꼬부라진 왕의 음성이 침전을 울렸다. 최만생은 감히 임금이 내리는 술을 거절할 수가 없어 와들와들 떨리는 손으로 어사주를 받들었다. 떨리는 손 때문에 잔에 가득 찬 술이 흔들려 임금의 손에 흘러내렸다. 임금은 그것을 용포에 대충 닦더니 낄낄 웃었다.

"쭉 들이켜라! 흐흐, 역시 술은 혼자 마시면 맛이 없어. 벗 하나 정도는 두고 마셔야지. 자, 이번엔 네가 따라보아라!"

"예? 하, 하오나 어찌 신이 감히……."

최만생이 머리를 조아리며 송구해했지만 임금은 말없이 빈 술잔을 내밀었다. 따르지 않으면 언제까지고 들고 있을 품이었다. 어쩔 수 없이 최만생은 여전히 떨리는 손으로 술병을 기울여 임금의 잔을 채웠다. 혹 흘러넘칠까 반쯤만 술을 따르려 했지만 임금이 손을 거두지 않아 결국 잔을 가득 채웠다. 임금은 그것을 단숨에 넘겼다.

"어허, 조금 취기가 오르는군."

임금은 기분 좋게 말하며 용상에 몸을 더욱 비스듬히 뉘였다. 발그레

한 홍조가 용안에 맴돌았다. 임금의 속에서 울컥울컥 술기운이 목을 때렸다. 그는 전을 하나 집어 입에 넣고 쩝쩝 소리를 내며 씹었다. 그리고 그것을 다 삼키지 않은 채로 말했다.

"익비가 회임을 했으니 그 아이를 세자로 봉할 생각이다."

최만생은 고개를 조아린 채 묵묵히 임금의 말을 들었다.

"그런데 그것이 홍륜의 핏줄임이 알려지면 곤란하겠지."

임금은 이렇게 말하곤 최만생을 흘끗 보았다. 그는 임금의 눈치를 살피더니 예, 예, 하며 동의를 표했다.

"그럼 홍륜의 소생임을 사람들이 모르게 하려면 어떻게 해야 하지?"

갑자기 알 수 없는 긴장감이 최만생의 가슴을 짓눌렀다. 그는 놀란 눈을 하며 공민왕을 바라보았다.

"죽은 자는 말이 없으니, 죽여야지!"

임금은 이렇게 말하며 광소를 터트렸다. 넓은 침전에 덩그러니 두 사람만 있으니 그의 웃음이 더욱 크게 웅웅 울렸다. 최만생은 심장이 덜컥 내려앉았다. 그 말인즉슨 자신도 죽이겠다는 말이었다. 임금은 잔뜩 움츠린 최만생의 표정을 보더니 더욱 크게 웃음을 터트렸다.

"크핫핫핫! 네놈의 꼴이 자못 우습구나. 암, 네놈도 죽어야지. 네놈까지 죽어야 비밀이 지켜지지. 그렇지 않느냐, 만생아? 핫핫핫!"

최만생은 쓴 침을 삼켰다. 사실 최만생은 이인임의 힘에 못 이겨 역모에 가담하긴 했지만 차마 오랫동안 모셔온 주인을 제거하는 모의에 참여할 수가 없었다. 그리고 그것을 행할 만한 배짱도 없었다. 그래서 눈치만 보다가 슬그머니 발을 뺄 작정이었다. 그래서 최만생은 임금이 이것은 농이었다고, 너는 죽이지 않으마, 했으면 하고 간절히 바랐지만 임금은 그대로 골아 떨어졌다. 최만생의 등줄기를 타고 식은땀이 흘러내렸다. 생

명의 위협을 느낀 최만생은 그대로 침전을 빠져나와 쪼르르 자제위로 향
했다.

"이보게, 이보게, 홍륜이!"

최만생이 간절한 목소리로 홍륜을 불렀다. 반라의 상태로 궁녀들을 끼
고 병나발을 불던 홍륜이 최만생의 다급한 목소리에 흠칫 놀랐다. 직감적
으로 불길함을 감지했다.

"무슨 일입니까?"

최만생은 주위를 둘러보더니 급히 홍륜의 귀에 입을 대고 속삭였다.

"왕이 우릴 죽이려 한다."

홍륜은 화들짝 놀라며 급히 옷을 걸치고 궁녀들을 밖으로 쫓아냈다.
그는 자제위 사람들에게 최만생의 청천벽력 같은 말을 전해주었다.

"왕이 왜 우릴 죽이려 한단 말이냐!"

자제위 중 하나인 한안(韓安)이 억울하다는 표정으로 소리쳤다. 여기
에 겨우 안정을 되찾은 최만생이 말했다.

"익비가 제 소생이 아닌 것을 누설할까봐 그러는 것이지. 지금 불만을
토로할 때가 아니다. 먼저 손을 쓰지 않으면 우리가 죽어!"

"먼저 손을 쓰다니, 우리더러 왕을 시해하란 겁니까!"

한안이 펄쩍 뛰며 말했다. 그러나 홍륜은 속으로 이미 계산을 끝마친
상태였다.

"우리가 죽는 것보단 낫지. 나는 이미 결심했어."

"홍륜이!"

"자네도 정신 차려. 지금 왕은 미쳤어! 자네도 알잖아. 어쩔 수 없는 일
이야."

한안은 마른 입술을 혀로 핥으며 시선 둘 곳을 몰라 했다. 이번에는 권

진(權瑨)이 말했다.

"홍륜의 말이 맞다. 나도 결심했어."

마침내 한안도 고개를 끄덕였다. 최만생이 칼을 들고 왔다. 홍륜 등은 와들와들 떨리는 손으로 칼을 쥐었다.

"이래 죽으나 저래 죽으나 매한가지지!"

✻

최만생은 먼저 가서 침전의 금군(禁軍)들을 불러 모았다.

"이봐, 자네들 노고가 많네. 잠시 가서 눈 좀 붙이도록 하게."

그의 말에 금군들은 난처한 표정을 지었다.

"그러면 누가 전하를 지킵니까?"

"아이, 이 천하태평한 날에 누가 전하를 해치겠는가. 정히 걱정되면 자네들끼리 제비를 뽑아서 서너 명 정도만 남도록 하게."

"그래도……."

주저주저하는 이들을 최만생은 억지로 끌고 갔다. 슬그머니 술병을 보여주니 그들도 겉으론 안 되는데, 하면서도 속으론 쾌재를 불렀다. 본디 궁궐의 숙위는 최영이 맡아 삼엄하게 하고 있었으나 그가 마침 자리를 비워 금군의 기강이 다소 해이해진 상태였다. 게다가 최만생이 은근히 수문하시중 이인임이 술자리를 마련했다고 말하며 그들을 압박하고 회유했다. 최만생은 그들의 등을 떠밀면서 이강달에게 눈짓을 했다. 그들이 완전히 자취를 감추고 난 뒤에 이강달이 숨어있던 홍륜 등을 불렀다.

"깔끔하게 끝내. 그게 여러 모로 좋아."

이강달이 홍륜의 어깨를 잡고 나지막이 말했다. 홍륜도 결연히 고개를 끄덕였다. 이들은 왕의 침전 문을 벌컥 열고 흙발로 거침없이 들어갔다. 임금은 잔뜩 술에 절어 있었다. 누구든 편전에 발을 들이려면 임금의 허락을 먼저 받아야 하는 것인데, 아무런 기별도 없는 상태에서 복수(複數)의 발소리가 귓전에 울리자 임금은 취중에도 본능적으로 눈을 떴다.

"뭐냐."

임금은 간신히 몸을 일으켜 퀭한 눈으로 침전에 전혀 어울리지 않는 군상을 바라보았다. 그리고 홍륜의 얼굴을 보고 그 내막을 직감했다.

"흐흐, 만생이 녀석! 입이 가벼웠구나."

임금은 반쯤 일으켰던 상체를 꼿꼿이 세웠다. 느슨한 옷고름도 꽉 죄었다. 그리고 눈에 힘을 주었다.

"임금이 되어서 네놈들 따위에게 목숨을 구걸하는 추태를 보이지 않겠다."

홍륜도 덤덤히 대답했다.

"최대한 편히 보내드리겠습니다."

"오냐."

임금은 자리에서 일어났다. 그가 움직일 때마다 한안, 권진 등의 몸이 움찔거렸다. 칼을 쥔 손이 덜덜 떨렸다. 임금은 여유롭게 도림(刀林) 사이를 지나갔다. 가뿐한 걸음이 학과 같았다. 그러다 어느 지점에서 우뚝 멈추더니 허리를 굽혀 무언가를 집어 들었다. 노국공주의 초상이었다. 그것을 들고 임금은 터벅터벅 다시 제자리로 돌아갔다. 꼿꼿이 허리를 세우고 앉았다. 품에 노국공주의 초상을 꼭 안았다. 그리고 나지막이 말했다.

"초상에 피가 묻지 않게 해주면 좋겠다."

홍륜은 고개를 끄덕이고 대담하게도 단숨에 임금의 쇄골 사이에서부터 사선으로 심장까지 칼을 깊게 찔렀다. 칼이 뼈에 걸리지 않고 단숨에 심장까지 깊숙이 들어갔다. 임금은 아무런 소리도 내지 않았다. 죽어가는 순간에도 노국공주의 초상에 붉은 것이 튀지 않도록 고개를 앞으로 숙이지 않고 뻐딱하게 어깨에 뉘였다. 왈칵 피가 솟구쳐 선혈이 잔뜩 튄 임금의 입 주위가 살며시 올라가있었다.

✱

그 모습을 곁에서 지켜보던 이강달은 금군이 돌아오기 전에 홍륜 일당을 자제위로 돌려보내고 침전의 문을 걸어 잠갔다. 그리고 환관들을 불러 모아놓고 외쳤다.

"상께서 편찮으시다! 상께서 수문하시중을 찾으시니 속히 너희들은 수문하시중의 댁으로 가 입궐하시라 전하라!"

이강달의 명이 떨어지기도 전에 벌써 이인임은 가마 위에 올라 있었다. 환관들이 다급한 걸음으로 그를 찾았을 때 그는 여유 있게 웃으며 궁궐로 걸음을 재촉했다. 그는 좌우에 지윤, 임견미 등 측근들을 거느리고 위풍당당하게 연경궁에 들어갔다. 그는 재빠르게 움직였다. 거만하게도 가마의 등받이에 몸을 파묻고 대전 돌층계에 이를 때까지 발을 땅에 대지 않았다. 그는 침전으로 가서 먼저 임금의 시해를 선언했다.

"상께서 시해당하셨다! 상께서 시해당하셨다! 당장 궐문을 걸어 잠그고 금군들은 나의 명을 따르라!"

이인임은 신속하게 궐내의 모든 권한을 자신에게로 옮겼다. 지윤과 임견미도 한 축을 담당하였다. 모든 권한을 확보한 뒤에야 이인임은 느릿느릿 사람들을 각 대신들의 자택으로 보내 그들을 불러들였다. 그들이 헐레벌떡 궁궐로 와서 보니 모든 사태는 이미 종결되어 있었다.

이인임은 임금 시해의 주동자로 홍륜과 최만생을 지목했다. 그들은 오랏줄에 묶여 대전 앞에 끌려와 무릎을 강제로 꿇렸다. 최만생은 억울하다는 표정으로 이인임을 향해 눈물을 짜내며 하소연했다.

"수문하시중! 어찌 제게 이러실 수가 있습니까! 하라는 대로 했을 따름입니다. 어찌 이러시는 겁니까!"

"시끄럽다! 그 요사스런 주둥이를 다물라! 네놈들은 곧 역모의 죄로 다스려질 것이다. 얌전히 기다려라."

최만생은 기가 막혀 더 말을 잇지 못하였다. 그 옆에 줄줄이 묶인 홍륜과 한안, 권진은 허망한 표정으로 돌바닥만 바라보고 있었다.

아닌 밤중에 홍두깨라고 정말로 있을 수도 없고 있어서도 안 되는 일이 벌어지자 경악하여 한달음에 달려온 대신들의 심정은 매우 복잡했다. 하륜도 큰 충격을 받지 않을 수가 없었다.

"이럴 수가 있나……. 이럴 수가……."

임금이 이렇게 쉽게 시해될 수는 없었다. 밖에서도 아니고 구중궁궐 안에서 시해사건이 벌어졌다니, 도저히 믿을 수가 없었다. 몇몇 자제위 일당과 환관 나부랭이들이 임금을 시해할 동안 금군들은 대체 무얼 했단 말인가. 그리고 어떻게 다른 대신들보다 이인임이 먼저 소식을 듣고 저렇듯 비상시국의 모든 권한을 한 손에 쥐고 흔든단 말인가. 하륜은 다급한 와중에도 의심의 똬리를 틀었다.

정도전의 생각도 하륜과 크게 다르지 않았다. 그는 시해의 주범이 이인임이라 확신하고 분노에 치를 떨었다.

"개놈의 자식! 정말 괴물이 아니냐. 제 권세를 위해서 주인을 죽이다니……. 천하의, 천하의 죽일 놈……."

그는 이인임이 지척에 있음에도 목소리를 낮추지 않았다. 경멸에 찬 정도전의 목소리에 옆에 있던 정몽주가 다급하게 그의 팔을 붙잡고 자제시켰다.

하륜과 정도전 말고도 다수의 대신들이 잠정적으로 이인임을 시해의 주범으로 지목했다. 하지만 벌써 모든 군권을 장악한 이인임에게 그러한 말을 입 밖에 낼 만큼 용감한 자도, 멍청한 자도 없었다.

✳

칼자루를 쥔 권력의 화신은 제어할 방법이 없었다. 그는 피바람을 몰아쳤다. 그의 지상과제는 오로지 자신의 권세를 극대화하는 것이었다.

'왕이 죽었다. 이제 다음은 강령부원대군을 옹립하는 일이다. 그런데 그 전에 해야 할 것이 있어.'

이인임이 음산하게 웃었다. 그의 머릿속은 오로지 피의 향연 뒤에 이어질 자신의 세상에 대한 구상으로 가득 차있었다. 지윤과 임견미는 연신 그의 탁월한 식견을 찬미하며 그의 야심찬 계획을 들었다. 그리고 이인임과 함께 권력의 보좌 좌우에 나란히 앉게 될 자신들의 모습을 꿈꾸며 황홀경에 들어갔다. 마음속에서 불에 덴 듯 따끔거리던, 왕을 시해했다는 죄책감도 이미 단꿈에 씻겨 내려간 지 오래였다.

"자네들, 우리가 권력을 쥐는 데 있어 지금 가장 걸림돌이 되는 자가 누굴까?"

지윤과 임견미에게 이인임의 물음에 답하기는 항상 선문답을 하는 것처럼 어려웠다. 이 질문에도 그들은 고개만 갸웃거릴 뿐이었다.

"태후(太后)다, 태후. 왕이 죽었으니 왕실의 최고 어른인 태후가 권력을 잡으려고 달려들 것이다."

"태후가 정국을 이끌겠다고 선언하면 그대로 주도권을 내줘야하는 것 아닙니까? 태후의 권위를 막을 방도가 없질 않습니까."

이인임은 지윤의 의문에 고개를 설레설레 저으면서 여유로운 표정을 지었다.

"팔다리 잘리고도 성한 인간이 있다더냐?"

142

"역적 홍륜은 그 죄가 구족을 멸하고도 남는다. 남양 홍 씨의 일족을 모조리 참살하여 멸문시켜라! 그로써 상을 시해한 죄과를 갚게 하라!"

남양 홍씨는 태후의 가문이었다. 이인임의 명을 받은 병졸들이 남양 홍씨 일족을 줄줄이 엮어 모두 압송했다. 아들인 임금이 죽은 지 하루 만에 자신의 일족이 모두 역모죄를 뒤집어쓰고 깡그리 압송되자 노령의 태후는 그대로 주저앉았다.

"이럴 수가…… 이럴 수가 있느냐. 금수도 이러진 않을 것이다. 홍륜이 역적이면 홍륜만 잡아 죽일 것이지, 그도 아니면 삼족만 잡아 죽이면 될 것이지, 멸문, 멸문이라니……."

태후는 궁녀 둘의 부축을 받아 힘겹게 편전으로 나아갔다. 백발 아래 주름이 깊게 패고 거동마저 불편한 태후가 편전에 모습을 드러내자 몇몇 대신들은 동정의 눈빛마저 보냈고, 몇몇 대신들은 입을 씰룩이며 대놓고 비웃음을 흘렸다. 태후는 수문하시중 이인임에게 손가락을 향했다.

"네, 네놈이… 네놈이 이럴 수가 있느냐, 이놈!"

늙어빠진 이빨 사이로 발음이 새어 나왔다. 그러니 태후의 일갈은 쉬익, 쉬익, 어딘가 성치 않은 풀무 소리처럼 맥이 없었다. 이인임은 킥킥 웃더니 건방지게도 태후의 눈을 똑바로 바라보며 경고에 가까운 조언을 했다. 그의 목소리에는 오만함이 어려 있었다.

"태후 마마, 어찌 역당을 두둔하고 나서시는 겝니까. 태후께서는 대신들이 역당 처리를 마무리할 때까지 태후전에 계시는 것이 좋을 것입니다. 태후께서는 이걸 아셔야 합니다. 태후께서도 남양 홍씨의 일문이 아닙니까. 몇몇 대신들이 태후의 죄도 물어야 한다고 하였으나 소관이 제지하였 사옵니다. 물러나 계십시오."

"뭣이! 감히 네놈이 어느 안전에서 그런!"

"거듭 말씀드리건대 정국이 복잡하니 태후전에 가만히 계시는 것이
상상책이옵니다, 마마."

태후가 욕지거리를 섞어가며 뭐라 몇 마디 더했지만 이인임은 더 들어
줄 마음이 없었다. 그는 금군 몇몇을 불러다가 태후를 끌어냈다. 금군들
의 억센 손이 노구를 이끌고 편전을 빠져나갔다. 태후의 늙은 곡성이 편
전을 울렸다.

이인임은 아무 일도 없었다는 듯 빙그레 웃으며 편전 가운데로 나섰
다. 뭇 대신의 시선이 그에게 꽂혔다.

"이 나라에서 가장 중한 자리가 뭡니까? 바로 용상이지요. 용상은 한
시도 비워둬선 안됩니다. 그래서 속히 사왕(嗣王, 왕위를 잇는 임금)을 옹
립해야 합니다."

이색이 버럭 소리를 지르며 반발했다.

"뭐라! 수시중(수문하시중)은 그 무슨 말이요! 상의 장례는 치르고 후
사를 논해야지, 지금 그것이 무슨 무례란 말인가!"

정몽주도 나서서 강하게 논박했다.

"수시중은 상의 훙서(薨逝)에 자못 신이 난 모양입니다! 어찌 천박하
게도 웃음을 흘릴 수가 있소이까!"

이인임은 인상을 팍 구기며 싸늘한 목소리로 정몽주의 공격을 받아쳤
다.

"그대야 말로 상중에 그런 발언은 결코 적절치 않은 듯싶군."

그는 뒷짐을 지고 용상 앞에서 맴돌이하더니 우뚝 멈춰 섰다. 그리고
대신들을 바라보며 느릿하게 말했다.

"사왕을 옹립해야 하오. 궁인 한씨 소생(태후는 일찍이 반야의 소생을

궁인 한씨 소생으로 입적시켰다)으로 강녕부원대군이 있으니 그를 사왕으로 옹립할 것이오.”

그는 조정 대신들의 의견은 더 들을 생각이 없었다. 독단적으로 강녕부원대군을 옹립하겠다는 의사를 밝힌 이인임은 즉각 사람을 보내어 강녕부원대군을 모셔왔다. 꼬장꼬장한 대신들이 대대적으로 불가함을 표시했지만, 이미 조정의 전권을 장악한 이인임에게는 공허한 메아리에 불과했다.

연일 이색과 정몽주를 필두로 한 대신들이 이인임의 독단을 규탄하는 상소를 올렸으나 그것을 보고 처분을 내릴 용상이 비어 있었고, 규탄의 대상이 권력을 모두 쥐고 있으니 그러한 상소가 유효할 리 만무했다. 이인임은 오직 강녕부원대군을 즉위시키는 일에만 정력을 쏟았다. 그 과정에서 그는 연일 강녕부원대군과 독대하면서 그로 하여금 오직 자신만을 의지하도록 유도하였다.

“부원대군, 잘 들으십시오. 소위 조정의 대신이란 자들은 늑대와도 같습니다. 조금만 틈을 보이면 달려들어서 살을 뜯어먹으려 하지요. 항시 올라오는 상소니 봉박(封駁, 왕의 명령을 거부하는 것)이니 하는 것들이 그런 겁니다. 하지만 부원대군께서는 걱정하지 않으셔도 됩니다. 저 이인임이 이것을 다 막을 것입니다. 아시겠지요?”

고작 열 살 먹은 우는 이인임의 말에 고개만 끄덕였다. 이인임의 말로써 대신들의 상소는 저를 잡아먹으려는 이빨이요, 대신들의 봉박은 그런 발톱으로 정의되었다. 오직 이인임만이 자신을 지켜줄 충신이고 이색, 정몽주, 정도전 등은 그 대척점에 서있는 인물이었다. 태후도 결코 믿을 만한 존재가 아니었다.

“제가 큰 산처럼 부원대군의 뒤에 있을 것입니다.”

※

　얼마 뒤 제주도에서 목호 토벌을 마치고 돌아온 최영은 당면한 상황에 당혹스러움을 감추지 못했다. 그는 즉각 태후전에 들어가 그 장골을 바닥에 넙죽 내려 깔고 눈물을 쏟아내었다.

　"태후 마마! 이게 어찌된 일이옵니까! 어떻게 이런 일이 일어날 수 있습니까!"

　태후도 덩달아 뜨거운 눈물을 흘렸다. 힘이 없어 끄윽, 끄윽 새는 소리만 내었다. 아들을 잃고 일가 친족을 송두리째 빼앗긴 늙은 여인에게 기력이 남아있을 리 만무했다.

　"최 공, 그대가 힘을 좀 쓰시오. 내가 의지할 사람은 공밖에는 없소."

　태후는 손을 파르라니 떨며 최영을 향해 뻗었다. 최영은 상체를 일으켜 태후의 손을 맞잡았다. 그리고 다짐한 듯 고개를 끄덕였다.

　"예, 반드시 그럴 것입니다. 맡겨주십시오. 이 나라 종묘사직을 사독한 손에서 반드시 되찾아올 것입니다!"

　최영은 저를 따르는 대신들을 뒤따르게 하고 기세당당하게 이인임을 찾아갔다. 눈에 쌍심지를 켜고 당장이라도 잡아먹을 듯이 으르렁거리는 최영을 이인임은 고개를 까딱거리면서 여유 있게 맞았다. 호랑이 같은 최영일지언정 모든 실권을 쥔 이인임에겐 우리 안의 호랑이나 다름이 없었다.

　"오, 문하찬성사 아니시오."

　이인임이 얄미운 미소를 지으며 반기자 최영은 더욱 부아가 치밀어 올라 버럭 소리를 질렀다. 그의 포효가 도당을 울렸다.

　"네 이놈! 네가 그러고도 이 나라 조정의 신료란 말이냐!"

　"허허, 왜 화를 내는 건지 모를 일이군."

합석한 대신들은 최영의 대노에 어깨를 움츠렸지만 이인임은 어깨만 으쓱할 뿐이었다. 최영은 더욱 화가 치밀어 당장에라도 이인임의 멱살을 쥐고 흔들 태세였다.

"네놈이 뭔데 감히 후사를 논하려는 것이냐! 후사는 마땅히 종실의 어른이신 태후께서 결정하실 문제다!"

"아, 그렇죠. 그렇습니다. 문하찬성사께서 좋은 지적을 해주셨어요. 그렇지요. 상의 후사는 마땅히 종실에서 의논해야지요. 알겠습니다. 제가 주제넘었군요. 허허허."

의외로 선선히 이인임이 요구를 받아들이자 오히려 당황한 것은 최영이었다. 그는 몇 마디 우물거리더니 이인임을 한번 쏘아본 후 그대로 돌아갔다.

최영의 요구대로 이인임은 종실에서 왕의 후사를 논하도록 했다. 종실 회의에서 영녕군(永寧君) 왕유(王瑜)과 밀직(密直) 왕안덕(王安德)은 이인임의 주장을 그대로 앵무새처럼 주절거렸다. 태후는 이인임의 패에 맞서기 위해 왕요(王瑤, 후의 공양왕)를 내세웠다.

"돌아가신 선왕의 핏줄은 지금 강녕부원대군 하나입니다. 대체 뭘 더 따진단 말입니까? 이건 논의할 거리조차 못됩니다."

태후도 결코 물러서려 하지 않았다. 일족을 몰살한 원수에게 권력을 넘겨줄 수 없다는 강력한 의지에서였다.

"임금이란 두 가지 자질을 지녀야 하는데, 하나는 핏줄이고 다른 하나는 경세의 능력이다. 핏줄은 왕통을 잇는 데 필수적이나 귀한 피가 조금이라도 섞여있으면 그것은 그리 중한 문제가 되지 않는다. 따라서 영녕군이 주장하는 바는 옳지 않다. 왕손이면 모두 왕이 될 자격이 있다. 무릇 임금이란 만백성의 어버이이이니 그들을 먹여 살릴 책임이 있다. 헌데 강녕부원대군처럼 나이가 어린 왕손이 왕위를 잇는다면 어찌 백성이 편안히 생업에만 종사할 수 있겠는가. 이리떼 같은 대신들이 호시탐탐 권력을 노리고 있는데, 어린 강녕부원대군으로 이를 막아낼 방도가 없다. 그러하니 마땅히 요를 왕위에 옹립하여 이 난국을 타개해야 할 것이다."

태후가 이렇게 강력히 주장했지만, 이번엔 밀직 왕안덕이 받아쳤다.

"하오나 태후께서 말씀하시는 것에는 다소간의 오류가 있습니다. 우선 왕실의 피가 조금이라도 섞여있으면 문제가 없다고 하셨는데, 이는 틀린 말씀입니다. 마땅히 왕실에도 서열이 있는 법입니다. 선왕의 아들이신 강녕부원대군이 숱한 왕족의 일원일 뿐인 요보다 핏줄의 서열이 훨씬 높으니 마땅히 우선순위에 따라 강녕부원대군을 왕위에 세워야 합니다. 또한 이와 관련해 발생할 수 있는 문제는 태후께서 수렴첨정을 하시면 해결됩니다."

"못 배운 늙은이가 수렴청정을 한다 한들 어찌 대신들을 이길 방도가 있겠는가. 물론 그대의 말도 타당하나 시절이 시절이니만큼 명민하고 나이가 적당히 있는 요를 옹립하여야 한다."

아무리 좋은 말로 타이르고 엄한 말로 꾸짖어도 이미 상당수의 대신들은 이인임의 권세에 눌린 상태였다. 왕유, 왕안덕은 거의 이인임의 분신처럼 적극적으로 강녕부원대군의 옹립을 주창했고, 나머지 종실 인사들도 거수기 노릇만 했다. 다만 태후와 친분이 돈독하고 아쉬울 것 없는 종친 몇몇만이 나라의 소요를 잠재우기 위해 왕요를 왕위에 세워야 한다고 주장했다.

"종친 다수의 의견이 강녕부원대군을 옹립하자는 것이니 다수의 의견에 따르는 것이 온당할 것입니다."

"그대들은 과연 종묘사직을 수호할 의사가 있는 것이냐! 어찌 종친으로서 그런 말을 할 수가 있는가!"

태후는 지끈지끈 올라오는 두통에 머리를 짚으며 자리에서 일어났다. 궁녀 둘이 좌우에서 태후를 보필하여 코를 쿡쿡 찌르는 구린내가 진동하는 자리를 빠져나왔다. 사실 태후는 이인임이 전권을 쥐고 있다고는 하나 종실의 큰 어른인 자신이라면 능히 종친들을 회유할 수 있을 것이라 여겼다. 그런데 완강히 자신의 의견을 튕겨내는 종친들이라니. 가슴이 먹먹해져왔다.

✳

"참, 말도 안 된다."

하륜의 표정에 잔뜩 먹구름이 끼었다. 결국 이인임의 입김에 의해 강녕부원대군 왕우가 왕위에 올랐다. 선왕이 죽은 뒤 이인임이 권력을 잡긴 했지만 여전히 태후라는 불안요소가 남아있으니 이인임의 발호도 일시적인 것에 그칠 것이라고 예상하는 시각이 있었다. 그런데 이인임은 이를 비웃기라도 하듯 종친까지 포섭하여 마침내 자신의 뜻을 관철시켰다. 임금이 죽고 나면 그 전권은 종실의 최고 서열에 돌아가야 마땅했다. 그런데 일개 신료가 사사로이 권력을 전용하여 권력을 자신의 것으로 돌리니 욕지거리와 함께 참으로 나라꼴 잘 돌아간다는 말이 절로 튀어나왔다.

하륜의 한탄을 들어주는 이는 박자청이었다. 그가 내시로 입궁한 지 얼마 되지 않아 이런 변고가 일어났으니, 그의 마음은 백 배 천 배 하륜보다 복잡했다. 더군다나 아직 세상의 풍파를 얼마 겪지 못한 나이이니 그 충격은 더했다.

"어찌 이럴 수가 있습니까? 어찌하여 관리 하나가 나라의 질서를 좌지우지할 수가 있단 말입니까?"

"그러니 웃기는 일이지."

하륜은 이렇게 말하면서 잔에 술을 따라 박자청에게 내밀었다. 그는 얼굴을 해괴하게 일그러트리며 그것을 받기를 거부했다.

"아직 술을 즐겨 마실 나이가 아닙니다."

"내 손을 민망하게 만드는구나. 언제는 나한테 충성맹서까지 하더니 이제는 술도 받지 않는구나! 이래서 머리 검은 짐승은 구제하지 말랬던 가! 허, 참!"

하륜이 박자청을 향해 뻗은 손을 거두지 않은 채 허공에 대고 장탄식을 내뱉으니 박자청은 침묵으로 하륜의 청을 좀더 거절하다가 결국은 그것 을 받아들고 단숨에 들이켰다. 맹맹하면서도 뒷맛이 아린 액체가 목울대 를 따갑게 때리면서 식도를 타고 내려갔다. 이어 목줄을 붙잡고 켁켁거리 는 박자청을 보고 하륜은 조소를 퍼부어주었다.

"핫핫핫! 술이 쓰냐?"

어지간히 독한 술을 처음 마셨으니 박자청은 체면불구하고 데굴데굴 구르고 싶은 심정이었다. 그는 하륜의 조롱에 버럭 소리를 질렀다.

"보고도 그러십니까! 그래서 제가 마시지 않겠다 하지 않았습니까!"

"어허, 무엄한지고! 어느 안전에서 눈을 동그랗게 뜨고 호통을."

"소, 송구합니다."

그제야 박자청은 조금 진정된 듯 성질을 죽이고 고분고분해졌다.

"자청아, 술은 쓰다. 그런데 수염 난 사내 치고 술을 즐기지 않는 자가 드물다. 농군이든, 어부든, 갖바치든, 공장이든, 상인이든, 관원이든 다 술 을 즐긴다. 훙서하신 선왕께서도 곧잘 술을 자셨지. 그 쓴 술을 좋다고 꿀 꺽꿀꺽 넘기는 것일까?"

"그거야 훙이 나서 그런 것 아닙니까."

"그렇다! 홍이 나서 그렇지. 정확히 말하면 술을 넘기면서 느끼는 쓴맛보다 술을 넘기면서 지우는 쓴맛이 더 크기 때문이다. 사바세계가 얼마나 쓰냐. 사바세계의 쓴맛을 술로 지워내는 것이다. 이독제독(以毒制毒)이 꼭 맞는 말이다."

✳

"형을 집행하라!"

저잣거리에서 최만생, 홍륜 등에 대한 형이 집행되었다. 그들은 거열형(車裂刑)으로 다스려졌다. 이에는 극도로 가혹한 형을 내림으로써 조정을 공포정국으로 몰아넣은 뒤 자신의 입지를 공고히 하려는 이인임의 생각이 깔려있었다.

오라에 묶인 억울한 죄인들이 끌려나오더니 사지에 새끼가 묶였다. 그 새끼의 끝에는 제 꽁무니에서 일어질 참극을 알지 못한 채 더운 김을 내쉬는 우람한 황소가 발을 구르고 있었다. 이인임은 두려움과 억울함으로 점철된 그들의 군상을 여유롭게 바라보았다. 최만생은 온몸을 부르르 떨며 경멸에 찬 눈초리로 이인임을 쏘아보았다. 이인임은 그 눈빛을 피하지 않았다.

'난세에는 멍청한 자가 죄인이다.'

교활한 이인임의 웃음 아래서 십수 명의 사지가 네 동강 났다. 이제 이인임의 만행을 고발할 입은 말끔히 사라졌다. 이들은 죽어가면서 일제히 이인임을 주범으로 지목했지만, 마땅히 의혹을 제기할 만한 관원들은 사시나무처럼 떨기만 할 뿐 감히 붓대를 놀릴 생각을 품지 못했다.

✳

조정은 완벽히 이인임의 손아귀에 들어갔다. 그의 유일한 적수인 최영도 한 수 접는 수밖에 없었다. 하물며 이색, 정몽주, 차원부 등은 더 말할 것도 없었다. 지윤, 임견미, 염흥방(廉興邦) 등이 전권을 잡고 무소불위의 권력을 휘둘렀다. 세간에는 신돈이 물러가니 이인임이 왔다며 한숨을 푹 푹 쉬는 자들이 많았다. 조정에서 무언가 논의가 진행될라치면 압도적인 발언권을 지닌 이인임 일파에 의해 가로막혔고, 모든 일이 그들의 독단으로 처리되었다. 이색과 정몽주는 이인임에게 밀리지 않으려 했다. 이인임에게 그대로 조정의 주도권을 내준다면 향후 획기적인 계기 없이는 주구장창 끌려 다니는 수밖에 없을 것이었다. 수포로 돌아갈지언정 그의 독주에 제동을 걸어야 했다. 그러려면 조정에서 대항 담론을 내세울 필요가 있었다. 이색과 정몽주계 관원들의 참모 노릇을 하는 정도전이 자신의 의견을 내놓았다.

"이대로 이인임에게 끌려 다닐 순 없는 노릇입니다. 틀을 깨야 합니다."

하지만 의견을 수렴하여 일을 추진해야 할 이색과 정몽주는 너무 지쳐 있었다. 결벽증에 가까우리만치 충정과 절개를 주창해온 신진 사대부들은 작금의 야만적인 상황에 거의 실신하다시피 한 상태였다. 이색은 의자에 잔뜩 몸을 파묻고 피로한 기색을 감추지 않았다. 요 며칠 새 잠도 제대로 자지 못하고 끼니도 제때 챙기지 못하였다. 그렇지 않아도 연로한 이색은 건강이 급속히 나빠졌다. 정도전은 이렇게 실의에 빠져있는 정파 수뇌들을 격려했다. 그는 부러 손짓을 크게 하고 목소리에 힘을 주어 자신의 의견을 설파했다.

"친명과 친원, 대립되는 담론 구조를 형성해야 합니다. 선왕이 시해된 사실을 명조에 고하자고 주장해야 합니다. 최소한 대립각을 세워야 우리의 실체를 부각시키고 우리가 이인임에 대항할 세력이라는 것을 과시할 수 있습니다."

정몽주가 힘없이 반론을 제기했다.

"지금 그럴 필요가 있는가? 권력은 칼과 같은 것이다. 대장장이의 손에서 막 나온 칼이 가장 강하다. 자르고 베고 하다 이가 빠지게 되면서 약해지는 것이다. 권력도 태어난 순간에 가장 강하다. 그런데 이인임의 권력이 절정에 달한 지금 구태여 대립각을 세울 필요가 있겠는가? 소나기가 오면 일단 피하는 것이 상책이 아닌가."

"물론 맞는 말씀입니다. 허나 지금 우리의 존재를 드러내지 않으면 이인임의 마수를 걷어낼 수 없을 것입니다. 물론 얼치기가 권력을 잡았다면 저도 이런 말씀을 드리지 않습니다. 가만히 놔두어도 그대로 침몰할 테니까요. 허나 이인임은 다릅니다. 여우처럼 교활하고 늑대처럼 과감합니다. 우리가 행동하지 않으면 이인임의 권력은 더욱 공고해질 것입니다."

"화무십일홍(花無十日紅)이고 권불십년(權不十年)이라 하지 않는가. 버티다 보면 좋은 날이 오지 않을까?"

"그래서 정 공께서는 십 년을 이인임의 마수 아래서 잠자코 계실 요량이십니까? 간신이 장악한 조정은 물속과도 같습니다. 저는 단 일각도 견딜 수가 없습니다."

"허나 때를 잘 살펴야 하는 법이야."

"저는 지금이 그 적기라고 여깁니다. 첫 단추를 잘 꿰어야 합니다. 이인임의 대항마로서 모습을 드러내야 합니다!"

둘의 논쟁을 잠자코 듣고 있던 이색이 비로소 입을 열었다. 그도 다소 기운을 차린 듯 상체를 꼿꼿이 일으켰다. 그리고 좌중을 각성시키기 위해 부러 목소리에 활기를 담았다.

"정도전의 말이 옳다! 좋다. 어디 부딪쳐보자. 가만히 있다 칼을 맞나,

꾸짖다 칼을 맞나 매한가지가 아닌가?"

이색의 권위가 실린 이 말에 더 이상의 이견은 없었다.

✽

"마마! 명에 이 사실을 고하여야 합니다. 시왕(弑王)의 건은 매우 큰 사안입니다. 이를 대국에 알리지 않으면 당연히 그것을 핑계로 추궁을 해올 것입니다. 명과 원 사이에서 명확한 입장을 정하지 않아서 명조와의 관계가 매우 소원해지지 않았습니까? 헌데 이번 일도 고하지 않는다면 더 이상 명과의 호시절은 없을 것입니다."

정도전의 눈은 새롭게 즉위한 왕을 대신하여 섭정을 하는 태후를 향했으나 그의 날카로운 혀는 이인임을 향했다. 정도전의 주장에 이인임 측에서 즉각 반응을 보였다. 태후가 입을 떼지도 않았는데 예를 갖추지도 않고 반론을 제기하다니, 정도전은 불편한 심기를 얼굴에 드러내었다. 정도전 정도의 피라미를 잡기 위해 자신이 직접 나설 필요는 없다는 듯 이인임은 뚱한 표정으로 가만히 있을 뿐이었다. 대신 지윤이 나서서 정도전을 공박했다.

"여전히 천하의 강자는 원이오. 명에 이를 알린다면 원에서 달갑게 여기지 않을 것이오. 굳이 한쪽과의 관계를 소원히 하여야 한다면 명조와의 관계를 그리 하는 것이 옳을 것이오."

정도전은 지윤의 말에 사납게 대응했다.

"공은 걸을 때 땅만 보고 걸을 듯싶소이다. 어찌 그리 시야가 좁으시오. 대저 동해에서 떠오르는 해는 세 시각이 지나면 하늘 꼭대기에 걸릴 것이고, 하늘 꼭대기에 걸려있는, 아니지 원조를 비유하자면 서산에 뉘엿뉘엿 지는, 이라 해야 온당하겠지요, 뉘엿뉘엿 지는 해는 곧 완전히 모습을 감출 것임은 삼척동자도 알 만한 만고의 진리가 아니오? 명과 원이 꼭 이와 같지 않소? 대체 공께서는 나와 같은 하늘 아래 살고 있는 분이 맞나 의심스럽소."

정도전의 품계는 고작 7품이었고, 지윤은 이인임의 심복 중의 심복이라는 것을 제하고도 쟁쟁한 대신들 가운데 하나였다. 정파를 떠나서 잔뜩 눈을 내리깔고 대면해도 어려울 만한 상관에 대고 그가 눈을 꼿꼿이 치뜨고 거의 반말조로 따지는 것을 보고, 나름대로 배짱이 좋다는 말을 듣는 하륜도 절로 몸서리가 쳐졌다.

'어쩌려고 저러시는 겐지…….'

지윤도 기가 막힌다는 표정이었다. 그렇지 않아도 그는 아랫사람에게 가혹하기로 소문난 인사였다. 그런데 정도전이 대놓고 무안을 주니 그는 얼굴이 시뻘개져서 어찌할 바를 몰랐다.

"성현의 도를 배웠다고 자임하는 자가 어찌 이다지도 무도한가! 그대는 대체 예를 아는 것인가!"

"예를 들먹이시는 걸 보니 공의 주장이 실효가 없다는 것을 공도 스스로 깨우친 모양이오."

이 말은 지윤의 분노에 기름을 끼얹었다. 그는 불 같이 화를 내면서 앞뒤 재지 않고 곧장 정도전에게 달려가 그의 먹살을 틀어쥐었다.

"그 잘난 입으로 다시 한 번 지껄여봐라. 신이 나서 나불거리던 그 주둥이로 다시 지랄 네굽질을 해봐! 이래서 천것 피는 못 속인다는 게야!"

"공이야말로 말씀씀이를 보니 결코 귀인은 못 되지 싶습니다."

이 말이 지윤의 이성을 잃게 했다. 그는 결국 고매한 편전 안에서 손찌검을 하고 말았다. 대신들이 달려들어 겨우 둘을 떼어 놓았다. 볼이 시뻘겋게 퉁퉁 부었어도 정도전의 표정은 오만하기 그지없었다. 그 표정에 지윤은 여전히 분을 풀지 못하고 야수처럼 울부짖었다. 이인임도 이를 부드득 갈며 잔뜩 심사가 뒤틀린 표정을 지었다.

✳

"아둔해! 아둔해! 정말 아둔해. 멍청하고 멍청한 인사야. 멧돼지가 감투를 쓰면 꼭 네놈일 것이다!"

조정에서 지윤이 그랬던 것처럼 이인임이 방방 뛰면서 제 앞에 서서 고개를 푹 숙이고 있는 자들을 꾸짖었다. 이인임은 주먹을 쥐어 휙휙 저으면서 분노를 절제하지 못했다.

"너는 어찌 그리 멍청하냐? 정도전 놈이 획책하는 꿍꿍이를 그리도 몰라? 멍청하다, 멍청해. 대체 과거는 어떻게 합격했지? 아, 자네는 음서였던가? 멍청하기가 이를 데 없는 놈, 쓸모없는 놈!"

폭우처럼 쏟아지는 이인임의 욕지거리를 온몸으로 받으면서도 지윤은 자신이 왜 그런 말을 들어야 하는지 알 수가 없었다. 다만 이인임의 권세에 짓눌려 송구합니다, 송구합니다, 할 뿐이었다. 이인임은 지윤 자신만큼 지윤을 잘 알았다.

"네놈은 또 그리 여기겠지. 수시중께서 왜 또 저러실까? 내가 뭘 또 잘못한 걸까? 어휴, 어리석다, 어리석어! 자네는 언제쯤 두 수 앞이라도 내다볼까? 내가 숨을 거두기 전에 그런 날이 오기나 할까?"

이인임은 한동안 노기를 지우지 못하더니 겨우 진정하고 의자에 엉덩이를 걸치고 지윤을 똑바로 바라보았다. 그러다가 멀뚱히 쳐다보는 그의 얼굴에 질린다는 표정을 지으며 그에게서 시선을 거두었다.

"이유를 말해주지. 정도전이 저렇듯 과하게 자네에게 거만하게 군 것은 대신들을 각성시키기 위해서다. 지금 성균관의 유생들은 미래의 고관대작이다. 나의 힘이 강성한 지금에는 정도전이 판세를 뒤집지 못하겠지만, 곧 대간(臺諫, 언론의 역할을 하는 관원들)이 되고 대신이 될 성균관

유생들을 포섭하여 훗날 승부를 겨루겠다는 포석을 놓고 있는 것이야. 정
도전은 자네로 하여금 분노케 하여 유생들의 공분을 일으킬 행동을 하게
만드는 동시에 저는 유생들의 숭앙을 받고자 한 것이라 이 말이야!"

그제야 지윤은 고개를 끄덕였다.

"아이구, 답답해!"

✼

이인임의 예견대로 성균관 유생들은 정도전을 정의의 표상으로 여기
며 덩달아 친명 노선을 지지했다. 일단은 정도전의 생각이 들어맞은 것이
었다. 하지만 정몽주가 예견한 대로 이인임의 견제는 더욱 심해졌다.

명에서 임밀(林密)과 채빈(蔡斌)이라는 자들이 사신으로 왔다. 말 무역
관계로 고려를 찾아온 것이었다. 이들에 관해서 이인임 일파 중 하나인
염흥방이 이인임에게 진언했다.

"명에서 선왕의 변고를 듣고 군사를 동원하여 우리의 죄를 묻고자 한
다면 수시중은 그 화를 면할 수 없을 것입니다."

"그게 무슨 말인가. 자네는 입조심 하시게. 내 비록 시왕을 하였으나
그것을 아는 자는 극소수에 불과해. 대부분 나를 두고 권력을 함부로 차
지했다고 수군거리지만 그것에 관해선 일언반구 말이 없단 말일세. 굳이
명에서 시왕을 문제 삼을지는 모르겠으나 나를 걸고넘어지진 않을 걸
세."

"그렇지가 않습니다. 세간에서도 시왕의 주체로 수시중을 지목하는
자들이 많습니다. 다만 수시중의 권세에 눌려 입을 다물고 있는 것뿐이지
요. 하지만 명은 수시중의 눈치를 볼 필요가 없습니다. 오히려 역적의 죄
를 다스린다며 고려에 군사를 주둔시킬 명분을 잡았다고 기뻐할지도 모
르는 일입니다."

“음······.”

이인임은 신음성을 흘리며 느릿느릿 고개를 끄덕였다. 염흥방의 말이 조금은 무례하고 분별없어 보이기도 하지만 충분히 고려할 만한 진언이라고 이인임은 생각했다. 임견미, 지윤이 충언이라고 스스로 내세우지만 실은 구색만 갖추고 실속은 없어 덜떨어진 농지거리 같은 말보다야 만 배는 나았다.

“그렇다면 그에 대한 그대의 생각은?”

이 물음에 염흥방은 거침없이 대답했다.

“임밀과 채빈을 죽이십시오.”

이인임은 눈을 동그랗게 떴다. 웬만한 일에는 눈썹 하나 꿈쩍하지 않는 그였지만, 염흥방의 황당무계할 정도로 괴팍한 발언에는 놀라지 않을 수가 없었다. 서로를 적국으로 삼는 관계라 하더라도 사신을 죽이는 일은 극히 이례적이었다. 그것은 전쟁을 야기할 수 있다는 점에서 어쩌면 왕을 죽이는 것보다도 더 큰 부담을 감수해야 하는 일이었다.

“허나 사신을 죽인다는 것은 말도 안 되네. 그렇게 하면 정말로 명과의 일전을 각오해야만 해!”

“그것은 고려 조정이 사신을 죽였다는 증좌가 있을 때만 가능한 일이지요. 조정과는 연고가 없는 자에 의해 죽임을 당한다면 얘기가 다릅니다. 명나라 조정의 심기가 불편해지기는 하겠습니다만, 공식적으로 고려에 죄를 물어올 수는 없을 것입니다. 또 제가 드린 진언의 뜻은 이것에만 있지 않습니다. 오히려 이것은 가지에 불과합니다.”

위험하고도 위험한 발언이었지만 이인임은 염흥방의 말에 퍽 구미가 당겼다. 주위에 있는 자들이 죄다 어중이떠중이인 터라 제법 말 같은 말을 하는 자가 있으니 흡족한 마음도 들었다.

"가지에 불과하다? 그렇다면 몸통을 말해보게."

"명의 사신을 죽인다면 부득불 고려와 명, 양조(兩朝) 간의 관계가 급속도로 얼어붙지 않겠습니까? 그렇다면 누가 가장 큰 타격을 입겠습니까?"

물론 이색을 필두로 하는 친명세력이었다. 이인임은 굳이 대답을 하지 않았다. 염흥방도 이인임의 대답을 들으려고 물은 것이 아니었기에 침묵을 길게 두지 않았다.

"그러니 결단을 내려주십시오."

"하지만 상당한 외교문제가 될 수 있네."

이인임이 눈을 게슴츠레 뜨며 여전히 염흥방의 진언대로 할 경우의 효과를 반신반의하자 염흥방이 크게 웃으며 반문했다.

"수시중께서 그 정도를 걱정하시다니요! 밖의 일은 안의 일이 정리되고 난 뒤에 고려해야지요."

"물론 맞는 말이야. 그러나 이는 심사숙고해야 할 문제이네. 혹여나 실패해서 내가 지시했다는 사실이 들통 나면 무력충돌도 감수해야 하네."

염흥방은 자신 있게 대꾸했다.

"좋은 살수를 쓰면 그럴 확률은 극히 적습니다."

"음……."

이인임은 결정을 내리는 데 그리 오랜 시간을 요하지 않았다. 왕을 시해하는 것에도 잠시 머뭇거렸을 뿐 단숨에 계획을 수립하고 결행한 그였다. 사신 암살을 결행하는 데는 '사신을 암살하라', 딱 일곱 글자를 내뱉는 데 필요한 힘만을 요했다. 응낙을 받은 염흥방은 빙그레 웃었다.

"수시중께서 응낙하실 줄 알고 벌써 살수를 보냈습니다. 잘만 하면 오늘 밤중에 낭보를 들으실 수 있을 겁니다."

최고 결정권자의 결재를 받지도 않고 독단으로 일을 처리하다니! 보통의 사람이라면 길길이 날뛰고도 남을 일이었다. 방자하기가 그지없는 처사였다. 그러나 이인임은 배를 내밀고 박장대소하며 좋아 어쩔 줄을 몰라 했다. 염흥방은 벌써 이인임의 심리마저 꿰차고 있었다. 심리를 읽고 말 그대로 '미리 알아서 기는 것'이 최근 임견미와 지윤을 제치고 이인임의 제1 심복이 된 염흥방의 비결이라면 나름의 비결이었다.

"핫핫핫! 자네, 참으로 훌륭하구먼. 지윤이나 임견미 같은 멧돼지들과는 차원이 달라! 역시 천하를 경영하는 데 있어서는 번쾌보다 장량이 있어야 하지! 아주 훌륭해. 아주 좋아."

✳

한걸음 빠른 염흥방의 밀지를 받은 호송관 김의(金義)가 지령을 충실히 이행했다. 김의는 본명이 야열가(也列哥)로, 북방의 호인(胡人)이었다.

사신으로 온 임밀과 채빈은 김의가 지령을 쉽게 수행할 수 있도록 그들 스스로 훌륭히 역할을 해주었다. 그들은 업무를 보면서 시시콜콜한 것으로 꼬투리를 잡아 시비를 걸고 고려의 호송관들을 마구잡이로 하대하는 등 그 횡포가 극심하였다.

김의는 그 일을 빌미로 삼아 우발적으로 저지른 것처럼 채빈을 칼로 쳐 죽이고 임밀은 납치하여 원으로 도주하였다. 그 과정에서 두 사신이 명으로 가지고 갈 예정이던 말 500마리도 원으로 갔다.

그 파장은 불 보듯 뻔한 일이었다. 명나라에서 반응이 나오기도 전에 벌써 조정은 이전투구의 양상을 보였다. 누구의 잘잘못을 떠나서 물고 뜯는 그야말로 개싸움이 고려에서 가장 고고해야 할 조정에서 일어났다.

"수시중은 이에 대한 해명을 하셔야 할 것이오! 수시중이 사주하여 일어난 일이란 의혹이 세간에 파다하오이다!"

"공은 말을 삼가시오. 어찌 확인되지 않은 거짓 의혹을 사실처럼 말할 수가 있소이까? 그대야말로 무고(誣告)한 죄로 엄벌에 처해져야 할 터!"

"김의가 아무리 호인이라지만 그다지 분별없는 자가 아니외다. 어찌 사신에게 박대를 받았다는 이유로 사신을 암살할 수가 있었겠소? 이는 반드시 누군가의 사주를 받고 행한 만행일 것이오. 그렇다면 사주한 자가 누구겠소? 이 일로써 가장 이득을 볼 자가 누구겠소? 바로 수시중이 아닌가!"

"나로 하여금 두 번 세 번 말하게 하지 마시오. 의혹을 제기하는 데 그런 심증은 아무런 효과가 없소이다. 제대로 된 증좌를 들이밀란 말이오! 거 참."

점점 논쟁이 가열되더니 비방이 극에 달했다. 서로의 출신성분을 따지고 관직의 높고 낮음을 따졌다. 심지어는 어디에 점이 난 사람은 성정이 괴팍하다더니 꼭 그 모양이다, 수염만 장비가 아니라 성정도 장비다, 일자무식에 힘만 세어 오랑캐들과 굴러먹던 자가 조정에 들어와 어려운 말을 듣느라 수고가 많다는 등의 얘기가 마구 오갔다. 여기에 잔뜩 뿔이 난 임견미와 지윤이 펄펄 뛰면서 주먹다짐까지 해댔다.

"네놈이 그런 말을 하고도 살아남기를 바라느냐, 이놈!"

임견미가 휘두른 주먹에 관원의 이빨이 나가기도 하였고, 관원의 입안이 터져 피가 편전 바닥에 뚝뚝 떨어지기도 하였다. 이에 반발하여 젊은 친명파 관원들이 따지고 나서니 고성이 오가는가 하면 고매한 양반의 입에서 나와서는 안 될 욕지거리도 마구 터져 나왔다.

임금을 대리하여 섭정을 하는 태후가 제지해주어야 마땅했지만, 그녀는 모든 것에 의욕이 없는 터였다. 그녀는 전혀 다른 세계에 있는 듯 얼을 빼놓고 사태를 방관하기만 했다. 태후와 신료들 사이에 쳐져 있는 발이 두터운 장벽이나 되는 것처럼, 불과 몇 걸음 떨어진 곳에서의 천박한 몸짓과 말을 발 뒤의 태후가 보지 못하고 듣지 못하게 하는 듯했다. 사람 수와 권위, 그리고 물리적인 힘에서 밀리는 친명파는 태후에게 간절히 구원의 손길을 뻗쳤다. 정도전은 태후가 조정의 최고 어른으로서 사태를 진정시키고 자신들의 의견을 관철하게 해줄 것을 강력히 청원했다.

"태후께선 전하를 대신하는 분이십니다. 부디 이 난리를 진정시키고 이 나라의 종묘사직이 올바른 방향으로 나아갈 수 있도록 바른 길을 일러주소서!"

하지만 태후는 비 맞은 강아지 눈을 하곤 잔뜩 꼬리를 말아 내린 채 이인임의 눈치를 볼 뿐이었다. 굳이 이인임의 의지를 거스르면서까지 정도전의 손을 들어줄 하등의 이유가 없었다.

원나라건 명나라건 상관없었다. 그녀에게 중요한 것은 오로지 자신의 목숨과 체면이었다. 며칠 간 피바다의 생지옥을 경험한 그녀였다. 노령인데다가 여인의 몸으로 아들인 임금이 왈패 같은 놈들에게 찔려 죽고 자신의 일족이 모조리 죽어나가는 일을 당했다. 자신의 심복들도 모조리 좌천되었다. 그야말로 수족이 묶여버린 그녀였다. 태후의 권위는 오직 궁녀와 환관으로 하여금 자신의 앞에서 조아리게 만드는 것 이상의 힘을 보여주지 못했다.

이런 상황에서 그녀가 취할 수 있는 태도는 매우 제한적이었다. 조정의 힘이 쏠린 이인임의 심기를 거스르지 않는 것만이 최소한 태후라는 지위를 지켜 타인으로 하여금 자신을 계속 존중하게 만들 유일한 방편이었다.

힘이라고는 병아리 눈물만치도 없는 젖비린내 나는 젊은 관원의 손을
들어줄 만큼 태후는 어리석지 않았다. 그녀는 표정의 변화 없이 그저 침
묵으로 일관할 뿐이었다.

길을 묻다

하륜은 이인임이 정사를 농단하는 현장에 있으면서 권력의 실체를 맛보았다. 이인임은 조정에서 그 난리가 벌어지는 와중에 아무것도 하지 않았다. 다만 가만히 똬리를 틀고 진중하게 태후와 임금만을 응시할 뿐이었다. 그 표독스러운 눈빛에 권세까지 더해지니 능히 이길 자가 없었다. 아무것도 하지 않고도 모든 것이 자기의 의지대로 풀리게 하는 힘, 쥐새끼를 얼어붙게 만드는 독사의 눈초리. 그것이 권력이 발현되는 방식이었다.

"그런데 그런 권력이 이인임 같은 자에게 가 있다니. 이 나라 조정의 재앙이다."

의식이 있고 깨어있는 자라면 누구든지 이와 같은 생각에 수긍할 것이었다. 그렇다면 당면한 현실에 대해 어떤 태도를 취할 것이냐를 생각해야 했다. 사람들이 대처하는 태도는 크게 세 부류였다. 첫째, 불의한 현실에 적극적으로 투쟁하며 맞서는 태도. 이것은 정도전이 택한 것이었다. 둘째, 불의한 현실이지만 그 체제를 인정하고 현실 유지를 위해 노력함으로

써 개인의 영달을 꾀하는 것. 이것은 이인임의 숱한 심복들이 택한 것이었다. 셋째, 불의한 현실에 대해 적개심을 품고 이를 타개하려는 의도를 가지나 즉각적인 투쟁은 하지 않는 것. 이는 그야말로 물밑작업을 통해 순간의 혁명을 도모하되 겉으로는 불의한 현실에 순응하는 것이었다. 이는 곧 속으로는 첫째의 신념을 품고 겉으로는 둘째의 행동을 하는 것이었다.

하륜은 어떻게든 이 셋 중 하나를 골라야 했다. 그에게 정신적인 자양분을 공급해준 정도전은 첫째의 태도를 취할 것을 매번 요구했다.

"행동을 해야 변화를 얻을 수 있다. 불의한 것에 대한 즉각적인 대응이야말로 가장 효과적이며 정의로운 대응이다. 무릇 선비는 불의한 것에 억눌리지 않는 법이다. 누가 불의의 멍에를 씌우면 그것을 벗어던지고 불의한 자의 목을 조른다. 이것이 선비정신이다. 불의에 대한 반역인 것이다."

하륜은 그의 말을 잠자코 듣기만 했지만 속으론 오만가지 계산이 난무했다. 심정적으로는 정도전의 말에 동의했지만, 가슴을 차갑게 식히고 생각해보면 고개를 가로젓게 되었다. 그는 조정에서 갑론을박이 지지부진하게 계속되는 틈바구니에서도 방관자적 입장을 고수했다. 그는 아직 판단이 서지 않았다.

✳

"어이, 게 하륜이 있느냐!"

하륜이 머리를 싸쥐고 속으로 온갖 잡념을 떨치지 못하고 있는데 탁주같이 걸쭉하면서도 청주같이 청량감 있는 소리가 저 멀리 대문 밖에서부터 날아와 문풍지를 뚫고 하륜의 귀에 꽂혔다. 그 목소리를 모를 리가 없었다. 하륜은 저도 모르게 만면에 웃음기를 띠며 문을 왈칵 열었다.

"자초 형님이 아니십니까!"

“마누라가 의심할라. 너무 과히 반기진 말거라!”

하륜은 어린아이처럼 웃으며 자초의 소맷자락을 잡아당겨 사랑채로 들게 했다. 싱글벙글 웃는 하륜의 낯이 일촉즉발의 전운이 감도는 조정의 일원인 그의 신분과 도저히 연관되지 않았다. 자초도 껄껄 웃으며 조금은 어이가 없다는 듯 물었다.

“임금이 시해당하고 구렁이 하나가 혀를 날름날름거리면서 노리고 있거늘, 네 녀석은 뭐가 그리 좋다고 웃는 낯이야?”

“아, 형님께서 뜻밖의 걸음을 해주시니 어찌 기쁘지 않겠습니까? 부디 제 병 좀 고쳐주십시오.”

자초는 더욱 얼굴을 괴상하게 일그러트리며 다시 물었다.

“예끼, 내가 의원이라도 된다던? 병을 고치긴 뭘 고쳐?”

“이 병에 대해서라면 형님이 편작이요 화타일 겁니다. 제 고민 좀 해결해주십사 하는 것입니다.”

자초는 입맛을 쩝쩝 다시곤 입을 쩍 벌려 손가락으로 그 안을 가리켰다. 주전부리라도 내오라는 것이었다. 하륜은 옅게 웃어보이곤 여종을 시켜 먹을 것을 좀 내오라 명했다. 그리곤 그는 자초에게 시선을 고정한 채 말했다.

“답답증이 나서 견딜 수가 있어야지요. 도저히 제 머리로는 뾰족한 수가 떠오르지 않습니다.”

“처신의 도에 관한 문제냐?”

하륜은 가볍게 고개를 끄덕였다. 자초는 혀를 끌끌 차면서 고개를 절레절레 저었다. 그리곤 대뜸 몸을 누여 기지개를 쭉 펴더니 눈을 감은 채 들릴 듯 말 듯한 소리로 말했다.

“곤하다. 난 좀 자야겠다.”

예측을 허락하지 않는 자초의 행동에 기가 차다는 듯 하륜의 표정이 괴상하게 일그러졌다.

"참으로 자초 형님은 괴인 중에서도 괴인이올시다. 아니 좀 전에는 먹을 걸 내오라 하서놓고?"

하지만 하륜의 말은 혼잣말로 그치고 말았다. 자초는 벌써 푸우 푸, 깊은 숨을 내쉬며 그만큼 깊이 잠에 빠져든 상태였다. 하륜은 낑낑거리면서 상을 들이는 여종에게 미안한 심사를 비치며 그 상을 그대로 되돌리는 수밖에 없었다. 게다가 넓지도 않은 방을 자초가 큰대자로 뻗어 독차지하고 있으니 정작 주인인 하륜은 고개를 절레절레 저으며 사랑을 나와 다른 방으로 가 잠을 청해야 했다.

자초가 눈을 뜬 것은 해가 하늘 가운데 걸렸을 때였다. 이미 하륜은 등청하고 집에 없었다. 자초는 그것도 괘념치 않고 대충 고양이 세수를 쓱쓱 하고는 주인 없는 집을 제멋대로 휘젓고 다녔다. 규연은 썩 기분이 좋지 않았지만 그가 부군의 의형이기도 하고 어중이떠중이와는 어딘가 모르게 다른 풍모를 지니고 있기에 그의 뜻대로 하도록 내버려두었다.

하륜은 업무가 끝나자마자 부리나케 집으로 돌아왔다. 워낙에 조정 분위기가 뒤숭숭하기도 했지만 자초가 집에서 무슨 행패를 부릴지 몰라 노심초사하는 마음이 동한 탓이었다. 특별히 신몽인에게도 자초가 야단법석을 부리지 못하도록 단단히 단속하라고 신신당부해놓은 터였다.

다행히 하륜이 염려한 사태는 벌어지지 않았다. 자초도 규연의 눈치를 보았는지 얌전히 사랑 한구석에 앉아 불경을 읽을 뿐이었다. 벌어지지도 않은 사단에 괜히 마음이 동해서 부리나케 달려온 자신이 우습기도 하여 하륜은 민망한 웃음을 지었다. 그리고 의관을 정제한 후 다시 자초와 대면했다.

"형님, 무탈하게 지내셨습니까."

싹싹한 하륜의 말에 자초는 무신경하고 덤덤하게 말했다. 그의 시선은 불경에 고정되어 있었다.

"오냐."

"헌데 어쩐 일로 예까지 다 오셨습니까? 저번 날에 개경에는 피비린내가 진동한다고 오지 않는다고 하신 것 같은데."

"구중궁궐 안에서 저들끼리 찌르고 찔려서 피가 여기저기 팍팍 튀면 누가 뭐라 한다던? 궁궐 안에서만 피비린내 풍기면 뭐라 하겠냐구. 그런데 염병, 미친놈들이 궁궐 밖까지 역한 내를 풍기니 내가 분노치 않을 수가 있다더냐! 에이, 지랄맞은."

하륜은 이 말에 다시 한번 심회가 씁쓸해졌다. 꼭 그 말이 이 사태를 막지 못한, 저를 포함한 관료집단에게 날리는 일침 같아서 가슴이 쓰렸다. 여기에 오히려 자초가 무안했던지 한마디 첨언하였다.

"이인임 뒷구멍을 핥는 소인들더러 하는 말이다."

하륜은 한숨을 쉬어 심회를 털어내곤 가라앉은 분위기를 띄워보고자 가벼운 농을 던졌다.

"그 꼬라지에 분노해서 개경에 오셨다고요? 허면 이제 어쩌시렵니까, 하하. 괴승 하나가 분노한다고 이인임이 겁먹은 강아지 새끼 모양으로 낑낑 앓는 소리를 내면서 기가 죽는단 말입니까?"

"땡추 하나가 그런다고 뭐가 바뀌진 않겠지. 허나 이 자초는 말이야, 사방에 깔린 까까땡추들하고는 격이 다른 땡추란 말이지."

하륜은 가만히 듣기만 할 뿐이었다. 더 얘기해보라는 의중의 표현이었다.

"너, 고려가 얼마나 갈 것이라고 보냐?"

참으로 아픈 질문이면서 씁쓸한 질문이었다. 분명 답은 나와 있었다. 고려는 뭇 왕조들이 결국은 그러했듯 망국의 길을 걷고 있었다. 그러나 자신은 고려의 종묘사직을 섬기는 관원의 신분이었다. 관원으로서 제가 섬기는 조정이 머잖아 망하리라고 말하는 것은 제 책무를 다하지 못했다고 선언하는 것과 같았다. 하륜은 답변을 우물거리다가 자초가 버럭 소리를 내며 똑바로 말하라고 하자 결국 그가 원하는 답을 털어놓았다.

"반쯤 기울었습니다."

"그렇다. 정확하다. 반쯤 기울었다. 곧 망한다는 말이지."

나라가 망하는 것이 뭐가 그리도 좋은지 자초는 그 끔찍한 말을 입에 다시 담으면서도 넉넉한 웃음을 지우지 않았다. 하륜의 심사는 자라나는 넝쿨처럼 복잡해져만 갔다.

"관원이 무엇이냐."

이제 자초는 또 선문답을 할 작정인 모양이었다. 이 질문은 방금 했던 질문과는 또 다른 의미에서 답하기 곤란했다. 하륜은 자초가 무슨 답을 원하는지를 몰라 대충 간단한 정의를 읊었다.

"관원이란 관에 종사하여 국사(國事)를 돌보는 자들이지요."

하지만 자초는 절대적 진리와도 같은 이 정의를 부정했다.

"아니다. 틀렸다. 관원은 관에 종사하지만 국사를 돌보진 않는다."

"그게 무슨 말입니까? 관원이 관에서 국사를 돌보지 않으면 뭘 돌본단 말입니까?"

"국사가 아니라 민사(民事)다, 민사."

하륜의 표정이 구겨졌다.

"국사가 곧 민사 아닙니까?"

이 말엔 자초의 표정이 구겨졌다.

“이런 멍청한 인사를 보았나! 이런 놈을 두고 누가 재상감이래?”

하륜은 이 말에 기분이 퍽 상하였으나 무슨 뜻이 있는 것이 분명하였기에 입만 삐죽이면서 무언의 불만을 표했다. 자초는 아랑곳하지 않고 제 말을 이어나갔다.

“국사와 민사는 천지차이다, 이 멍청한 인사야. 잘 들으라구. 국사는 나라의 일이다. 헌데 나라는 천년을 가지 못한다. 민사는 백성의 일이다. 백성은 사바세계가 존재하는 무량겁(無量劫, 불가에서 이르는 헤아릴 수 없이 긴 시간)을 간다. 국사는 찰나의 것이요, 민사는 영겁(永劫)의 것이다. 고로 국사에 충실한 자는 찰나에 충실한 자요, 민사에 충실한 자는 영겁에 충실한 자니라.”

하륜은 그 말을 거듭 곱씹으려 하였다. 천천히 한 자 한 자 곱씹고 싶었다. 씹어 넘긴 것도 다시 꺼내어 되새김질하려고 하였다. 하지만 자초는 그렇게 할 정도의 여유를 주지 않았다.

“옛 중국에 풍도(馮道)라는 자가 있었다. 그는 재상으로 있으면서 무려 다섯 왕조를 섬겼다. 그리고 다섯 왕조의 재상으로서 민사를 돌보았다. 그가 국사를 돌보았으면 불과 오년이나 십년 동안만 나라에 종사하고 나라가 망한 뒤에는 절개를 지킨답시고 자진(自盡)하였을 것이다. 그러나 그는 민사를 돌보면서 20년간 재상의 자리에 있었다. 혹자는 그를 두고 절개가 없느니 지조가 없느니 하면서 죽일 놈 취급하지마는 백성의 입장에서 보아라. 과연 풍도가 죽일 놈이냐?”

“허나 역사에 고운 이름을 남기진 못했습니다.”

“그랬지. 허나 관원이라면 역사의 힐난도 감수하면서 민사를 돌볼 줄 알아야 한다.”

하륜은 고개를 끄덕였다. 그리고 자초가 이런 말을 하는 의중을 알면서도 그것을 분명히 확인하기 위해 물었다.

"허면 이러한 말씀을 하시는 진의가 무엇입니까?"

"네 녀석은 알면서도 내 입으로 하는 말을 듣기를 원하는구나. 고려가 곧 망할 것을 알고 국사보다 민사가 중요함을 알았다면 고고한 학처럼 죽지 말고 새 시대를 맞이하라는 것이다."

그리고 눈을 껌뻑이면서 천장을 한동안 바라보며 침묵하더니 종내 한 가지 전제를 달았다.

"물론 이런 말들은 다 나라가 망해갈 때나 해당되는 것이야. 멀쩡히 서 있는 나라를 마구 짓밟으려는 준동이 일어난다면, 그런데 그것에 동조한다면, 그런 자는 풍도가 아니라 그냥 탐욕으로 가득 찬 개새끼일 뿐이지."

하륜은 뒤엣말을 온전히 듣지 못하였다. '새 시대를 맞이하라' 는 말이 워낙에 태산처럼 다가온 탓이었다. 그것은 다시 말하면 고려가 정의임을 부정하고 역적모의를 하라는 것과 다름이 없었다.

"저더러 역모를 꾀하라는 겁니까!"

일렁이는 촛불에 따라 요동치는 하륜의 눈빛과는 달리 자초의 눈빛은 미동도 하지 않았다. 착 가라앉은 눈썹과 함께 자초의 눈빛은 평온해보이기까지 하였다. 목소리도 그것에 따라 고저 없는 잔잔한 호수와도 같아졌다.

"너는 역모를 꾀할 만큼 교활하지도 않고 그럴 힘도 없다. 내가 너를 잘 아는데 그런 끔찍한 소리를 너한테 하겠느냐?"

"허나 새 시대를 맞이하라는 것은 으레 역당들이 하는 말이 아닙니까."

자초는 웃었다. 그 말은 저더러 역당이라고 하는 것과 같았다. 말을 할 때 남의 기분을 우선적으로 고려하는 하륜의 성정으로 미루어볼 때 그가 미처 자초의 기분을 살피지 못하고 말했다는 것은 매우 동요하고 있음을 뜻하는 것이었다.

"네가 곡해를 하였구나. 새 시대를 열라는 것이 아니라 열릴 새 시대를 맞이할 준비를 하라는 게다."

"그것이 무슨 말씀입니까?"

"새로운 시대는 사람이 여는 것이 아니라 역사의 시류에 의해 열리는 것이다. 우리 같은 자들은 열리는 시대에 순응하여야 하는 것이지."

하륜은 고개를 끄덕였다.

"무슨 말씀인지 알겠습니다. 허면 새로운 시대를 맞이할 준비란 것은 무엇입니까."

"이제야 좀 말이 통하는 듯싶군. 땅이나 파먹을 농군이라면 새로운 시대를 맞이할 준비라고 해봐야 그저 관에 따르는 것이겠지. 여기저기 복잡한 일에 휘둘리지 말고 말이야. 허나 너처럼 관원, 그중에서도 나라를 경영하여 백성의 삶을 평안하게 하겠다는 관원은 다르다. 너는 반드시 새로운 시대의 중핵에 있어야 한다. 너는 능히 백성을 위할 자세와 능력을 갖춘 사람이거든. 너와 다른 자가 재상에 오르면 반드시 권력을 얻어 국정을 농단하려 할 것이다. 너는 그것을 막기 위해서라도 조정의 중핵에 들어가야 하는 것이다. 그러하니 새로운 시대를 맞이하는 준비란 새로운 시대의 중핵에 들어설 준비를 하는 것부터 시작이 되는 것이다."

"그러려면 어찌해야 합니까?"

"어제 내가 개경에 와서 너를 보았을 때 네가 그랬지. 병 좀 고쳐달라고. 그 병이 무엇인 줄을 나는 안다. 네가 지금 조정에서 어찌 처신해야 하는가를 알지 못하는 것이 그 병이 아니냐."

"바로 보셨습니다."

　자초는 오랫동안 한자세로 말하는 것이 여간 불편한 것이 아닌지 가부좌를 풀고 다리를 쭉 폈다. 쥐가 나서 저리저리한 기운이 발끝부터 올라왔다. 절로 아야야, 하는 신음소리가 터져 나왔다. 그는 한동안 그 고통을 씻기 위해 다리를 주물럭거리는 데 열중했다. 그리고 겨우 그 기분 나쁜 느낌이 가셨는지 다시 가부좌를 틀며 입을 열었다.

　"정도전의 자세는 아주 유치한 것이야. 구상유취한 것이야."

　병을 고쳐달라 했더니 자초는 뜬금없이 정도전을 공박하고 나섰다. 자초와의 관계 이상으로 저와 교분이 깊은 정도전을 비난하는 말을 듣게 되자 하륜은 약간 심통이 났다.

　"아니, 왜 애먼 도전 형님은 또 힐난하고 그러십니까?"

　"공자 왈, 삼인행필유아사언(三人行必有我師焉) 택기선자이종지(擇基善者而從之) 기불선자이개지(基不善者而改之)라 하였느니라. 세 사람이 걸어가면 그 가운데 반드시 나의 스승이 있다. 선한 자를 택하여 그를 따르고, 선하지 않은 자를 보고 나의 단점을 고쳐야 한다는 말이다. 정도전은 '기불선자이개지'의 좋은 예라고 할 수 있지!"

　하륜의 견제에도 불구하고 정도전에 대한 자초의 공박이 더욱 심해졌다. 하륜은 순간 울컥하여 말했다.

　"모든 이가 다 나름의 방도를 갖고 살아갑니다. 내가 그의 방도를 취하지 않는다 하여 어찌 그를 함부로 비방할 수 있단 말입니까?"

　"그것은 틀린 방도이기 때문에 욕먹어 싸다. 정도전이 어중이떠중이에 지나지 않는다면 내가 그것을 의로운 행동이라 추켜올려줄 용의가 있다. 그러나 정도전은 새 시대를 설계할 인걸이기에 그의 행동은 잘 봐주어야 성미 급한 필부의 만용에 지나지 않는다!"

　자초의 말에 하륜은 노기를 조금 누그러뜨리고 물었다.

"그렇다면 내가 어찌 행하여야 형님의 입에서 좋은 말이 나오겠습니까?"

"잠룡(潛龍), 너와 정도전은 잠룡이다. 아직 때를 만나지 못해 연못 속에 몸을 감추고 있는 용이다. 혹은 아직 용이 되지 못한 이무기다. 그런데 지금 정도전이 하는 꼴을 보아라. 여의주를 물지도 못했으면서 천년 묵은 백여우와 맞서려 한다. 여의주를 물지 못한 잠룡은 굵은 뱀새끼에 불과하다. 그런 주제에 꼬리가 아홉 달린 사독한 여우랑 싸우겠다고? 꼭 당랑거철(螳螂拒轍)이지. 이를 두고 어리석다 하지 않으면 대체 무얼 보고 어리석다고 해야 하는 것이냐? 잠룡물용(潛龍勿用, 잠룡은 쓰지 말아라, 용이 된 다음에 쓰라는 뜻)이라 하였다!"

하륜은 그의 말을 경청하면서 그의 눈을 응시했다. 그는 정말로 분개하고 있었다. 그의 눈엔 정도전의 행보가 새 시대에 중히 쓰일 인물이 제 명을 깎아먹고 있는 것으로밖에 보이지 않았다. 백성의 보배가 되어야 할 인물이 제 명을 재촉하는 것으로밖에 보이지 않았다. 한 걸음 더 멀리 내다보지 못하는 정도전의 행동에 진한 아쉬움과 함께 분노를 느낀 것이었다.

"도전 형님은 불의를 보면 그 자리에서 해결을 보려는 성정이십니다. 이인임이라는 불의가 조정 한가운데를 차지하고 있으니 형님의 눈에 어찌 거슬리지 않을 수가 있겠습니까."

"불의를 보면 참지 못한다고 하는 것보다는 제 뜻이 관철되지 않는 것을 용납하지 못하는 것이라고 하는 것이 옳다."

옳은 말이었다. 정확히 맥을 짚었다. 어찌 자초는 정도전과 일절 대화도 해보지 않고 저리 제대로 맥을 짚을 수가 있는 것인가. 하륜은 얼떨떨한 표정으로 자초를 바라보았다. 확실히 그의 말이 맞았다. 정도전은 불의를 참지 못한다기보다는 자신의 뜻에 반하는 모든 것을 참지 못했다. 불의는 정도전의 이상에 대척되는 것들 중 하나이니 용납하지 못하는 것이 당연한 것이었다. 연신 탄성만을 내지르는 하륜을 보고 자초는 가볍게 웃었다.

"그것이 정도전의 가장 큰 맹점이다. 타협할 줄 모르는 것이다. 자신의 고결한 가치가 조금이라도 훼손당하는 것을 참지 못하는 것 말이다. 그것은 정도전이 가진 가장 큰 매력임과 동시에 맹점이다. 대저 나라를 경영한다는 것이 무엇이냐. 나라를 경영하는 계책은 조정에서 나온다. 조정은 무엇으로 이루어져 있느냐. 곧 임금과 신하다. 그러나 임금은 하나이지만 신하는 하나가 아니다. 수많은 감투 쓴 이들로 이루어진 집단을 신하라고 묶어 부르는 것이다. 그 집단 안에서는 수많은 언쟁과 타협, 모략이 오간다. 그들 사이에서 둥글게 잘 얘기를 풀어나가는 것이 중요하지. 그런데 정도전은 그게 없어. 제 얘기가 통하지 않으면 적절히 절충할 줄 알아야 하는데, 그럴 줄을 모른다. 제 세력이 강할 때는 모르겠으나 세력이 약한데도 그리하면 큰 화를 치를 것이다."

백련사에서 자초와 동숙하면서 음양오행의 원리나 풍수지리, 관상 등을 배우긴 하였으나, 그가 그렇게 깊이 있는 사람이라는 인상은 받지 못하였다. 단지 잡학에 상당한 조예가 있고 괴팍한 성정을 가진 사람이라고 느꼈을 뿐이었다. 물론 이따금 무릎을 탁 칠 만한 말을 해주었지만, 그런 것은 소 뒷걸음치다가 쥐 잡는 격이라고 여겨 대수롭지 않게 취급했었다. 그런데 이제 보니 자초는 하륜 자신이 범접할 수 없을 정도로 깊은 경지의 안목을 지니고 있었다. 경외감이 절로 가슴 깊은 곳에서 샘솟았다. 자초의 다소 과격한 어투에 불만을 품었던 하륜의 심술도 자초의 고견에 굴복하여 녹아내렸다.

"그렇다면 제게 해줄 말씀이 무엇인지 어느 정도 가닥이 잡히는군요."

"이 정도 얘기했으면 알아 처먹었어야 정상이지마는 노파심에서 곁가지를 쳐주겠다. 가만히 있어라. 때를 살펴라. 불의가 있더라도 더 큰 대의를 위해 눈을 감아라. 불의에 옥쇄(玉碎)하는 것은 너 같은 이가 할 일이 아니다. 마(馬)를 잡을 때 졸(卒)로 잡고 그 졸을 내주면 호수(好手)요, 마나 상(象)으로 잡고 그 마나 상을 내주면 본전이다. 포(包)로 잡고 그 포를 내주면 악수요, 차(車)로 잡고 그 차를 내주면 악수 중의 악수다. 네가 불의에 옥쇄하는 것은 차로 마를 잡고 그 차를 내주는 것과 같다. 그러니 참고 참아라. 옥쇄란 졸의 의로운 죽음을 일컫는 말이다."

하륜은 머리로는 자초의 말을 한껏 받아들였다. 이치에 맞는 말이었다. 자신이 천세에 남을 명재상감이라면 되지도 않을 일에 헛되이 제 몸을 버리는 것은 천치도 하지 않을 일이 분명했다. 그런데 심정적으로는 쉬이 동의하기가 힘들었다. 유학을 공부하는 몸으로 불의를 보고도 참는 것은 거악(巨惡) 중의 거악이었다. 불의를 보고도 행동하지 않는다면 세상 사람들의 조롱과 멸시를 받을 것이었다. 유학을 하는 몸으로 자신의 이름이 더럽혀지는 것은 죽음보다도 더 무거운 형벌이었다. 그런데 자초는 그런 치욕을 감수하라고 말하고 있었다. 신돈의 수하인 양전부사를 탄핵하고 이인임에게도 대든 하륜이었다. 일신의 안위보다 불의에 맞서는 일을 중히 여기는 하륜에게 그런 치욕을 감수하기란 견디기 힘든 일이었다. 하륜이 우중충한 표정으로 시선을 바닥에 처박은 채 묵묵부답하자 자초가 힘껏 하륜의 뒤통수를 내리쳤다. 빡! 하는 소리와 함께 하륜의 눈앞에 불빛이 번쩍 하더니 어찔어찔한 고통이 스멀스멀 올라왔다. 소리가 어찌나 컸던지 화들짝 놀란 암탉의 호들갑떠는 소리가 문풍지를 타고 경쾌하게 들려왔다.

"한심한, 이 한심한 인사야. 네 이름이 더럽혀지는 것이 두려워 시대가 너에게 준 업을 버리려 하지 마라. 똥구덩이에서 굴러도 네 업은 지켜야 해……."

자초는 이렇게 일장연설을 한 뒤 제가 한 말이 썩 만족스러웠는지 흐뭇한 웃음을 내보이면서 은근히 하륜이 저를 치켜세워주기를 기다렸다. 그러나 하륜은 자초의 말을 곱씹느라 그의 비위를 맞춰줄 생각을 하지 못했다. 이에 자초는 얼굴이 벌게져선 콧잔등을 씰룩거렸다. 그리고 한동안 침묵을 지키면서 나름 하륜에게 다시 한번 기회를 주었으나 그는 시선을 위로 하고 온갖 셈을 하느라 여념이 없었다.

"나 가련다."

잔뜩 비위가 상한 표정을 하며 자초가 자리에서 벌떡 일어섰다. 한동안 저 혼자 고심에 고심을 거듭하던 하륜은 흠칫 놀라서 잔뜩 심술이 난 자초의 얼굴을 바라보았다.

"왜, 왜 그러십니까?"

하륜은 영문을 모르겠다는 표정을 지었다. 자초는 "할 말 다 했으니 가련다"하며 문을 벌컥 열고 나가 대청마루에 걸터앉아 신을 신는 시늉을 했다. 그러면서도 시선은 하륜을 향해 은근히 잡아달라는 눈치를 보냈다.

"어휴, 어린애도 아니고 이게 뭡니까."

하륜은 이렇게 말하곤 자초의 소맷자락을 붙잡았다. 여기에 자초가 발끈하여 무어라 혀 꼬부라진 소리로 항변하는데 신몽인이 틈을 살피다가 자초의 언성이 조금 잦아들었을 때 중간에 끼어들어서 아뢰었다.

"저… 높으신 양반님네덜 고담준론 중에 죄송한데예, 손님 오셨심더."

그 말에 자초와 하륜의 시선이 동시에 대문으로 향했다. 거기엔 칼을 찬 낭장(郎將, 종6품으로 중앙군 조직에서 중랑장의 바로 다음 직위) 하나가 허리춤에 칼을 차고 머쓱하게 서있었다. 칼은 주인의 덩치에 비해 과히 길어서 땅에 끌릴 정도였다. 몸집에 어울리게 얼굴도 작은데다가 양 뺨에 발그레 홍조가 오른 것이 앳되어 보였다. 그러면서도 눈빛은 서릿발 처럼 차가웠다. 박자청이었다. 한동안 내시로 임금을 가까이에서 모시다 가 낭장으로 보직을 옮겼다는 소식이 있더니 과연 그런 모양이었다. 그가 노비에서 내시로, 내시에서 낭장으로 변모한 것은 그야말로 파격이었다. 이는 다분히 박자청 자신의 탁월한 능력 덕분이었으나, 그 자신은 그 모 든 것이 하륜의 배려에 기인한 것이라고 굳게 믿었다. 따라서 그의 위신 이 올라갈수록 하륜에 대한 그의 경외감과 존경심도 덩달아 치솟았다. 이 미 그의 마음속 석가는 하륜이었다. 자초와 티격태격 대는 모습도 박자청 의 눈에는 누더기 가사(袈裟)를 걸친 형편없는 파계승과 격의 없는 대화 를 나누는 성인의 위의처럼 비쳐졌다.

"아, 자청이 왔느냐."

하륜이 짐짓 뒷짐을 지며 목소리를 깔았다.

"지랄! 제 딴에 어른이라고 체면 차리는 것 좀 보게."

자초의 콧방귀에도 아랑곳하지 않고 하륜은 어험, 어험, 헛기침을 해댔 다. 여기에 박자청은 고개를 꾸벅 숙이며 예를 다했다.

"꽤나 오랜만에 뵙습니다, 정랑(이때 하륜의 직위는 정5품 호조 정랑 이었다) 어른."

"오냐. 허리에 찬 칼이 꽤나 어울리는구나."

"너무 길어서 불편한 걸요."

그는 이렇게 말하면서도 칼을 매만지며 썩 자랑스러운 표정을 지어보 였다. 그도 그럴 것이 노비 시절에는 꿈도 못 꾸던 일이었다.

"저 아이가 네가 말한 낭장이냐?"

"그렇습니다. 박자청이라 합니다."

하륜 대신 박자청이 답하곤 고개를 깊이 숙이면서 예를 표했다. 그러나 하륜을 대할 때의 사근사근한 음성은 전혀 아니었고, 오히려 딱딱하고 차가운 느낌마저 감돌았다. 자초도 그 미묘한 변화를 감지한 듯 허허허, 웃어보인 뒤 무신경하게 고개를 끄덕이는 것으로 인사를 대신하였다. 사실 박자청은 자신이 크게 호감을 가진 인물이 아니면 대체로 냉랭하게 상대하는 성격이었다. 그런데 자초는 그것을 새파랗게 어린 녀석이 나이를 곱절은 더 먹은 자신에게 버릇없게 군다고 여긴 것이었다. 콕 집어서 말하긴 애매했지만 분명히 냉기류가 흐르고 있었다. 그 사이에서 하륜은 억지웃음을 지으면서 화평을 도모하였다.

"자, 여기는 자초 형님이시네. 세상의 모든 지혜를 다 갖추신 분이지만, 아주 성정이 괴팍하여 상대하기가 여간 까다로운 것이 아니지."

"그렇습니까."

박자청은 하륜의 마음도 몰라주고 여전히 쌩쌩 찬바람을 불어댔다. 하륜은 난처한 웃음을 지으며 반쯤 신을 신었던 자초를 이끌어 다시 사랑으로 들어갔다. 박자청에게도 손짓을 하여 들라는 표시를 했다.

하륜은 어색한 분위기를 깨트리기 위해 부인 규연도 불러다 앉혀놓고 이런저런 잡담을 유도하면서 서둘러 냉기류를 없애버리고자 했다. 그런데 자초와 박자청 사이의 미묘한 감정은 사그라들 줄을 몰랐다. 소탈하고 인간적인 성정을 선호하는 자초와 본래 냉정한 성정인 박자청은 상극이었다. 종내 하륜도 이 둘을 섞기 위한 의도적인 행동을 포기했다.

오히려 둘을 융화시키려는 하륜의 의도가 사라지니 둘 사이에 죽이 잘 맞기 시작했다. 그들은 서로 날선 공박을 하다가도 대화의 끝에서는 서로 견해가 일치하는 일이 많았다. 겉으로는 서로에게 차갑기 그지없었지만 대체로 견해가 상통하는 것을 보고 의외로 어울려볼 만한 인사라는 인식을 상호간에 갖기 시작했다. 그렇게 대화가 진행되다보니 하륜은 대화의 변방으로 쫓겨나고 자초와 박자청 사이에서 뜨거운 논쟁이 벌어졌다. 논쟁이라고는 하지만 자초가 박자청보다야 경험과 지혜가 더 깊고 아는 것 또한 많았으므로 점점 더 자초의 사상을 박자청이 빨아들이는 형식으로 진행되었다.

"스님의 말씀에 전적으로 동의합니다. 차를 죽여 졸을 잡는 것은 필부도 하지 않을 짓이지요."

"그렇다, 그렇다. 이제 네가 뭘 좀 알아듣는구나. 하륜이 네 녀석도 제법 쓸 만한 녀석을 수하에 두고 있었군."

박자청이 자초의 말에 옳다, 옳다, 하며 고개를 끄덕이니 자초가 절로 흥이 나서 만면에 익살스런 표정을 가득 담으며 말했다. 이에 하륜도 고개를 끄덕였다.

"그럼요. 자청이는 나와 교제하는 사람들 중 나를 가장 잘 믿어주는 사람입니다. 감히 누구에게 비하겠습니까."

"이런 훌륭한 수하도 있겠다, 내 더 미뤄두려고 했지만 지금 말하는 것이 좋겠다."

자초가 무언가 자신의 의견을 피력하려 하자 덩달아 하륜의 기분도 들뜨기 시작했다. 굳이 의도하지 않아도 심장이 쿵쾅쿵쾅 달음질을 쳤다. 필연코 자신에게 천금과도 같은 선물보따리를 풀어줄 것이라는 확신이 그의 마음 한구석에 자리 잡고 있는 탓이었다. 더군다나 미뤄두려고 했던 말이라니! 가장 맛이 좋은 곶감을 가장 나중에 꺼내 먹듯이 필시 이제야 그가 하려는 말은 그가 해줄 수 있는 말 중 가장 값진 것이리라, 하륜은 생각했다. 자초도 그런 하륜의 기대심리를 잘 아는지 부러 뜸을 들였다. 그는 하륜이 잔뜩 동한 표정을 짓고 나서야 입을 열었다.

"조정이 얼마가지 않아 허물어지리라는 것은 내가 이미 얘기한 바 있다. 그리고 앞으로 열릴 새 시대를 준비하라고도 얘기하였다. 새 시대가 열릴 때까지 어떤 태도를 취해야 하는지도."

"네, 다 말씀하신 것들이지요."

"사람이 사는 데 있어서 어디 태도만 취한다면 된다더냐. 내가 너와 정도전을 가리켜 뭐라고 했었지?"

"잠룡이라 하였지요."

즉각적인 하륜의 대답에 자초는 썩 만족스러운 표정을 지었다. 그리고 한껏 흥이 나서 목소리에 힘을 주었다.

"그렇다, 그렇다. 잠룡이 승천하기 위해 무얼 할 것 같으냐? 수면 아래서 잠만 자겠느냐?"

"글쎄요……."

"그래, 글쎄요다. 나도 못 봐서 몰라! 그런데 모르긴 몰라도 아마 물 아래서 별 지랄을 다 할 것이다. 승천할 날이 왔을 때 어떻게 하면 연못에서 하늘로 빨리 올라갈 수 있을까, 하면서 몸을 뒤틀고 꼬리를 말았다 폈다 하면서 지랄 염병을 할 것이지."

"뭐 그렇겠군요."

하륜은 심드렁하게 대답했다. 용이 지랄을 하든 방귀를 뀌든, 용 이야기에서는 별달리 중요한 맥은 보이지 않았다. 그것은 자초가 진짜로 말하려는 바의 곁가지 정도로만 여겨질 따름이었다. 하지만 자초는 용 이야기를 하고나서는 입을 꾹 다물고 아무런 말도 하지 않았다. 그리고 특유의 심통이 난 표정을 지었다. 하륜은 아차 싶어 급히 불을 껐다.

"아, 아……. 과연 구구절절이 가슴을 적시는 말입니다, 형님!"

하륜이 쩔쩔 매는 것을 보고 자초는 실소를 터트리더니 혀를 끌끌 찼다.

"쯔쯔, 자네는 천생 광대는 못 되겠군."

자초는 이렇게 말하고는 신몽인을 닦달하여 마실 것을 내오게 했다. 그는 괜히 불똥이 자기에게 튀자 입을 삐쭉 내밀고 부엌으로 가서 여종에게 다과상을 차리게 했다.

"스님이 그기다 물 좀 확 타가 연하게 하라 했다."

덕분에 초록빛이 은은하게 돌던 녹차가 일순 맹탕으로 변하고 말았다. 소소한 복수에 신몽인은 콧노래까지 흥얼거리면서 속으로 고소해했다. 여종이 잔뜩 희석된 녹차랑 다식이 놓인 상을 들고 와서야 자초는 하던 말을 이어서 했다.

"아, 이건 왜 이렇게 싱거워? 찻잎을 아끼는 것을 보니 네 녀석도 인자(仁者)는 못 되는구나!"

괜히 하륜이 타박을 맞았다. 그는 뭐라 항변하려다 그만두고 자초의 말을 듣기로 했다. 괜히 맞섰다가는 더 큰 봉변을 치를 것이 뻔했다.

"내가 하고픈 말은 잠룡이 물 아래서 별 지랄을 다하는 것처럼 너도 지랄을 좀 떨라는 거야. 자리란 것은 가만히 있어도 떨어지는 것이 아니다. 움직여야지. 움직여야 얻는 거야."

"제가 무얼 해야겠습니까?"

자초는 상체를 앞으로 숙여 하륜의 귀에다 입을 대고 무어라 속삭였다.

"음……."

하륜은 입안이 바싹바싹 말라 자초의 찻잔에 손을 뻗었다. 그리고 그걸 들어 차 한 모금을 입안에 머금었다. 그야말로 밍밍한 기운이 일순 확 퍼졌다. 그는 얼굴을 찡그렸다. 자초는 조롱하는 듯한 표정을 지었다. 하

류은 다과상을 내온 여종을 불러다가 경을 칠까 생각했지만 중대한 논의를 하는 터라 내버려두기로 했다.

"더 자세히 말을 해주십시오."

"무얼 더 자세히 말한단 말이냐? 말 그대로인 걸."

박자청은 저들끼리만 숙덕공론을 하는 것을 보고 잔뜩 뾰로통한 표정을 지었지만, 둘 다 자신과는 비교가 안 될 정도로 위신이 높은 인물이기에 감히 끼어들어 항의하지는 못했다. 그러나 둘이 계속해서 자신을 배제하고 대화를 해나가자 박자청이 더 참지 못하고 딴죽을 걸었다.

"아무리 어리고 못난 자라고 하나 엄연히 한자리에 있거늘, 어찌 소인에게는 일말의 내용도 알려주지 않으시는 겁니까?"

박자청이 제법 언성을 높이자 하륜은 귀여운 구석이 있다는 생각에 씩 웃으며 응대했다.

"미안하구나. 자초 형님의 말에 워낙에 생각해볼 것이 많아서 그리하였다. 형님, 자청이에게도 말씀해주시지요."

자초는 팔짱을 끼고 오만한 표정을 지으며 고개를 갸웃거렸다. 정말이지 불가의 도를 닦는다는 자가 저렇듯 얄미운 표정을 지어도 되는지 의심이 들 정도였다.

"글쎄 저런 볼 빨간 아이한테 천하의 도를 얘기해주어 봤자 알아들을 수나 있을까?"

"뭐, 뭐라고요?"

박자청이 발끈하자 그러는 것을 또 문제 삼으며 자초는 익살스런 표정을 지었다. 그리고 그를 향해 삿대질을 하며 말했다.

"저것 봐. 조금만 조롱해도 눈가가 촉촉해지는 것이 숫제 어린애가 아니냐."

입을 앙 다물고 더운 콧김을 씩씩 내쉬는 것이, 정말이지 자초가 조금만 더 매운 말로 자극했다가는 왈칵 하고 서러운 눈물을 쏟아낼 기세였다. 그럼에도 자초는 더욱 조롱하는 눈빛을 띠는 것이, 박자청이 항변을 더 하면 그것에서 또 꼬투리를 잡아 신나게 놀려줄 작정인 것이 분명했다. 하륜은 둘 사이를 자르고 들어가 진땀을 흘리며 중재에 나섰다.

"아니 어린애도 아니고 형님께서는 왜 그러십니까? 자청이도 알 만큼 압니다. 조정의 북어 눈깔을 한 바보천치들보다 백배, 천배는 낫단 말입니다. 그러니 자청이에게도 일러주시지요."

자초는 꽁한 표정으로 몇 번 하륜과 박자청을 번갈아 보더니 하륜이 원하는 대로 해주었다.

"뭐, 알았다. 내가 말한 것은 새 시대를 맞을 준비를 하자는 것이다. 구체적으로 말하면, 새 시대를 맞을 사람들끼리 모여서 준비를 하자는 것이다. 더 구체적으로 말하면, 새 시대를 맞을 사람들끼리 모여서 새 시대가 곧장 우뚝 설 수 있도록 준비를 하자는 것이다."

어느새 냉철함을 되찾은 박자청이 물었다.

"무엇을 통해 새 시대를 준비합니까?"

"말하지 않았는가? 새 시대를 맞을 사람들이 모여서 준비를 하자고."

"음……."

박자청은 그대로 입을 다물었다. 당최 자초가 무슨 소리를 하는지 이해되지는 않았지만, 다시 질문을 하면 온갖 조롱이 쏟아질 것이 분명하였다. 자초는 그의 표정을 읽고는 적선(積善)하는 셈치고 그의 이해를 돕기로 했다.

"우리는 군주가 못 돼. 그러나 새 시대를 만드는 것은 군주다. 우리는 그 사업을 도울 뿐이지. 사람이 모이려면 왕의 재목이 먼저 있어야 한다.

이것이 선결과제야."

✻

  자초는 설법(說法)과도 같은 말을 하더니 하륜과 작별을 고했다. 하륜은 누차 집에 머무시라 청했지만 자초는 쇠고집이었다.

  "되었다. 중이 절에 있어야지 오래 여항(閭巷)에 머물면 때가 타는 법이다. 때가 되면 다시 보러 올 것이니 그간 몸이나 성히 챙기고 있어라."

  자초는 하륜이 건네는 짚신도 한사코 거부하고 왔던 차림 그대로 발걸음을 옮겼다. 하륜도 재회를 확신하기에 그다지 아쉬운 기색을 보이지 않았다. 하륜은 그의 뒷모습을 응시하다가 언덕 너머로 그의 그림자까지 자취를 감추자 덤덤히 다시 대문 안으로 들어왔다. 박자청이 따라 들어오려 했으나, 하륜은 혼자 생각할 것이 있다고 하며 그를 돌려보냈다. 혼자 보료 위에 가부좌를 틀고 앉아 가만히 눈을 감았다. 자초는 겨우 며칠 밤낮을 하륜과 함께 했을 뿐이지만 너무나도 많은 것을 하륜에게 놓고 가 그의 머릿속을 어지럽혔다.

  '첫째, 불의에 눈감아라.'

  불의를 포착하면 그것에 대항하는 것이 선비의 도리다. 이런 도리를 저버리는 자는 선비들 사이에서 온갖 저주의 별칭으로 불리게 된다. 그런데 자초는 하륜에게 불의를 비껴가라고 요구했다. 성정이 굽은 자라면 아주 좋은 면피용 변명거리가 되겠지만, 애초에 그런 태도와 거리가 먼 하륜에게는 받아들이기 곤란한 요구였다. 당장 하륜의 머릿속에 정도전이 떠올랐다.

  정도전은 정의의 화신이었다. 절대 굽을 줄을 모르는 사람이었다. 하륜이 자초의 말을 곧이곧대로 듣는다면 그와 정면으로 부닥치게 될 것이었다. 최악의 상황이라면 서로 등을 지게 될 공산도 충분했다. 자신의 신넘을 꺾는 것 이상으로, 그렇게 해서 세간의 입방아에 오르내리는 것 이 상으로, 정도전과의 정이 끊어질 수 있다는 것이 하륜으로 하여금 쉬이 결심하지 못하게 했다.

'둘째, 고려를 버려라.'

자초는 분명히 그렇게 말했다. 조정을 섬기는 신하더러 조정을 버리라고 하였다. 무릇 신하에게 조정과 군주는 열과 성을 다해, 종국에는 목숨까지 바쳐서라도 지켜야 할 절대적 가치인 것이었다. 그런데 자초는 그 가치를 버리라고 말했다. 더군다나 그 가벼운 음성, 깐깐한 사람이 들으면 바로 천박하다고 평할 그 음성으로.

자초는 새 시대가 도래할 것이니 그 시대를 맞이하라고 하륜에게 말하였다. 역사에서 혁명당과 역당을 가르는 기준은 자신들이 '거사(擧事)'라고 부르는 일을 성공시키는가 여부다. 하지만 진정한 의미에서 혁명당과 역당을 가르는 기준은 그 '거사'가 역사의 진보에 부합하는 것이냐, 역행하는 것이냐. 하지만 이 기준 자체가 사람에 따라 달리 해석된다. 때문에 하륜이 자초가 말한 대로 한다면 일부로부터는 변절자 내지는 역당, 역적 등 경멸 섞인 말을 들을 것이 자명했다. 게다가 그 일부에 자신의 스승인 이색이 포함될 것이 분명했다. 여기까지 생각이 미치자 송곳으로 가슴이 쿡쿡 찔리는 것 같았다.

"그러나……."

하륜은 자리에서 일어나며 중얼거렸다. 그리고 덜컥 문을 열고 밖을 내다보았다. 서산 뒤로 해가 지고 있었다. 붉은 노을을 뿌리며 사라지지 않으려고 무진 애를 쓰고 있지만, 그것도 잠깐의 객쩍은 혈기에 불과할 터였다. 곧 칠흑 같은 어둠이 하늘을 뒤덮을 테고, 그 후에는 다시 동쪽에서 어제의 태양이 아닌 오늘의 태양이 떠오르며 여명을 가져올 것이었다.

"태양이 뜨는 것을 필부가 어찌 막으리오. 다만 하늘의 뜻을 따를 뿐이다."

시선을 서산에서 거둬들이고 이제 자줏빛으로 물들어가는 동쪽 하늘을 바라보았다. 다소 냉기가 스며들기에 문을 닫고는 다시 등을 꼿꼿이 하고 자리에 앉았다. 자연스레 바로 앞에 놓인 탁자 위로 시선이 갔다. 식어버린 찻잔 옆에 위편삼절(韋編三絶)이라는 고사가 꼭 어울릴 정도로 낡은 책 서너 권이 제멋대로 널브러져 있었다. 정도전이 선비라면 필독해야 할 책이라며 빌려준 것들이었다. 거기에 시선이 가니 또 심사가 미묘하게 요동쳤다. 하륜은 얼굴을 찡그리며 중얼거렸다.

'이래서 눈이 사람을 속인다고 하는 것이다……. 도전 형님이면 이해해줄 것이야.'

이렇게 혼잣말을 했지만 정도전의 책들이 하륜의 결심에 대고 계속 아우성을 치는 것 같아 그것들을 눈앞에서 치워버렸다.

별리의 징후

"이것만은 막아야 한다. 여기서도 밀린다면 걷잡을 수 없게 돼."

이색이 잔뜩 안색을 흐리면서 중얼거렸다. 그간 제대로 잠도 이루지 못한 그의 얼굴은 살굿빛을 잃은 지 오래였고, 이제 심지어는 검은빛마저 돌았다. 흰머리도 희끗희끗 눈에 띄었다. 비단 그뿐만 아니라 자리에 모인 정몽주, 정도전 등의 몰골도 더하면 더했지 덜하진 않았다.

"그렇습니다. 목숨을 걸고 막아야 합니다."

정도전이 입술을 깨물며 이색의 말을 받았다. 정몽주도 고개를 끄덕이며 동감을 표했다. 이들이 이구동성으로 막아야 한다고 한 것은 원나라 사신을 접대하는 일이었다. 기본적으로 친명 성향을 지닌 이들의 입장에서는 원나라 사신이 개경 땅에 발을 들이는 것을 용인하는 것 자체가 자신들이 열세임을 인정하는 동시에 조정의 대세가 부원파 영수인 이인임에게 넘어갔음을 무력하게 자인하는 것과 같았다.

선왕인 공민왕 대부터 쌍성총관부, 정동행성이문소를 공격하는 등 적극적인 북진정책을 감행하고 부원파를 숙청하는 등 적극적인 반원정책을 구사해온 고려 조정이었다. 이와 반대 방향으로 이인임이 적극적으로 노선을 선회한 것은 조정의 기존 입장을 지지해온 이색, 정몽주 일파에게 전쟁을 선포한 것이나 다름없었다.

"우리의 입장을 적극적으로 표시해야 합니다. 집단상소를 올리고 하나로 뭉쳐서 결사반대해야 합니다. 필요하다면 사직서도 올려야 합니다."

이들 중에서도 정도전이 가장 비분강개했다. 그는 이따금 감정을 주체하지 못하고 얼굴이 벌게져서 주먹을 휘휘 저었다.

"제가 선봉에 설 것입니다!"

그의 입장을 이색과 정몽주가 강력히 지지했다.

"우리가 뒤에서 자네를 밀어줄 것이야."

이색과 정몽주의 지지 약속을 받아낸 정도전은 곧장 하륜의 집을 찾아갔다. 그의 얼굴은 다소 상기되어 있었다. 이인임 일당에 대한 증오에 동지들의 전폭적인 지지로 들뜬 감정이 뒤섞인 때문이었다.

"방금 스승님과 정 공을 보고 오는 길이다. 너도 알다시피 이인임이 원나라 사신을 이 땅에 들이려고 한다. 이를 막기로 했어. 그 선봉에 내가 설 요량이다. 기실 이 일에 스승님 같은 중신들이 전면에 나서는 것은 모양이 서지 않는다. 우리 같은 소장 관료들이 투사처럼 나서야 하는 것이다. 그렇지 않느냐."

"그렇지요. 맞는 말씀입니다."

하륜은 정도전의 말에 긍정해주긴 했지만 다소 뒤끝을 흐렸다. 며칠 전 자초와 대화하면서 수면 아래로 몸을 숨기겠다고 각오를 다진 터였다. 정도전이 하륜을 찾은 까닭이야 불 보듯 뻔했다. 자신과 함께 온몸으로 맞서자는 것이었다. 이는 명백히 자초와의 다짐에 대척되는 것이었다.

의욕 넘치게 말을 꺼냈는데 받는 쪽에서 미적지근하게 반응하니 정도전은 실망한 기색을 감추지 않았다. 그는 얼굴의 홍조를 꺼트리며 김 샌 표정을 지었다. 하륜은 난처한 표정을 지우지 못하고 있었다.

"그래서 너도 이번 일에 나서주었으면 한다."

정도전은 기왕지사 말을 꺼낸 것이기에 미지근한 어조로나마 이렇게 말을 맺었다. 여기에 하륜은 무어라 말을 하지 못하고 가만히 있었다. 묵직한 침묵이 방안을 가득 메웠다. 그 침묵에 하륜은 숨이 막힐 지경이었다. 멍하니 바닥을 응시하는 정도전의 시선이 그를 더욱 못 견디게 만들었다. 하지만 정도전은 하륜의 답을 듣기 전에는 침묵을 깰 용의가 없는 듯 보였다. 결국 하륜이 깊은 한숨과 함께 정적을 깨트렸다.

"형님."

바닥에 처박혀 있던 정도전의 시선이 힘겹게 일어나 하륜을 향했다. 그의 시선에서 하륜은 자신을 향한 그의 권태마저 느꼈다. 그리고 곧 자신이 내뱉을 말에 더욱 선명해질 권태를 상상했다. 두렵고 끔찍했다. 그 권태가 경멸 내지 모멸로 변할 공산이 충분하다는 생각이 들자 몸서리가 쳐졌다. 정도전에게 모멸을 받아가면서까지 자초의 말을 들어야 하는가? 하륜의 눈빛이 마구 요동쳤다.

"저는……."

한 글자 한 글자 내뱉는 것이 고역이었다. 하륜은 눈을 질끈 감아 정도전의 시선을 애써 외면했다.

"저는… 이번에는… 형님의 뜻을 따르지… 않겠습니다……."

정도전의 표정이 차돌처럼 굳었다.

"뭐라고?"

목소리도 차갑게 식어버렸다. 실망감의 발로였다. 좌절에 가까운 실망
이었다. 하륜은 뼈마디가 시릴 정도로 차가운 정도전의 목소리를 듣고도
제 뜻을 굽히지 않았다.

"형님의 뜻을 따르지 못 하겠다 하였습니다."

정도전의 턱이 파르라니 떨렸다. 그는 먹먹한 감정을 속으로 삼키며
물었다.

"왜냐고 물어봐도 될까? 네가 나의 뜻을 따르지 못 하겠다 한 까닭을?"

하륜은 한동안 침묵하다 입을 열었다.

"잠룡물용입니다, 형님."

정도전의 입술이 씰룩였다. 터져 나오는 웃음을 참느라 얼굴이 벌게졌
다. 끝내 웃음을 참지 못하고 포복절도했다.

"크핫핫핫핫! 뭐라고. 잠룡물용? 핫핫핫! 잠룡물용이라! 우습구나, 우
스워. 너는 잠룡이니 이런 하잘 것 없는 일에는 뛰어들지 않겠다? 이런 일
은 졸개들이나 할 짓이란 거지? 흐흐, 재밌구나."

그는 한참을 대소하더니 다시금 차갑게 표정을 굳혔다.

"내가 아는 하륜은 이렇게 어리지 않은데."

하륜은 잠자코 정도전의 말을 듣기만 했다.

"네가 잠룡이라는 것은 나도 보증할 수 있다. 그러나 잠룡물용에는 동
의할 수가 없구나."

그는 가볍게 한숨을 쉬며 하륜의 눈치를 살피더니 다시 입을 열었다.

"불의를 보고도 행동하지 않는 인사를, 제 몸만 사리는 인사를 대관절
누가 따르겠니. 불의에 항거하지 않는 자를 누가 따르겠니. 인심을 잃은
영웅은 그때부터 영웅이 아닌 것이다. 역사를 보아라. 태고부터 행동하
는 자가 천하를 얻었다."

"형님의 말도 옳습니다. 그러나……."

하륜이 무어라 항변하려 하자 정도전은 손을 내밀어 제지했다. 그리고 자리에서 슬며시 일어났다.

"말하지 마라. 너와 이 이상으로 대립각을 세우고 싶지 않구나. 알았다. 내가 이해하겠다. 너의 뜻을 내가 이해해. 그러니 여기까지 하자꾸나. 우리 사이에 틈을 더 만들지 말자."

여기에 하륜은 쏟아내려던 말을 주워 삼키고 힘없이 예, 하는 수밖에 없었다. 그는 어정쩡한 자세로 정도전을 전송하고는 다시 자리에 와 앉았다. 스멀스멀 알 수 없는 서러움이 가슴부터 타고 올라와 좁은 목구멍을 건드렸다.

"형님께서는 말하지 말아야 틈이 생기지 않는다고 여기는구나. 나는 말해야, 말함으로써 서로의 사유가 다름을 알아야 틈이 생기지 않을 것 같은데……. 정도전은 하륜을 한 수 낮은 어린애로 보는구나."

정도전은 하륜에게 이해하겠다고 했다. 인정이 아니라 이해라고 하였다. 이 한마디가 모든 것을 말해주었다. 하륜은 그 말을 한동안 곱씹었다. 흡사 작약(芍藥) 뿌리를 질근질근 씹을 때와 같이 쓴 맛이 입 안 가득히 번졌다.

'하륜이 변했군!'

정도전은 터벅터벅 발걸음을 옮기면서 고개를 절레절레 저었다. 그리고 문득 걸음을 멈추더니 뒤로 돌아 닫힌 하륜의 집 대문을 물끄러미 바라보았다.

'누가 저 아이의 마음을 쥐고 흔드는가? 누가 저기에 마수를 뻗치는가?'

정도전의 얼굴에 씁쓸한 기운이 감돌았다. 그리고 다시 고개를 설레설레 저으면서 가던 걸음을 재촉했다. 가는 도중에 그는 수차 시선을 허공으로 향하며 탄식을 뱉어냈다.

'그래도 내가 끌어안아야지. 어찌 사람에게 결점이 없기를 바라겠는가.'

정도전은 이렇게 뇌까리며 연신 그래야지, 그래야지, 하고 속으로 되뇌었다.

✽

원나라 사신을 들이는 것을 저지하려고 나선 소장파 관원들의 무리에 하륜은 없었다. 이들은 정전 앞 돌바닥에 도열한 채로 죄다 머리를 풀고 곡소리를 내었다. 선두에 선 정도전이 선창하면 백면(白面)의 어리고 의로우며 혈기 넘치는 관원들이 따라 외는 식이었다.

"전하, 선왕께오서는 쌍성총관부를 폐하시는 등 원나라 오랑캐들에 맞서 싸우실 뜻을 일찍이 천명하시었사옵니다. 하온데 어찌하여 이인임 같은 소인배들의 감언이설에 혹하시어 선왕의 큰 뜻을 받들지 아니하십니까!"

"선왕의 뜻을 받드시오소서!"

"전하, 원은 본조의 강토를 침노하여 전하의 선한 백성을 무참히 살육하고 재물을 강탈하며 아녀자를 함부로 겁간하니, 그 죄가 크고도 무겁사옵니다. 이토록 예법을 깨닫지 못한 저들일진대, 어찌하여 함부로 저들과 친교를 맺을 수 있겠사옵니까. 천부당만부당하옵니다, 전하!"

"통촉하여주시오소서!"

이들의 우는 소리가 대전을 쩌렁쩌렁하게 울렸다. 대전 안에서 용좌를 끼고 똬리를 틀고 있던 이인임은 코웃음을 치며 임금을 안도시켰다.

"전하께서도 아시겠지만 본디 어린 관원들은 큰 뜻을 깨닫지 못하고 제 비위에 거슬리는 것에 저토록 결사 항전해야 속이 풀리는 속성을 지니고 있습니다. 다 한때의 치기이오니 전하께서는 부디 넓은 아량으로 저들을 굽어 살피시오소서."

옆에서 지윤, 임견미도 이죽이죽 입을 움직이며 그의 편을 들고 나섰다.

"그러하옵니다, 전하. 저들이 지금은 비록 함부로 국정을 어지르고 있사오나 곧 진정될 것이니 크게 심려치 마시옵소서."

여기에 임금은 고개를 끄덕이며 앳된 소리로 변죽을 맞춰줄 뿐이었다. 기실 그는 시시비비를 가리려고 하기는커녕 궁궐에서 저토록 시끄러운 난동이 벌어지는 것 자체에 꽤나 불편해하고 있을 뿐이었다.

"응, 나는 경들만 믿습니다."

"전하, '나는' 이 아니라 '과인은' 이라고 하셔야지요."

임견미의 친절한 지적에 임금은 얼굴을 붉히며 '과인은, 과인은' 하고 외웠다. 그의 뇌리에는 이미 젊은 관원들의 외침은 온데간데없었고, 다만 앞으로 '과인은' 이라고 말하여 대신들의 지적을 받지 않겠다는 다짐만이 남게 되었다.

이런 임금을 향해 대전 안에 입시해 있던 이색, 정몽주, 정도전 등이 나서서 자신들이 하는 말을 들어달라 간청했지만, 임금은 이들에게 싸늘한 시선을 이따금 줄 뿐 별다른 반응을 보이지 않았다. 이색 등도 더 아뢰다가는 임금의 어심만 잃을 것이란 것을 깨닫고 참괴한 심정으로 입을 다물었다.

✳

대전에서 뭐가 되었든 모종의 움직임을 보여줄 것이라 생각했던 소장 관원들은 당황했다. 자신들이 하는 말을 들어주지 않겠다면 차라리 금군들을 동원해 자신들을 끌고나가게 할 일이었다. 그랬다면 의협심이 발동하였을 터였다. 그런데 아예 미동도 비치지 않으니 절로 김이 빠져버리는 것이었다. 한참을 각혈하도록 임금에게 자신들의 뜻을 외치던 그들은 마치 면벽한 기분이 들어 제풀에 지치고 말았다. 정도전을 중심으로 꽁꽁 단결하던 모습도 시간이 지날수록 풀어졌다. 그러자 삼삼오오 무리를 지어 저들끼리 웅웅 잡담하는 소리에 구호가 묻히기까지 하였다. 결국 정도전도 기진하여 무리를 해산시켰다.

"그만 물러들 가시게나. 도저히 들으시려 하질 않는구먼."

이 한마디에 소장 관원들이 썰물처럼 빠져나가 대전 앞이 일순 텅 비게 되었다. 정도전은 속에서 깊은 한숨을 끌어올려 내쉬었다. 마침 보랏빛 어둠이 어스름하게 내려앉으며 시린 한기를 머금은 바람이 스쳐 지나가자 쓸쓸한 심회가 더욱 돋아났다.

쌓인 업무를 처리하고 퇴청하는 하륜의 시선에 덩그러니 놓여 있는 정도전의 모습이 들어왔다. 아무것도 없는 황량한 대전 앞의 돌바닥에 홀로 무릎을 꿇고 고개를 푹 숙이고 있는 그의 모습이 자못 쓸쓸해보였다. 혼자서 저 거대한 대전, 정확히는 대전 안에 똬리를 틀고 있는 이인임을 위시한 부원파와 맞서는 그의 모습은 외로움 그 자체였다. 이를 보고 하륜은 자신이 나서서 도와주지 못한 것에 가슴이 찔렸다. 이제라도 당장 달려가 손이나 잡아줄까 하였지만 관두기로 하였다. 그런 모습을 하고 있는 정도전에게 자신이 다가가 봤자 정도전은 부끄러운 모습을 아우에게 보여주었다는 생각에 도리어 화만 낼 것이었다. 지금은 그대로 지나쳐주는 것이 그를 위하는 길이란 것을 하륜은 잘 알고 있었다.

"지금 내가 형님께 해줄 수 있는 게 없구나. 안타깝고 슬프다."

미안한 마음에 울음이 목구멍을 넘어 터져 나오려는 것을 억지로 눌렀다. 그리고 길게 늘어선 회랑을 따라 다시 대문으로 향했다. 걸음이 무거웠다. 회랑에서 벗어나 곧장 가로질러 대문으로 가는 것이 훨씬 빨랐으나 혹여 정도전의 눈에 띌까봐 부러 회랑 지붕을 머리 위에 둔 채로 빙 돌아갔다. 내일까지 처리해야 할 상소 두루마리 뭉치를 손에 쥔 채로.

✳

다음날 관원들은 관청으로 향하지 않고 다시 대전 앞에 모여들었다. 이들은 대전에서 아무런 조치도 취하지 않을 것임을 잘 알고 있었지만, 빼어 든 칼을 하루 만에 다시 집어넣을 수는 없다는 각오였다. 다시금 자리를 깔고 앉아 목에 힘을 주었다. 그러나 첫날만큼의 화력은 내지 못했는데, 그도 그럴 것이 전날 이미 기진하였거니와 임금이 아예 자신들의 얘기를 듣지 않을 것이란 걸 알고 있기 때문이었다. 그래서 해질녘에야 자리를 뜬 전날과 달리 이날은 점심께부터 하나둘 자리를 떴다. 남은 이들도 삼삼오오 모여 저들끼리 잡담을 주고받았다. 특히 하륜의 거동이 화젯거리가 되었다. 이들은 하륜이 자리에 나오지 않은 것을 두고 그가 회색분자임이 명실 공히 증명됐다며 신랄하게 그를 공박했다. 드디어 하륜의 정체가 드러났다면서 한목소리로 조소를 퍼부었다. 천출인 그의 외조모 얘기도 빠지지 않았다. 차디찬 대궐 바닥에 엎드려 이인임을 규탄하고 부원파 처결을 주청하던 이들은 이인임에 대한 분노를 고스란히 하륜에게로 옮겨 쏟아냈다.

이들의 집단적인 노기는 하륜을 점점 괴물로 만들었다. 본디 이들은 하륜을 출신에 결점이 있는 회색분자로 취급하는 정도였는데 이제는 저자에 떠도는 해괴한 유언(流言)의 주인공, 이를테면 이색, 정몽주 계열의 관원들 가운데 하루도 빠짐없이 이인임의 집을 들락거리면서 이색의 저

녁밥상에 찬거리로 무엇이 올랐는지까지 이인임에게 아뢰는 세작으로 지목하면서 그를 천하에 상종하지 못할 무뢰한으로까지 낙인찍었다. 그러면서 하륜에 대한 이들의 공분이 눈덩이처럼 불어나 종내는 이들이 크게 신망하는 정도전도 손쓸 바가 없을 정도가 되었다.

"어찌 이인임의 불의함을 규탄하는 자리에 허무맹랑한 유언을 듣고 와서 동료 관원을 욕보일 수가 있단 말인가? 자네들, 제발 우리가 모인 목적을 되새기도록 하게. 이런 식이면 곤란하네."

정도전이 이렇게 이따금 진화에 나섰지만 돌아오는 것은 집단적으로 터져 나오는 볼멘소리였다.

"정 공께서는 하륜과 막역한 관계이기에 그리 말씀하신다는 것을 저희도 이해합니다. 하지만 보십시오. 하륜은 이인임의 불의함을 논하는 자리에 나오지 않고 있습니다. 저 자신이 혈육보다도 가깝다고 한 정 공께서 주도하시는 자리인데도 말입니다. 오히려 버젓이 관청에 들어가 이인임이 주도하는 조정에서 일을 하고 있어요. 대체 이것을 어떻게 봐야 합니까?"

"사실 륜이가 이 자리에 나와 우리와 함께하지 않은 것에 대해서는 나도 유감이네. 그러나 그의 진정성만은 내가 보장할 수 있네. 각자 생각이 다를 수 있는 것이야. 그는 그만의 방법으로 우리와 함께하고 있네. 우리와 방법이 다르다고 해서 그를 욕할 순 없는 것이야. 설령 그의 방법이 우리가 원하는 방향이 아니라고 하더라도, 분명히 륜이는 이인임에 대해 치를 떨면서 작금의 상황에 대해 탄식하고 있어. 그것이면 된 것 아닌가? 이인임의 세작이니 뭐니 하는 잡소문을 입에 담는 모습은 자네들답지가 않아."

정도전의 이 말에 관원들은 입을 다물었으나 불만스러운 표정은 감추지 않았다. 얼마 지나지 않아 수군거리는 소리가 다시 커졌다.

시간이 지날수록 소장파 관료들의 입에 이인임보다 하륜의 이름이 더 자주 올랐다. 이들을 소집한 것은 이인임의 망국적 행태를 성토하기 위해서였는데 오히려 하륜에게로 창끝이 향하게 되자 정도전은 적잖이 당황했다. 정도전은 수차 이들을 진정시키고 본래의 목적을 되새기게 하려고 했으나, 이들은 이미 고삐 풀린 망아지 모양으로 하륜을 욕하는 데만 열을 올렸다. 몇몇이 정도전의 말에 동의하여 이들에게 본래 목적을 상기시키려고 애를 썼으나, 이런 이들은 워낙에 적은 수인지라 집단의 소란만 가중시킬 뿐이었다. 이런 현상이 며칠간 지속되며 집단 전체가 삐거덕거리더니 곧 와해되어 버렸다.

"이래서 얼치기들이라고 하는 것이다. 젖비린내 나는 아이들은 저래서 안 되거든."

이인임이 의자 등받이에 몸을 한껏 곧게 펴 기대며 기분 좋게 웃었다. 지윤과 임견미도 그의 비위를 맞추려 낮은 웃음을 깔아주었다.

"참으로 수문하시중의 큰 뜻은 종잡을 수가 없습니다. 저 같으면 당장에 금군을 동원하여 저 머저리들을 다 쓸어버리라고 했을 텐데. 역시 웅걸은 웅걸이십니다."

"듣기 좋은 아첨일세. 이제 남은 수순은 하나다."

임견미가 낄낄거리며 말했다.

"선동가를 튕겨내는 것이지요?"

이인임은 그를 곁눈으로 보며 흐뭇한 웃음을 지었다.

"그대들도 이젠 제법 머리가 돌아가는구먼."

✳

"정도전은 아직 사리판단이 분명치 않은 젊은 관원들을 함부로 선동하여 조정의 무거운 뜻을 거슬렀으니 그 죄가 크다. 이러한 사례가 비단 이번뿐만이 아니니 엄벌로 다스리는 것은 당연지사다. 참형으로 다스리자는 것이 조정의 중론이나 상께서 등극하신 지 오래되지 않은 시기에 조정의 신료를 참하는 것은 불충이라는 수문하시중 이인임 공의 주청이 있었고 상께서 이를 받아들이셨으니 유형(流刑)으로 다스릴 것이다. 죄인 정도전은 상의 너그러운 은혜에 감읍할 것이며 처분에 유순히 따르도록 하라.”

이인임은 신속하게 움직였다. 자파 관원들을 규합하여 정도전을 탄핵하게 하고 전리사(典理司, 사법 담당 관청)의 관원들에게 압력을 가해 정도전을 유배형에 처하게 한 것이다.

이에 대해 정도전이 할 수 있는 행동이라곤 쓴웃음을 지으며 처분에 따르는 것뿐이었다. 그는 덤덤히 유배 길에 올랐다.

“뭐라, 형님이 귀양을 가신다고?”

복잡한 심사에 영 일이 손에 잡히지 않아 휴가를 내고 집에 머물고 있던 하륜은 정도전 댁의 사내종이 한 말을 신몽인이 전해주어서야 정도전의 소식을 알 수 있었다.

“그렇다고 했심더. 마 가서서 위로라도 해주시이소.”

하륜은 신몽인의 말이 채 끝나기도 전에 서둘러 두루마기와 갓만 대충 갖추고 굴러 넘어지듯 가마에 올라 길을 재촉했다. 정도전의 집까지 가는 시간에 온갖 상념이 그의 머릿속을 오락가락하였다. 가장 먼저는 친한 형님이 무고히 죄를 얻어 유배를 가는 것에 대한 안타까움 내지는 슬픈 감정이 들었고, 이어 그 지경이 되도록 투쟁하는 형님을 자신이 돕지 못했다는, 혹은 돕지 않았다는 생각이 들어 미안한 감정에 휩싸였다. 자신이 취하는 태도가 과연 옳은가에 대한 성찰과 반성, 불의가 통하는 작금의 상황에 대한 개탄의 감정도 이어졌다. 이러한 백 가지 상념들이 격랑처럼 몰아치자 하륜은 멀미가 날 지경이었다. 식은땀이 나면서 한기마저 느껴졌다. 격랑에 마구 흔들리는 정신을 붙잡으려 그는 눈에 잔뜩 힘을 주었다.

정도전은 옥에 갇혀 있었다. 고신으로 난 상처가 곪아 터져서인지, 장시간 씻지 못해서인지는 알 수 없지만 돼지 우리에나 어울릴 법한 썩은 내가 코를 쿡쿡 찔렀고, 역시 꼭 돼지 우리에나 어울릴 법한 누르죽죽하고 걸쭉한 풀죽이 머릿수대로 놓여있었다. 정도전의 몫은 고스란히 그릇에 담긴 채로 식어있었다. 그것을 좌우의 죄수들이 흘끔흘끔 넘보며 탐을 내고 있던 차였다. 하륜은 오만상을 찡그리며 간수에게 정도전에게로 인도하라 일렀다. 간수는 심드렁하고 나타에 찌든 표정으로 무성의하게 감옥 한구석을 가리켰다.

"형님!"

하륜은 간수의 손끝을 따라 정도전이 있는 곳으로 서둘러 나아갔다. 찌든 내가 나는 바닥에 털썩 무릎을 꿇고 앉았다. 하륜은 황망한 마음에 시선을 둘 곳을 찾지 못했지만, 정작 당사자인 정도전은 미동도 하지 않았다. 도리어 평온해 보이기까지 했다.

"왔니."

정도전은 이제 미소까지 띠고 있었다. 하륜은 저를 조롱하기 위해 정도전이 부러 연기를 하는 것은 아닐까 하는 의문을 품을 정도로 정도전의 반응은 너무나도 태연하였다.

"형님, 이런 일은 당하시고도 어찌 그리 속 좋은 표정을 지으십니까? 억울하지도 않아요?"

"일찍이 예상했던 대로다. 억울할 게 또 무엇이겠느냐. 다만 내 뜻에 동조했던 이들이 너무나도 어중이떠중이, 얼치기들이었다는 것이 완벽하게 증명되어 슬플 뿐이다. 륜이 너의 반만이라도 되는 인사들이었다면 내가 이 꼴을 당하진 않았을 것인데."

그 말이 꼭 자신이 따르지 않은 것을 책망하는 듯하여 하륜은 마음이 아팠다.

"드릴 말씀이 없습니다."

"아니, 내가 이해한다 하지 않았니. 너를 꾸짖는 것이 아니다."

여전히 이해라는 말은 하륜에게 쓰라린 것이었다. 정도전은 잠시 침묵하다 화제를 돌렸다.

"그보다도 너는 어찌할 셈이냐? 나야 이제 남쪽으로 가서 좀 쉬다 오면 되지만 너의 입장이 퍽 난처하게 되었다. 저 어린아이들이 너를 그냥 놔둘지."

어린아이들이란 그를 따르는 관원들을 일컬은 말이었다.

"혈기에 못 이기는 저 자들이 너에 대해 비뚤어진 생각을 갖고 있더구나. 그나마 내가 다소 비호한 탓에 조금 숙이고 있었는데, 내가 이제 없어지게 되니……."

그는 이렇게 말하면서 슬쩍 하륜의 표정을 살폈다. 태도를 바꿀 것을 권유하는 의도가 다분히 드러났다. 하륜은 시선을 아래로 향한 채 묵묵히 있더니 고개를 들어 정도전을 바라보았다.

"저들이 공박해온다면 당해줘야지 별 수 있습니까. 저는 저들의 입장을 이해하고 있습니다. 그럴 수 있다고 봅니다."

"조금만 저들과 잘 어울리면 그러한 오해를 불식시킬 수 있다. 그런데 어찌하여 그리 고자세냐?"

"형님, 이 아우는 불의한 세력은 철퇴를 맞아야 한다고 생각합니다. 또 이인임 일파는 불의한 세력이라고 생각합니다. 따라서 어찌 보면 저는 저들과는, 또 형님과는 동지요 동류라고 할 수 있습니다. 그러나 이걸 알아주셨으면 좋겠습니다. 방법이 다릅니다. 뜻은 다르지 않으나 방법이 다릅니다. 저는 제 나름의 방법으로 불의한 세력에 철퇴를 가할 것입니다. 이것이 끝끝내 형님의 뜻을 거스르는 이유입니다. 단지 보신(保身)을 위해 이러는 것이 아닙니다. 저는 저들이 이 점을 이해하지도 않을 것이거니와 이해하지도 못할 것임을 잘 알기에 저들의 공박을 고스란히 받을 생각입니다. 그러나 형님은 다릅니다. 형님은 제 뜻을 이해해주셨으면 좋겠습니다. 아니, 인정해주시리라 믿습니다.”

“그러나 내가 생각하기에는…….”

정도전이 무어라 항변하려 하자 하륜은 나무창살 사이로 손을 집어넣어 그의 손을 꽉 붙들었다.

“제 진심은 누구보다도 형님께서 잘 아시리라 확신합니다.”

하륜은 이 말을 끝으로 더 이상 정도전의 말을 들으려 하지 않았다. 정도전도 짧고 깊게 숨을 한 번 내쉬었을 뿐 더는 입을 열지 않았다. 하륜은 그대로 큰절을 올리고 감옥을 나섰다. 하륜의 뒷모습을 보면서 정도전은 웃음을 흘렸다. 어딘가 한구석이 불편한 웃음이었다.

“이제는 더 이상 하륜이 정도전에 속해 있지 않다는 것이 오늘로써 결판났다. 정도전과 하륜 사이에서 이제는 말이 위에서 아래로 흐르는 것이 아니라 좌에서 우로 흐르는 것이 되었다. 인정하겠다, 너의 생각을. 그러나 너의 생각이 나의 것과 어긋날 수도 있다고 생각하니 슬프고, 안타깝고, 쓸쓸하다.”

✳

“흐흐, 역시 자네는 저 얼간이들과는 격이 다르군. 머리가 잘 돌아가.”

이인임은 만족스러운 웃음을 지으며 하륜의 어깨를 짚었다. 매일 원에서 들여오는 묘약으로 관리를 받는다고 하더니, 과연 나이에 걸맞지 않게 주름 하나 없이 번들번들하고 기름지며 길게 잘 뻗은 손이었다. 그러나 하륜에게는 그 손이 야차의 억센 마수에 불과했다. 하륜은 불쾌한 기색을 감추지 않으며 그의 손을 치웠다. 이인임은 이에 상관하지 않고 계속 제할 말만 지껄였다.

"무릇 위정자가 모든 사람을 다 만족시킬 순 없는 법이지. 특히 저렇듯 제 혈기에 못 이겨 중뿔나게 구는 놈들을 만족시키기란 여간 어려운 것이 아니야. 말을 해줘도 못 알아먹거든. 그러나 자네는 내 뜻을 알고 잠자코 있어주니 어찌 아니 고마운가! 자네야말로 장량이나 소하가 될 자격이 있는 인물이야."

이인임의 말에 하륜은 역한 기분마저 느꼈다. 그는 윗니로 아랫입술을 꼭 깨물었다. 그의 마음속에서 인내가 분노를 짓누르고 있었다. 이인임은 몇 마디 더 덧붙여 하륜의 마음을 들쑤신 뒤 뒷짐을 지고 휘파람을 불며 유유자적하게 자리를 떴다.

✽

하륜은 소장파 관원들의 압박으로 인한 고난도 감내해야 했다. 이미 각오한 바였지만, 그것은 괴로운 과정이었다. 유일한 우군이던 정도전이 귀양을 가고 난 뒤에는 저들의 맹공을 혼자서 온몸으로 받아내야 했다. 특히 박상충(朴尙衷), 이첨(李詹), 권근(權近) 등이 하륜을 맹렬히 공격하고 나섰다. 그중에서도 하륜과 연배가 비슷한 이첨이 가장 심하게 공격해 왔다.

"더럽지 않으냐, 너의 모습이. 추악하지 않느냐, 너의 태도가. 이토록 옹졸할 수가 있느냐, 이토록 불의할 수가 있느냐, 이토록 불충할 수가 있느냐! 어찌하여 정 공이 너를 그토록 감쌌는지 나의 머리로는 도저히 깨우칠 수가 없다. 다만 사사로운 옛 정리를 생각하여 그리 했다고 여길 뿐이지. 헌데 너는 정 공에게서 받은 은혜를 무시와 외면으로 저버렸다. 너는 불의한 졸장부이기에 앞서 은혜에 감사할 줄도 모르는 소인 중에서도 소인인 것이다! 너와 같은 하늘을 이고 산다는 것이 참으로 욕되구나."

관원들의 회의 자리에서 이첨은 대놓고 하륜을 욕보였다. 이 말을 듣고 그의 주위에 앉은 소장파 관원들이 동조하는 비웃음을 흘렸다. 낄낄거리는 웃음소리가 하륜의 귓가에 꽂혔다. 치욕을 당한 하륜은 화가 머리끝까지 치밀어 올랐다. 머릿속으로 이첨의 공세를 당연한 반응으로 여기려 했지만, 자신을 졸장부와 소인으로 매도하는 이첨의 말에 자연스레 격앙되었다.

"그대는 말을 함부로 하지 말라."

하륜은 최대한 점잖게 그의 조롱을 제어하고자 했다. 그러나 애초부터 마음먹고 그를 힐난하고 나선 이첨은 공세를 멈추지 않았다.

"함부로? 함부로라고? 그대야말로 말을 함부로 하지 마라. 네가 이인임의 불의한 행태에 불만을 갖고 있었다면 마땅히 우리와 손을 잡아야 했다. 그런데 네놈은 어찌 행동했느냐? 쥐 죽은 듯 제 일만 했지. 이로써 모든 것이 결판난 것이 아니냐? 너는 결국 정의와 불의의 갈림길에서 후자를 택한 것이다. 불의가 정의의 조롱을 받는 것은 당연지사다!"

"그대는 다 알지 못한다. 다 알지 못하고 떠드는 것은 결코 유쾌한 행위가 될 수 없다."

이 말에 몇몇 관원들이 분노에 찬 일갈을 하륜에게 쏟아냈다. 권근은 얼굴이 시뻘게져서 그에게 삿대질까지 했다.

"네놈이 뚫린 입이라고 막말을 하는구나. 다 알지 못하고 떠든다? 네놈이 한 짓이 있는데 그런 말이 나오는가!"

하륜은 자리에서 벌떡 일어나 성큼성큼 권근에게로 다가갔다. 권근은 거칠 것 없는 태도로 다가오는 하륜에게서 심한 압박감을 느꼈으나, 보는 눈이 많음을 의식하여 눈에 잔뜩 힘을 주고 주먹을 꽉 쥐었다.

권근의 코앞에서 하륜의 걸음이 멎었다. 하륜은 고개를 똑바로 들어 권근의 눈을 쏘아봤다.

"내가 한 짓? 그게 뭔데? 너희랑 같이 생떼를 쓰지 않은 것을 두고 말하는 것인가? 참으로 어리석은 자가 아닌가. 내가 듣기로는 권근이 이렇게 멍청하고 아둔한 자는 아니었는데."

"뭐, 뭐라고? 생떼? 어리석어? 지금 네놈이 무슨 말을 하는 게야? 우리가 대전 앞뜰 바닥에 엎드린 것은 충의의 발로요, 이 권근은 문재(文才)로는 선비들 중에서 적어도 중간은 간다고 자부한다. 잘못된 것이 있다면 오직 네놈과 같은 천하의 모리배와 지금 말을 섞고 있는 것뿐이다!"

"그대가 세상 돌아가는 이치를 티끌만큼이라도 안다면 나를 공박할 수 없을 것이다. 세상은 보이는 것이 전부가 아니다. 겉으로 검어도 속으론 흴 수 있고, 겉으로 희어도 속으론 검을 수 있다. 이 간단한 이치도 깨닫지 못한다면, 하륜은 더 이상 그대와 할 말이 없다. 만약 지금이라도 깨달았다면 그대가 이렇듯 고개를 뻔뻔히 들고 서있을 수가 없겠지. 부끄러움에 얼굴이 홍시가 되어야 하거늘 쌀죽처럼 허여멀건 것이, 천치도 이런 천치가 없으이."

이 말에 앉아있던 소장파 관원들이 벌떡 일어나 시끄럽게 하륜에게 따지고 들었으나 하륜은 고개를 절레절레 흔들며 자리를 떴다. 이 자리에서 하륜을 힐난한 이첨은 정도전처럼 귀양을 가 십 년간 조정에 복귀하지 못했고, 박상충은 귀양 가다가 도중에 죽었다.

"아, 여기 계셨군요!"

분을 삭이며 걸음을 옮기는 하륜에게 박자청이 반가운 기색을 감추지 않으며 말했다. 하륜은 애써 노기를 숨기고 웃음기를 띠며 반겼다.

"자청이가 아니냐. 나를 찾고 있었는가?"

"네, 저를 따라오시지요."

"아니, 영문은 알려줘야지. 무턱대고 따라오라고 하느냐."

여기에 박자청은 씩 웃어 보일 뿐 하륜이 원하는 답은 주지 않았다. 오히려 걸음에 속력을 붙여 경쾌하게 앞서 갔다. 종내 하륜도 체면에 맞지 않게 종종걸음으로 그의 뒤를 따라가야 했다. 박자청의 발길이 멎은 곳은 대궐의 한구석에 있는 건물이었다. 하륜이 어리둥절한 표정을 지으며 박자청을 바라보자 그는 두 손을 문으로 내밀며 그에게 안으로 들라는 자세를 취했다. 이에 하륜은 어흠, 헛기침을 한 번 해보이곤 뒷짐을 진 채 안으로 들어갔다.

"아, 하 공이 오셨군."

안에는 이미 십수 명의 관원들이 앉아 있었다. 그들은 하륜이 나타나자 일제히 일어나 그를 반겼다. 당최 갈피가 잡히지 않는 상황에 하륜은 벙벙한 표정으로 그들을 살피면서 조심스레 안으로 걸음을 옮겼다. 그들 중에는 익숙한 얼굴이 꽤나 있었다.

"아니, 이무(李茂) 공이 아니십니까. 조준(趙浚) 공과 윤소종(尹紹宗) 공도 계시는군요. 하하, 국사를 돌보시느라 바빠야 하실 분들이 이렇듯 한자리에 모여 담소나 나누고 계시다니, 불충하지 않습니까?"

하륜의 농지거리에 이무가 낮게 웃으며 받아쳤다.

"이런 시기엔 오히려 국사를 돌보지 않는 신하가 충신일지도 모르지요."

　이무는 하륜과 대조적인 인상이었다. 단순히 미추(美醜)만 따지더라도 미남자에 가까운 하륜에 비해 이무는 못난 인상이었고, 몸이 마르고 다소 왜소해 보이기까지 하는 하륜에 비해 이무는 풍채가 좋고 우람한 덩치의 소유자였다. 장비수염을 기르고 눈매가 부리부리한 것이 문복보다는 갑옷을 입고 허리춤에 칼을 차는 것이 더 어울릴 법했다. 성정도 외모에 걸맞게 시원시원하고 유쾌한 편이었다. 매사를 즐기면서 하는 것을 제일로 두고 원리원칙보다는 때에 따라서 융통하는 것을 좋아하는 성정이었다. 그래서 자신과 남 모두에게 너그러워 조그만 죄는 그냥 넘어가고 웬만한 죄는 그럴 수도 있다고 여기는 주의인지라, 꼬장꼬장한 정몽주 같은 선비들은 그를 두고 모리배라고 욕하곤 했다.

　"우리가 하 공을 뵙자고 한 것도 이 공의 말과 관계가 있습니다."

　이무의 말을 조준이 받았다. 조준은 정도전과도 돈독한 관계를 맺고 있고 하륜과도 가깝게 지내는 사이였다. 그는 이무와는 반대로 빼빼마른 몸에 샐쭉한 인상을 지니고 있어 그다지 호상(好相)은 아니었으나, 성격이 진중하고 무거운 구석이 있어 함께 일하기에 더 없이 좋은 인사였다.

　조준의 말에 하륜이 고개를 갸웃거리며 물었다.

　"조 공은 자세히 말씀해주시지요."

　"우리는 하 공이 이인임의 불의함을 성토하는 자리에 나서지 않았다고 또래 관료들로부터 힐난을 받고 있는 것에 상당히 불쾌해하고 있습니다. 하 공의 진정성을 잘 알기도 하지만, 기실 우리도 그 자리에 나서지 않았거늘 하 공만 공박을 당하는 것이 참으로 이치에 맞지 않다고 여기기 때문입니다."

　하륜은 쓴웃음을 지으며 고개를 끄덕일 뿐이었다.

"소생의 참뜻을 알아주시니 이보다 더 감사한 일이 또 있겠습니까."

윤소종이 나서서 덧붙였다.

"기실 하 공을 부른 까닭은 우리 또한 하 공의 뜻에 동의하기 때문입니다."

"자세히 말씀해주십시오."

"하 공께서는 지금 이인임의 발호를 우려하고 계시지 않습니까? 또 이것을 깨트리고자 하지 않으십니까?"

"아니 그걸 어찌……."

놀랄 수밖에 없었다. 그런 일은 얘기만 나눈 상태였고, 아직 구체적인 계획도 세우지 않은 터였다. 그런데 윤소종이 저리도 자신 있게 얘기하니 하륜은 순간 당혹하지 않을 수가 없었다. 그가 놀라 말을 잇지 못하자 조준이 웃으며 가볍게 조롱했다.

"아니, 이렇게 표정을 감추지 못해서야 어찌 대업을 이룬단 말입니까!"

윤소종은 하륜의 놀란 가슴을 안심시켜주었다.

"저희가 모종의 단서를 찾은 것이 아니라 다만 심중으로 짐작한 것일 뿐이니 안심하셔도 됩니다, 하하."

"그렇다면 다행이군요."

하륜은 멋쩍게 웃으며 뒤통수를 긁적였다.

이들은 하륜과 행동을 함께 하겠다는 말을 전하기 위해 하륜을 부른 것이었다. 직접 나서서 하륜과 접촉하면 조정 내 입지가 최악인 하륜과 같이 묶여 난처한 처지에 놓일까봐 박자청을 통해 하륜과 접선한 것이었다. 이들은 하륜의 뜻에 전적으로 동의한다면서 공동의 목표를 실현하기 위해 함께 행동하자고 했다.

이들과의 자리가 파하고 나서 박자청은 이인임이 저들을 보내 하륜을 떠보게 한 것은 아닐까 하는 나름의 의구심을 내비쳤다. 그러나 그들의 면면으로 봐서는 그럴 가능성은 매우 희박하다며 하륜은 선을 그었다.

"오늘 표정이 좀 피셨심더. 뭐 좋은 일이라도 있으십니꺼?"

퇴청하는 길에 신몽인이 연신 흘끗흘끗 하륜의 얼굴을 살피더니 사람 좋은 웃음을 하며 물었다.

"아, 그럼 좋다마다. 역시 사람에겐 사람이 있어야 한다."

하륜은 오랜만에 느껴보는 든든한 마음을 안고 가마 등받이에 몸을 깊게 파묻었다. 가을의 스산한 바람도 즐길 만했다. 한동안 굳어 있던 하륜의 얼굴에 화색이 돌자 신몽인도 기분이 한껏 좋아져 만면에 미소를 지었다. 물렀거라 하는 그의 갈도(喝道) 소리가 경쾌하고 드높았다.

✳

하륜은 무서운 속도로 출세가도를 탔다. 본인이 지닌 자질이 타의 추종을 불허하거니와 조정의 패권을 이인임이 쥐고 있는 상황에서 젊은 관원들이 대놓고 이인임을 공박하는 발언을 하고 나서니, 이인임의 입장에선 혈기 넘치는 저들보다는 하륜의 관직을 높여주는 것이 백배 나았다. 하륜이 출세하는 속도에 비례하여 그를 타도하려는 젊은 관원들의 언성도 높아져 갔다.

하륜은 이듬해인 1376년에 30세의 나이로 종4품 전교부령 지제교에 임명된 것을 시작으로 31세에 정4품 보문각경서와 직제학을 역임하고, 32세에 정4품 전리사총랑, 33세에 종3품 전교사령에 잇달아 임명된 뒤 성균관의 수장인 정3품 성균관 대사성에 임명되었다. 그 또래에서는 기껏해야 과거에 합격한 지 얼마 안 되는 자들이 수두룩한데 하륜은 이미 조정의 중핵에 들어서게 된 것이었다.

그는 조정 내에서 자신의 입지를 넓혀가고 그에 따라 손아귀에 쥐어진 권력의 크기가 점점 불어났지만 전혀 기쁘지 않았다. 오히려 가슴을 옥죄는 중압감만 느낄 뿐이었다. 이인임의 발호는 점점 더 심해지고 있었다. 어린 임금은 이인임의 눈치를 보며 변죽을 맞춰주느라 바빴고, 그를 견제할 수 있는 유일한 존재인 최영은 끊임없이 해안을 약탈하는 왜구를 토벌하러 일 년의 절반 이상을 전장에서 보내야 했다. 전장에 보낼 장군은 그 말고도 많았으나, 이인임이 왜구가 쳐들어올 때마다 국운이 쇠할 큰 위기라고 호들갑을 떨어대며 최영을 전장으로 보낸 탓이었다. 견제 받지 않는 절대 권력은 썩어 문드러지기 일보 직전이었다.

이런 시국에 아무것도 할 수 없는 처지의 하륜이 느끼는 자괴감은 이루 말할 수 없는 정도였다. 예전에는 이럴 때면 정도전을 찾아가 하소연과 탄식을 섞어가며 곧잘 같이 밤을 새곤 했지만, 지금은 정도전이 비록 귀양에서는 해제되었지만 아직 복권되지는 못해 고향집에 머물고 있는 실정이라 누구에게도 속마음을 털어놓지 못하고 있었다. 이무 등과 자주 교제하며 이야기를 나눴지만, 그들은 정도전만큼의 깊이가 없었다.

"나는 이인임의 발호가 길어야 채 다섯 해를 못 갈 줄 알았더니 이제 햇수로 꼬박 9년이 되어가는군요. 결국 권불십년이란 말을 믿어야 할까."

윤소종이 푸념조로 말했다. 조준도 심란한 표정을 지으며 그의 말에 살을 붙였다.

"사실 이인임 하나야 내치면 그만이지만 그를 둘러싸고 있는 비호세력이 너무나도 두텁습니다. 임견미, 지윤, 염흥방 등 그의 수족들이 조정 내 요직이란 요직은 모두 틀어쥐고 있질 않습니까. 이인임을 견제할 만한 최영 공은 밖으로만 돌고 경복흥(慶復興) 공은 재작년에 작고하셨으니,

저들의 세력은 참으로 깨기가 어렵습니다.”

모두들 익히 아는 사실이었으나 새삼 그것을 반추하니 거기서 더욱 쓸쓸한 맛이 우러나왔다. 그 호탕하던 이무도 잔뜩 표정을 굳히고 무거운 탄식만 던졌다. 하륜은 모두들 물에 젖은 솜 모양으로 축 늘어져 있는 것을 보니 가슴이 아렸다. 자신도 그들과 마음이 다르지 않았으나, 애써 그들의 기운을 북돋으려 하였다.

“그래서 우리가 의기투합한 것이 아닙니까? 이런 하수상한 시절을 타개할 이들이 우리 말고 더 있습니까?”

“그야 백번 옳은 말씀이지요. 그런데 어떻게 타개를 합니까? 우리가 이인임에 필적할 무력을 갖춘 것도 아니고, 조정 내 입지도 턱없이 미약하질 않습니까.”

하륜은 이무, 조준, 윤소종의 얼굴을 천천히 차례로 살폈다. 그리고 앞으로 당겨 앉아 그들과의 거리를 좁히고 낮은 목소리로 입을 열었다. 자신이 자초와 의기투합한 일에 관한 내용이었다. 이무 등과 자주 교제한 결과 그것에 관해 언질을 주어도 무방하리라는 확신을 얻었기에 주저할 것이 없었다.

하륜의 말을 들은 그들의 표정도 그리 동요되지 않았다. 그들은 이미 고려 종묘사직의 종언을 예상하고 있었고, 지금껏 고려라는 난파선을 탈출한 뒤에 갈 곳을 찾지 못하여 불안해한 것이 사실이었다. 그들은 하륜의 말을 듣고 오히려 안도감을 느꼈다. 비로소 고려를 탈출하여 의탁할 곳을 찾았다는 안도감이었다. 개인적인 처세의 문제에서도 그러했지만, 이미 백성을 통제할 힘을 잃어버린 조정을 허물고 새 조정을 건립해야 한다는 그들의 시대인식에 비추어도 하륜의 말은 더 없이 귀한 것이었다. 그들은 더 잴 것도 없이 하륜에게 동참하겠다고 선언했다.

이인임의 발호를 제어하겠다는 뜻에서는 이미 서로 입을 맞춘 그들이 었지만, 고려 조정 자체를 붕괴시키겠다는 어마어마한 발언은 비록 그들이 서로 뜻을 통하고 있다 하여도 쉽게 할 수 있는 것이 아니었다. 그래서 서로 눈치만 보던 차에 하륜이 물꼬를 튼 것이었다. 하륜이 먼저 화두를 던지자 누가 먼저랄 것도 없이 너도나도 이인임을 제쳐두고 이미 수명을 다한 고려 조정에 대한 힐난을 쏟아내었다. 하지만 하륜은 살벌하기까지 한 그들의 힐난에 동소하지 않았다. 실컷 소성을 욕하던 그들은 하륜이 입을 꾹 다물고 아무 말도 하지 않는 것을 알아차리고 그의 눈치를 슬금슬금 보더니 입을 다물었다. 조준이 곁눈으로 하륜을 보며 물었다.

"썩은 조정을 뿌리 뽑아야 한다고 화두를 던진 것은 하 공이신데 어찌 아무 말씀도 없으십니까. 공이 입을 다물고 우리 셋을 응시하기만 하시니, 얼굴이 다 화끈거릴 정도로 민망해지는군요."

세 명의 시선이 다 자신에게로 쏠리고 나서야 하륜은 빙그레 웃으면서 입을 열었다.

"아니, 제공의 말씀에 이의는 없습니다. 다만 조정이 기울어가고 있다는 것을 우리 모두 알고 있는데 굳이 아까운 시간을 죽여가며 반추할 필요까지는 없는 것 같아서……. 그렇다고 제공의 고담준론을 함부로 끊고 싶지 않아 다만 가만히 있었을 뿐입니다."

이 말에 이무가 껄껄 웃어 보이며 하륜에게 온전히 발언권을 넘겨주었다. 하륜은 헛기침을 두어 번 한 후 말했다.

"저는 이번 모임이 참으로 의미가 크다고 생각합니다. 단순히 이인임에 대항하는 수준을 넘어 새 조정을 열자는 공동의 의지를 확립하게 되었으니 말입니다. 기왕 판이 벌어진 김에 저는 한발 더 나아갔으면 합니다."

이무, 조준, 윤소종은 시선을 집중하여 하륜의 입만 바라보았다.

"새 조정이 어떤 조정이 되어야 하느냐."

"새 조정의 성질."

이무가 사뭇 진지한 표정을 지으며 하륜의 말을 받았다. 하륜은 무겁게 고개를 끄덕이며 긍정했다.

"그렇습니다."

이무는 음, 하고 신음성을 내더니 손짓으로 계속하라는 시늉을 했다.

"어떤 방법이 되었든 새 조정을 여는 주역은 우리가 될 것입니다. 감히 용좌를 넘보는 자는 여기 없지만, 용좌에 앉으려는 사람은 우리의 도움을 반드시 받아야만 하니까요. 이인임 일파의 *끈끈한* 관원집단에 대항할 조정 내 힘 있는 관원집단은 우리가 유일합니다."

하륜은 저만 얘기하는 것이 민망해 좌중을 둘러보며 "그렇죠?"라고 동의를 구했다. 세 사람도 낮게 웃으면서 선선히 고개를 끄덕였다.

"아시다시피 최영 공의 무리, 저의 스승이신 이색 공과 정몽주 공의 무리는 조정에 대한 충심이 깊어 옥쇄하면 옥쇄했지 절대로 새 조정을 여는 일에는 참여하지 않을 것이니 말입니다. 이렇게 볼 때 우리는 새 조정을 여는 데서 결정적인 역할을 할 것입니다. 그렇다면 우리는 새 조정의 성질을 결정할 권한 또한 쥘 수 있을 것입니다."

묵묵히 듣고 있던 윤소종이 고개를 갸웃거리며 의문을 표했다.

"물론 하 공의 말씀이 맞습니다. 그러나 누가 새 조정을 열지도 모르는 상태에서 벌써 새 조정의 성질을 결정하겠다는 것은 너무나 이른 생각이 아닙니까."

하륜은 이 말에 빙긋 웃기만 했다. 그리고 시선을 이무와 조준 쪽으로 향했다. 혹 저를 대신해 윤소종의 의문을 풀어줄 수 있느냐는 의미였다. 여기에 조준이 나섰다.

"역사를 흔드는 큰일들은 그리 예법에 밝지가 않지요. 온다고 기별을 하지 않습니다. 기미 없이 단숨에 옵니다. 우리가 모종의 방침을 정해 놓지 않은 상태에서 당장에 일이 닥친다면 우리도 결국 역사라는 괴물의 먹잇감이 되고 말 것입니다. 그저 하륜과 이무, 윤소종, 조준이라는 자들이 있었는데 모년 모일 참수되거나 귀양 갔다, 혹은 운이 좋으면, 조정의 관원으로 모년 모일까지 지내다가 모년 모일 졸(卒)하였다고 역사에 한 줄 기록으로 남겠지요. 여기 있는 분들은 모두 적어도 시대의 주역으로 당당히 남길 바라지 않습니까? 미리 대비하지 않는다면 우리도 산산이 와해될 뿐 바라는 바를 성취하지 못할 것입니다. 대비에 빨라서 나쁠 것은 전혀 없습니다."

"조 공의 말씀이 제 뜻과 일치합니다."

조준의 명쾌한 풀이에 하륜은 심히 만족스런 웃음을 지었다. 윤소종도 이에 동의를 표하고 하륜에게 계속해서 말하라 권하였다.

"자고이래의 역사를 보십시오. 나라가 망할 때마다 일관되게 나타난 징조가 있습니다. 나라가 망하려고 할 때 군권(君權)은 저자에 내놓으면 한 냥도 못 받을 만큼 그 값어치가 땅바닥에 떨어지는 반면 신권(臣權)은, 그중에서도 세도가의 권세는 옥청(玉淸, 옥황상제가 사는 곳)에 올라가 닿습니다. 상하가 역전된 이러한 기괴한 군신관계는 종내 조정을 망하게 합니다. 일문독재는 조정의 기강과 질서를 무너뜨리는 것은 물론 간관(諫官)의 언로(言路)를 막습니다. 간관은 조정을 깨끗하게 유지시키는 역할을 합니다. 간관의 언로가 막힌다는 것은 조정이 깨끗해질 기회를 상실했다는 선언과도 같습니다. 따라서 조정은 더욱 진창에 빠지지요. 세도의 냄새를 맡고 생쥐 같은 어중이떠중이들이 득시글거리게 되지요. 천하의 소인배들이 감투를 차지하게 됩니다. 충직하고 강직하며 유능한 신하는 좌천되거나 해임되거나 귀양 가거나 목숨을 잃습니다. 조정이 썩으니 나라가 썩습니다. 백성의 분노가 충천합니다. 백성의 분노를 업은 새로운 세력이 득세합니다. 종내 썩은 조정을 결단내고 새로운 조정을 세웁니다. 역사는 이 과정의 반복이라고 봐도 무방하지요. 결국, 나라가 망할 때는 군권이 최저점에 이르고 신권이 최고점에 이른다고 할 수 있습니다. 우리는 역사로부터 깨달음을 얻어야 합니다. 자왈(子曰), 군군신신부부자자(君君臣臣父父子子)라 하였습니다. 나라의 기강이 살아야 나라가 운용됩니다. 그러려면 나라의 최고 권력인 군권부터 확립해야 합니다. 가장 이상적인 체제는 왕후장상의 씨를 따로 두지 않고 모두가 같은 위치에서 같은 위신을 지니고 같은 대우를 받는 것입니다. 이것이 곧 대동(大同)이지요. 그러나 이는 매우 실현되기 어려운 일이 아닙니까. 위와 아래를 가르고 내 편과 네 편을 가르는 것, 또 힘이 있으면 약한 자의 재물을 탐하는 것은 사람의 타고나는 성질이니. 그렇다면 차선을 취해야지요. 차선이라면 백성이 권력을 쥐고 백성에 의해 정사가 처리되는 것일 겁니다. 다수의 백성이 권력을 쥐면 그들 다수를 위한 정사가 펼쳐질 것이니까요. 허나 이것도 실현하기가 매우 곤란합니다. 그렇다면 그 다음으로 좋은 것이 무엇일까요? 바로 강한 군권에 의해 백성의 복리를 도모하는 것입니다. 물론 폭군이나 암군이 등장하면 강한 군권이 재앙으로 다가오겠지요. 그러나 신권이 군권에 비해 월등하다면 반드시 일문독재나 이인임 일파 같은 교활한 집단이 득세하여 장기간 나라를 구렁에 빠트릴 것이 자명하니, 차라리 폭군이나 암군이 등장하더라도 강한 군권이 유지되는 것이 낫습니다. 굳이 비유를 하자면 신권이 강하여 나라가 진창에 빠지는 것은 장마요, 군권이 강하여 이따금 나라가 혼란스러워지는 것은 해가 떠 있다가 소나기 오고 금세 다시 개는 것이라 하겠습니다. 신권을 강하게 하고 택현(擇賢)하여 제일가는 권세를 주면 된다고 하지만, 수많은 역사의 사례들이 택현을 해도 반드시 썩는다는 것을 보여줍니다."

이무, 조준, 윤소종은 하륜의 말을 듣고 한동안 침묵했다. 워낙에 하륜의 말이 길어 정리할 시간이 필요했거니와 하륜의 말이 과연 자신의 가치관에 부합되는지를 따져볼 시간도 필요한 탓이었다. 한동안 그의 말을 곱씹던 셋은 거의 동시에 하륜의 말을 온전히 자신의 가치로 받아들였다.

"하 공의 말씀이 구구절절 옳습니다. 하 공의 뜻을 받아들이겠습니다."

"제공께서 제 뜻을 알아주시니 이보다 더 기쁜 일이 없습니다."

그릇을 찾다

본디 하륜은 널리 교제하는 성정이 아니었으나 이무, 조준, 윤소종 등과 빈번히 만나면서부터는 생각지도 않았던 사람들과의 만남을 이들로부터 자주 주선 받게 되었다. 그중 하나가 대제학(大提學)으로 조정의 중핵에 있는 민제(閔齊)였다. 그는 성품이 온후하고 조정 내에서 어느 한 계파에 뚜렷하게 속하지 않았기에 정파와 무관하게 많은 선비들이 그를 찾아왔다. 민제 또한 사람을 가리지 않고 널리 교유하였기에 선비들 사이에서 명망이 높았다.

그런 민제는 하륜을 퍽 마음에 들어 했다. 온화하고 소란스럽게 굴지 않는 성정이 저와 닮아서 그렇기도 하였고, 하륜이 지닌 학문적 소양이나 가치관이 맘에 들어서이기도 하였다. 민제가 자주 하륜을 찾으니 자연스레 하륜과 가까운 선비들과도 면을 트게 되었다. 하루는 민제가 한 젊은 이를 하륜에게 소개하였다. 민제는 특유의 조용하면서도 기품 있는 웃음을 지으면서 하륜에게 조곤조곤 물었다.

“이보게 호정(浩亭, 하륜의 호), 자네가 관상을 조금 본다던데 이 젊은 선비의 상을 좀 봐주겠나?”

민제는 무엇보다도 화평과 안정을 기하는 성정이었다. 그러기에 논란의 소지가 있는 인물평은 웬만해선 청하지 않았다. 그런데 웬일인지 이번에는 하륜에게 적극적으로 인물평을 청하였다. 하륜도 민제의 성정을 잘 아는지라 수차 완곡하게 거절했지만, 예와 다르게 은근히 눈치까지 줘가며 청하기에 하륜도 종내 낮게 웃으며 젊은 선비의 상을 봤다. 뚫어져라 자신의 얼굴을 들여다보는 하륜의 시선에 겸연적은 웃음을 지을 법도 하련만 이 젊은 선비는 도리어 당당히 어깨를 펴고 자신감이 충만한 웃음을 지어보이며 하륜의 평을 기대하는 눈치였다. 굳이 관상을 보지 않아도 이런 그의 태도에서 하륜은 그가 못해도 대장부의 기질을 지녔음을 직감했다. 그의 이러한 직감은 관상을 보는 동안 여지없는 확신으로 변했다.

“아, 아니…….”

하륜은 흠칫 놀라며 탄성을 내질렀다. 이런 하륜의 반응에 민제가 잔뜩 궁금증이 동한 표정으로 그 까닭을 물었고, 당연히 그 젊은 선비도 말은 안 했지만 어서 평을 듣고 싶은 눈치였다. 하륜은 상체를 바짝 앞으로 굽히고 다시금 그의 상을 살폈다. 이것으로 그는 자신이 처음 본 상이 헛것이 아님을 확인했다. 패왕(覇王), 패왕이었다. 그냥 군왕의 상이 아니라 패왕의 상이었다. 서초패왕 항우가 살아 돌아온다면 꼭 이런 얼굴을 하고 있으리라. 하륜의 기분이 복잡미묘해졌다. 가슴이 달음박질을 쳤고, 뒤통수가 뜨끔뜨끔했다. 웃음이 나올 듯하다가 울음이 나올 것 같았다. 호상이든 흉상이든 굉장한 상이라는 것에는 이견이 있을 수 없었다. 귀가 먹먹해졌다. 사실 관상을 깊이 탐구하긴 했지만 그저 술자리에서 재미삼아 즐길 뿐 인물을 평하는 데서 관상의 비중을 무겁게 두지는 않는 그였지만, 이 선비의 상을 보고는 모종의 강력하고 압도적인 감정을 느끼지 않을 수가 없었다. 눈을 비비고 다시 그의 상을 살폈지만 결과는 꼭 같았다.

물음에 답이 없자 민망해진 민제가 재차 하륜에게 답을 구했다.

"아니, 대체 무슨 상이기에 얌전한 자네가 이리도 호들갑인 겐가?"

하륜은 한동안 침묵했다. 민제와 젊은 선비의 시선이 오로지 하륜의 입으로 쏠렸다.

"호상입니다. 호상이에요."

태도로 보여준 반응에 비해 싱겁디싱거운 평이었다. 이에 민제의 표정이 괴상하게 일그러졌다.

"그게, 다인가?"

이 물음에 대한 답으로 하륜은 빙긋 웃으며 어깨를 으쓱해보일 뿐이었다. 민제는 영 불만스러웠지만 성정이 원체 온유한 그였다. 그는 이 일로 하륜에게 싫은 소리를 하기는 싫은지라 그냥 입을 다물고 차만 홀짝였다. 젊은 선비도 그다지 유쾌한 표정은 아니었다. 급격히 얼어붙은 분위기에 민망해진 하륜은 몇 마디 대화를 더 주고받다가 도망치듯 그 자리에서 빠져나왔다. 여전히 심장은 빠른 속도로 뛰고 있었다.

"하 공!"

하륜의 꽁무니를 젊은 선비가 부리나케 쫓아왔다. 듣지 못한 척하고 그대로 가려 했으나 그 곰 같은 몸이 그의 앞을 가로막았다. 앉아있을 적엔 알지 못했으나 덩치가 제법 컸다.

"하 공!"

재차 부르는 음성에 답하지 않을 수 없었다. 짐짓 뒷짐을 지고 헛기침을 두어 번 한 뒤 점잖게 대답했다.

"무슨 일이신지?"

제법 여유를 부린다고 부린 것이었지만 긴장감을 숨길 수는 없었다. 그를 보위하는 신몽인도 마른 침을 넘겼다. 젊은 선비는 얼굴을 굳힌 채로 물었다.

"제가 듣기로 하 공께서는 감정의 동요가 심하지 않고 예법을 중히 여기신다고 하였는데 오늘 보니 영 아니군요."

"무슨……?"

하륜의 말이 끝나기도 전에 그가 말을 이었다.

"그저 필부의 관상을 보면서 그리 언성을 높이시고 또 상대와 통성명도 하기 전에 급히 자리를 뜨시니 드리는 말씀입니다."

"그러고 보니 그렇군요. 사과드리지요. 송구합니다."

젊은 선비는 가볍게 손을 저었다.

"하 공의 사과를 받고자 한 것이 아닙니다. 다만 하 공께서 제 상에 대해 숨기시는 것이 있는 게 아닌지 궁금해서 여쭈고자 합니다."

하륜은 그의 눈을 응시했다. 그도 하륜의 시선을 피하지 않고 가만히 그를 바라보았다.

"그대의 상을 논하기엔 자리가 적절치 않군요. 저를 따르시지요."

이렇게 말하며 하륜은 그를 자신의 집으로 인도했다. 선비도 동한 마음을 안고 종종걸음으로 그의 뒤를 좇았다.

하륜이 그의 상에 대해 얘기를 꺼낸 것은 그의 찻잔이 반쯤 비었을 때였다. 선비는 속히 하륜에게서 자신의 상에 대한 말을 듣고 싶었지만 하륜은 빙빙 말을 돌리며 그의 애만 태웠다.

"천하에 가장 귀한 것이 무엇입니까?"

"귀공에게 10만의 군마가 주어지면 무얼 하시렵니까?"

"임금에게 신하란 어떤 존재입니까?"

"신하가 임금의 권세를 넘보고 독단을 하면 어찌해야 합니까?"

관상을 논해 달라는데 하륜은 천하를 논했다. 선비의 입장에서는 당혹스럽기까지 한 언행이었다. 그러나 워낙에 하륜이 진지한 표정으로 질문을 해오니 그도 점잖게 받는 수밖에 없었다. 그의 답변에 하륜은 만족스런 웃음을 지었다. 거듭된 질문에 종내 그가 더 참지 못하고 하륜에게 직접 요구하였다.

"외람되오나 소생이 하 공과 논하고 싶은 것은 저의 상입니다. 속히 그것에 대해 말씀해주시지요."

궁금증이 동하여 자꾸 채근하는 선비의 표정에 비하여 하륜의 표정은 매우 여유로웠다. 처음 그의 상을 살폈을 때의 조급함, 당혹감 따위는 진즉에 지워지고 없었다. 심지어는 승리감에 도취된 듯 황홀한 심경까지도 엿보였다.

"이제야 비로소 안심하고 그대의 상을 논하겠습니다."

하륜이 선비에게 여러 가지 질문을 던진 것은 과연 그가 자신의 관상을 견딜 만큼의 그릇이 되는지, 또 식견이 출중하더라도 그가 지닌 패왕의 기질을 세상을 혼탁하게 만드는 데 쓰지는 않을지를 알아보기 위해서였다. 선비의 답변은 하륜의 우려를 불식시키기에 충분했다. 그의 식견은 그만한 상을 지니기에 모자람이 없었고, 그는 왜곡되고 불량한 가치관을 지니고 있지 않았다.

처음 하륜이 품었던 불안감, 두려움은 이제 기대감, 설렘으로 변하였다. 물론 하륜은 상대의 관상만 보고 그에게 자신의 명운을 걸 만큼 아둔하고 무모한 성정이 아니었다. 그러나 젊은 선비가 하륜 자신의 뜻을 담을 만큼 넓고 깊은 그릇일 수 있음을 보여주는 단서가 포착된 것만으로도 흥분하지 않을 수가 없었다.

환희에 찬 표정으로 잔뜩 뜸을 들이는 하륜을 보고 젊은 선비는 얼굴을 괴히 일그러뜨렸다. 그러나 더 이상 채근하지는 않고 잠자코 하륜의 평을 기다렸다.

하륜은 숨을 깊이 들이마시고 내쉰 후 웅장하게 말했다.

"그대의 상은 패왕의 상입니다!"

짧고도 강렬한 일성이었다. 하륜의 말이 그대로 젊은 선비의 귀로 빨려 들어갔다. 선비의 등이 절로 꼿꼿이 섰다. 자연히 눈에 힘이 들어갔다. 그는 탄식하듯이 내뱉었다.

"패왕!"

"그렇습니다. 천하를 쥐고 흔들 패왕의 상입니다!"

선비의 몸에 전율이 일었다. 하륜이 느꼈던 것과 꼭 같은 감정이 그를 훑고 지나갔다. 하륜은 자신의 말에 강한 전율을 드러내는 선비의 반응을 보고 자신의 생각을 더욱 굳혔다.

'이 선비는 진정으로 패왕의 자질을 갖추고 있다.'

범인이라면 저를 두고 패왕의 상이라 하는 자가 있으면 허황된 농지거리를 한다며 꾸중과 빈 웃음으로 상대를 받아칠 것이었다. 겁이 많은 사람이라면 저보고 왕의 상이라고 평하는 말을 들은 것만으로도 역당으로 몰릴까봐 두려워 상대를 힐난하고 다시는 쳐다보지도 않을 것이었다. 왕의 피를 잇는 신분도 아닌 주제에 패왕의 상을 지녔다는 인물평을 듣고 절로 전율을 일으킨다면 그는 정말로 아둔하기 짝이 없는 지독한 천치이거나 정말로 패왕의 기질을 지닌 자일 것이었다. 자신의 앞에 앉은 젊은 선비는 분명히 후자일 것이리라 하륜은 확신했다.

"패왕, 패왕, 패왕…… . 패왕이라…… ."

선비는 괴물 같은 미소를 지었다. 이죽이죽 웃으며 이따금 패왕, 패왕,

하고 외었다. 한참을 하륜에게는 신경 쓰지 않고 제 감정에 도취되어있던 그는 시간이 꽤나 지나서야 다시 하륜을 의식하고 그에게로 시선을 향했다.

"하 공께선 꽤나 재미있는 인물평을 해주셨습니다."

"그대는 감정을 숨기지 않는군요."

하륜의 말에 선비는 빙긋 웃으며 여유롭게 받아쳤다.

"저는 하 공께서 제 상을 보고 지은 표정을 기억합니다. 처음에는 두려워하는 표정이었는데 저와 몇 마디 말을 주고받고 나서는 기쁨에 주체하지 못하는 표정이었지요. 패왕의 상을 지닌 자가 그만한 자질을 충분히 지녔다는 것을 파악한 뒤 기뻐하셨다는 것은 곧 패왕의 출현을 바라마지 않으신다는 것 아닙니까? 굳이 솟구치는 기쁨을 억누를 필요가 없었습니다."

지금 기쁨에 벌겋게 상기된 그의 얼굴은 영락없이 티 없는 소년의 얼굴이었다. 조금 전 그가 얼굴에 띄웠던 냉혹하기까지 한 음험한 미소와 겹쳐놓고 생각해보니 하륜은 사뭇 등줄기가 서늘해짐을 느꼈다. 그러면서도 당돌한 그의 대답에 흐뭇한 감정이 들었다. 확실히 그러했다. 지금 하륜의 앞에 앉은 선비는 저와 같이 있는 자로 하여금 섬뜩함을 느끼게 하면서도 동시에 흐뭇하게도 만드는 힘이 있었다.

"동북면도지휘사(東北面道指揮使) 이성계 공의 오남(五男) 이방원(李芳遠), 우부대언(右副代言, 왕명출납을 맡는 정3품의 관직. 하륜의 관직) 하륜 공께 정식으로 인사 올립니다!"

젊은 선비는 자세를 고쳐 무릎을 꿇고 허리를 깊이 숙이며 절도 있게 자신을 소개했다.

"음! 과연 장부다운 음성입니다! 호부에 견자 없다더니 그 말이 맞습니다. 우부대언 하륜, 이 공께 인사드립니다."

하륜도 머리를 숙여 정식으로 예를 표했다.

이방원과 하륜, 이 둘은 서로에게 고개를 숙인 그 순간에 서로에게 강렬히 작용하는 팽팽하고도 질긴 인력을 느꼈다. 그들은 역사적 명운을 함께 짊어질 그들 자신의 숙명의 전조를 자연히 느끼고 있었다.

✳

며칠 후 하륜은 민제로부터 결혼식 초대를 받았다. 다름 아닌 제 여식의 혼인이었다. 민제가 보내온 서찰을 읽고 하륜은 훈훈한 미소를 지었다.

"대제학의 여식이 벌써 혼인할 나이가 되었는가. 참으로 세월이 빠릅니다, 부인."

하륜의 말에 규연도 가만히 웃어보였다.

"참으로 그러합니다."

"대제학의 여식이 참으로 절색이던데 그 신랑 될 사내는 참으로 복이 많구먼!"

"들리는 소문에 동북면도지휘사 이성계 공의 슬하라 하더이다."

하륜의 뇌리에 이방원의 얼굴이 스쳐 지나갔다.

"혹 지휘사의 오남이라 하더이까?"

규연은 입을 가리고 배시시 웃으면서 고개를 끄덕였다.

"그렇습니다. 서방님께서도 안 그러는 체 하시면서도 저자에 떠도는 풍문을 귀담아 들으시는군요."

그녀의 가벼운 조롱에 하륜은 짐짓 목소리를 낮추곤 신몽인이 분별없이 떠드는 이야기를 들은 것뿐이라고 둘러대며 그 말을 일축했다.

'그래서 대제학이 내게 이방원의 상을 물어본 것이었군. 대제학이 국

구(國舅)가 될지는 두고 볼 일이지!'

＊

1383년(우왕 9년) 가을. 동북면(東北面, 지금의 함경도 일대)은 벌써부터 쌀쌀한 기운이 감돌기 시작했다. 숲의 나무들도 모두 잎을 털어낸 후였다. 더욱이 괄괄한 북방 호족(胡族)들과 면하고 있어 스산한 기운이 한층 더하였다.

이 근방의 군대를 총괄하는 이성계(李成桂)는 함주(咸州)에 막사를 꾸리고 있었다. 군졸들은 이리저리 나무를 옮기고 흰 천을 팽팽히 당겨가며 능숙하게 막사를 지었다. 워낙에 전장에서 잔뼈가 굵은 자들인지라 하나같이 체격이 다부지고 행동거지가 야무졌다. 그들의 수장인 이성계는 말할 것도 없이 장골이었다. 그는 허연 입김을 내뿜으며 바삐 병사들을 독려했다.

"야 이놈들아, 춥지 않느냐. 속히 막사를 꾸려야 네놈들도 들어가 쉴 것이고 나도 발 좀 녹이지 않겠느냐! 굼벵이 같은 네놈들 덕분에 뼛속까지 얼어붙겠구나!"

지엄하고도 무거운 질책이거늘 이를 들은 장교들은 물론 병졸들도 익살스런 웃음을 지으면서 받아쳤다.

"아, 정 그러하시오면 장군께서도 좀 도우십시오! 이 보십시오. 소인들은 땀이 흥건하질 않습니까?"

상하질서가 가장 준엄하게 지켜져야 할 군내에서 갑옷도 걸치지 못하는 일개 군졸 나부랭이가 장군의 앞에서 그를 힐난하는 농지거리를 일삼다니, 천지가 개벽할 일이었다. 그런데 응당 군법으로 다스리겠다며 펄쩍펄쩍 뛰어야 할 장군은 겸연쩍은 웃음을 지으면서 변명 섞인 농담으로 받아쳤다.

"아, 이 몸이 근자 들어 삭신이 쑤시는지라 돕고 싶은 마음은 하늘을 찌르는데 이 몸뚱어리가 참으로 문제로구나!"

이에 대응하는 군졸의 농담은 도를 넘을 지경이었다.

"허허, 밤일을 과하게 즐기시니 삭신이 쑤실 수밖에요. 하기야 호족의 처자들이 힘이 드세긴 합니다마는."

농의 경계를 넘어 하극상이라 하여도 이론의 여지가 없을 정도로 예법을 잊은 말이었다. 이성계는 여기에 짐짓 얼굴을 붉히며 대답했다. 허나 그것은 결코 분노의 발로가 아니라 익살의 표현이었다.

"괘씸, 괘씸하다! 꼭 저는 안 그런 것처럼 말하는군!"

병졸과 이성계의 승강이는 부관 하나가 이성계에게 무언가를 아뢰고 나서야 겨우 끝이 났다.

"오, 그러한가. 예까지 어인 일로 발걸음을 하셨는고?"

이성계는 부관의 보고에 흥미를 보이며 막사 안으로 들어갔다. 부관은 손님 하나를 대동하고 막사에 들어갔다.

"어서 오시오. 원로에 고생이 많으셨소."

부관과 손님이 막사 안에 들어서자 이성계가 두 팔을 벌리며 환대해주었다. 초라한 나그네 차림에 종자 하나만 대동한 손님이었다. 그는 삿갓을 끌러 탁자 위에 올려놓고 이성계에게 꾸벅 절을 하며 예를 갖췄다. 이에 이성계는 손을 휘휘 저으며 그를 말렸다.

"이곳에 와서까지 예의 차릴 필요 없소. 오느라 고생이 많았을 터인데 속히 앉으시구려."

"감사합니다."

잠시 환담을 나누고 있으니 소의 간과 등골이 생으로 내어져왔다. 손님은 질색을 했지만 이성계는 눈이 뒤집혀서 대충 소금을 찍어 게걸스럽게 먹었다.

"안 드시오?"

이성계가 입 주위에 시뻘건 피를 묻힌 채로 권했으나 손님은 질겁하며 고개를 가로저었다. 이성계는 고개를 끄덕이곤 다시 섭식에 집중했다. 그리고 입 안 가득 쇠간을 넣은 채로 중얼거렸다. 붉으죽죽한 피가 이 사이에 스며들고 수염에 얼기설기 엉겨 붙어 이성계의 얼굴은 야만스런 오랑캐 대장이라고 할 만한 상이 되었다.

"송도 사람들은 참으로 입이 짧아. 모르긴 몰라도 송도에 있으면 먹는 재미는 동북면에 있는 것보다 훨씬 덜하지."

"아, 그렇습니까……."

손님은 마지못해 여전히 떨떠름한 표정으로 이성계에게 장단을 맞춰 주었다. 다시 한참 동안 고기를 먹던 이성계가 비로소 배가 불렀는지 의자에 몸을 반쯤 뉘였다. 그리고 손님의 얼굴을 바라보았다.

"삼봉 정도전! 문명이 높은 공이 예까지 걸음을 옮긴 것을 보니 필경 중히 할 말이 있는 모양인데, 어디 들어봅시다."

정도전은 고개를 천천히 저었다.

"아니, 그저 이 공과 한번 담소를 나누고 싶어 찾았을 뿐 별다른 사유는 없습니다. 아, 천하의 영웅과 고담준론을 나누는 것이니 중하다면 중하겠지요."

그의 공치사에 기분이 흡족했는지 이성계는 씩 웃어보였다.

"천하의 영웅이라! 거 듣기 좋은 말씀을 하시는군."

"그간의 무공과 널리 퍼진 무덕을 공께서도 아실 것입니다. 영웅이라는 인물평이 과하지 않습니다."

이성계는 입술을 씰룩이며 미소를 지었다.

"그래, 고작 내 공치사나 하려고 그 먼 길을 오셨소?"

정도전은 고개를 무겁게 저었다.

"취식(取食)이나 하려고."

터무니없는 소리에 이성계는 절로 웃음을 터트렸다.

"크핫핫! 뭐라고? 취식이라 하셨소?"

"그렇습니다."

이성계는 식후 몸이 더욱 나른해졌는지 아예 눕다시피 자세를 취하며 특유의 익살스런 어조로 말했다.

"음식이라면 송도의 것이 공의 입맛에는 알맞을 것인데 무엇 하러 추운 함주까지 올라와서 진중의 까슬까슬한 모래밥을 취하려 하시오?"

정도전은 묻는 말에 답하지 않고 당돌하게 받아쳤다.

"그 모래밥, 줄 겁니까 말 겁니까?"

"진중에는 선비가 필요치 않은데."

"군사(軍師)는 어떻습니까."

장난기가 가득하던 이성계의 표정이 일시 굳었다 풀렸다. 그는 턱을 괴고 짐짓 심각한 표정을 지어보였다.

"군사, 군사라. 목 위에 돌을 얹고 다니는 내 휘하들을 생각하면 군사야말로 필요하지."

"취식하는 동안 제가 군사가 되어드리면 어떻겠습니까?"

"유생이 병법을 익힌다는 소문은 내 듣지 못했는데."

"정도전이 유생이라는 괴문(怪聞)은 어디서 들으셨는지?"

이성계는 호탕하게 한참을 웃더니 정도전의 청을 수용했다. 그리고 부관을 시켜 그에게 새 옷과 먹을 것을 내주게 하고 극진히 대우하라 일렀다. 이에 그의 부장인 이지란(李之蘭)이 퉁명스레 말했다. 그는 여진족 출신으로, 이성계와는 의형제 사이였다.

"장군, 저 자가 대체 뭐기에 쩔쩔매십니까? 막사에 먹물 냄새가 진동을 합니다 그려!"

이성계는 펄쩍 뛰었다.

"아니, 쩔쩔매긴 누가 쩔쩔매?"

✻

정도전은 이성계의 진에 꽤나 오랜 기간 기식했다. 병법에도 깊은 소양이 있어 그의 솜씨는 이성계의 신임을 받기에 족했다. 갖은 진법으로 군사들의 대열을 모았다, 흩었다, 굽혔다, 폈다 하는 솜씨가 제법이었다. 그를 불신하던 이성계의 휘하들도 종내는 그를 군사로 대우해주었다. 이성계는 제 아들들을 소개하며 가르침을 주라고 청하였다.

"내가 칼 쓰는 법이야 백 번도 더 일러주겠지마는, 머리 굴리는 데는 영 젬병이거든. 정 공이 이 아새끼들 좀 깨우쳐줬으면 싶은데."

"천하진미 모래주먹밥을 삼시세끼로 대접받고 있는데 어찌 그 청을 거절하겠습니까?"

이성계는 비식 웃어보이곤 막사 한쪽 자락을 젖히고 손짓을 했다. 그의 손짓에 기골이 장대한 청년 수 명이 막사를 메웠다. 하나같이 아비를 닮아 준재의 기질이 엿보였다. 그의 자식들 가운데 몇몇은 조정에서 관료로 종사하고 있었고 몇몇은 아비의 휘하에서 군을 통솔하고 있었는데, 마침 이성계의 탄일을 맞아 일가족이 다 모여 있던 터였다.

"인사드려라. 삼봉 선생이시다."

이성계의 부드러운 명령에 그의 자제들은 고개를 숙여 예를 다하였다.

"하나같이 명민해 보이는군요."

"그럼, 누구 핏줄인데!"

이성계는 아들들을 정도전에게 맡기고 쌩하니 나가버렸다. 정도전은 곧잘 젊은 관원들과 어울리곤 했는데 유배를 가는 바람에 그 뒤로는 한동안 그들의 혈기를 느끼지 못한 터였다. 그런 차에 눈빛이 맑은 젊은이들과 마주하니 의욕이 절로 넘쳤다.

"어디 공자님들과 한번 천하를 논해볼까요."

이 말에 가장 상석에 앉은 공자가 펄쩍 뛰었다.

"천하를 논해요? 그게 무슨 말씀이십니까."

첫째 이방우였다. 그는 장남이지만 장골인 아우들과 달리 파리하고 피부가 하얘서 유약한 인상을 풍겼다. 정도전이 들은 풍문도 그는 마음씨가 좋고 인품이 썩 훌륭하지만 유약해서 아비처럼 전장을 누빌 성정은 아니라고 했다.

"공자님들은 훌륭한 아버님을 두신 덕에 필경 천하를 희롱할 기회를 맞을 겁니다."

이방우는 기겁을 했다. 그는 땀까지 뻘뻘 흘려가며 난처한 기색을 표했다.

"그런 말씀일랑 관두십시오. 조정에 충실하면 그만이지 천하를 희롱하는 건 또 뭡니까! 관둬요, 관둬."

"그리 기겁을 할 건 또 뭡니까, 형님. 삼봉 선생의 말씀이야 그저 왕업을 도와 일문의 위상을 높이라는 것인 걸요."

넷째 방간이었다. 짧은 이방수염에 좁쌀처럼 작고 쪽 째진 눈이 정도전의 눈에는 영 마뜩찮았다. 세간의 인물평도 그가 성정이 급하고 머리 쓰기보다 칼 쓰기를 즐긴다고 하니, 정도전은 호부견자 네 글자로 그를 단정했다. 둘째 방과와 셋째 방의는 꽤나 성정이 중후한 맛이 있고 식견도 준재로 쳐줄 정도는 되었으나 정도전의 흥미를 크게 끌지는 못했다.

그런데 말석에 있는 다섯째 방원은 달랐다. 눈빛부터가 달랐다. 여유로우면서도 치열했으며, 투철하면서도 느슨했다. 정도전은 눈빛부터가 다르네 어쩌네 하는 얘기들은 그다지 신뢰하지 않았지만, 방원의 경우만은 예외로 치기로 했다. 흡입력이라는 말이 그에게 꼭 들어맞았다. 좌중을 휘어잡는 권위와 좌중을 동무로 삼을 수 있는 인화, 이질적이면서도 군주의 필요조건인 두 가지가 오롯이 그의 눈빛에 음양을 아우른 태극처럼 박혀 있었다.

"천하를 희롱한다는 선생의 말씀이 참으로 들을수록 절묘하군요. 천하도 손 안의 구슬처럼 희롱할 줄 아는 자만이 영웅이라고 불러 손색이 없을 것입니다."

"방원 공자는 뭘 좀 아시는구먼."

방원의 말은 정도전의 직감을 증명했다. 그 말에 식견과 포부가 담겨 있었다. 자리가 파할 때쯤이 돼서야 정도전은 자신이 방원에게만 시선을 꽂아놓고 상반신도 아예 말석 방향으로 틀고 있었음을 깨달았다.

'천하의 정도전까지 미혹케 하는 성정이라니, 방원이야말로 걸물이 아니냐!'

그러나 이방원에 매료되는 한편으로 정도전은 한없이 이어지는 두려움과 마주했다. 이방원의 천하론(天下論)은 정도전의 그것과 정면으로 배치되는 것이었다.

"천하를 희롱하는 자만이 영웅의 위의를 갖췄다 할 것이며, 오직 그만이 왕좌에 앉을 자격이 있는 게지요. 오로지 명철하고 강단 있는 영웅만이 말입니다. 무릇 임금이란 억조창생을 두 손아귀에 쥐고 흔들 수 있을 정도로 배포가 큰 한편으로 냉정해야 하며, 신료들의 발호를 저지할 수 있는 힘을 지녀야 하니까요. 그렇지 않으면 알량한 힘을 믿고 설쳐대는 권신배들이 꿀단지 옆 구멍에 득시글거리는 개미떼처럼 들끓을 테죠."

"무릇 임금이란 그래야 하지만, 임금의 역량이 신료들을 저지하는 데만 소용되는 것은 아닙니다. 임금은 그들의 진언을 알맞게 가려내면 그만이지요."

그만한 나이의 선비들이라면 지체 높은 정도전의 말에 수긍하거나 굳이 그러지는 않더라도 이런 논쟁에는 그다지 흥미가 없어 가볍게 고개를 끄덕이며 대화를 종결시키는 경우가 많았다. 그런데 이방원은 오히려 눈에 불을 켜고 늑대가 사슴을 물어뜯듯 그를 논박하고 나섰다.

"공께서는 어인 말씀이십니까? 정사란 임금이 하는 것입니다. 신료들은 조력자에 불과해요. 그들은 그들의 자리를 지켜야 합니다. 임금은 그들의 여러 말 중에서 하나를 택해 정사를 하는 것이 아닙니다. 임금의 역할이란 자신의 주관을 제시하고 신료들로 하여금 그것을 행할 알맞은 도구를 내놓게 하는 것이지요."

"하하, 공자의 말씀도 일면 타당합니다."

정도전은 맑게 웃으며 그를 치켜세워주는 것으로 대화를 맺었다. 하지만 그는 자신의 사상을 담아내야 할 이성계의 밑에 이런 불순물이 끼어있는 것에서 무한한 불편함을 감지했다.

정도전의 실력이 진중에 정평이 나자 그를 영 못마땅하게 여기던 이지란도 그를 열렬히 따랐다. 그는 정도전의 막사 앞에서 연신 곁눈질을 하며 살피다가 공자들이 우르르 빠져나가는 것을 보고는 매가 토끼를 낚아채듯 재빨리 정도전 막사의 휘장을 걷고 들어섰다.

"이보시오, 군사 양반. 나랑 술이나 하지 않겠소?"

술병을 양 손에 쥔 채였다. 이방원과의 대담으로 심기가 불편해질 대로 불편해진 정도전이었으나, 이지란으로부터 들어야 할 것이 있어서 애써 사람 좋은 웃음을 지어보이며 그의 제안을 응낙했다.

"빛이 맑은 것이 꽤나 즐기기에 알맞소."

정도전의 말에 이지란이 반가운 기색을 보였다.

"오, 군사 양반도 술을 제법 알아보시는구랴. 그렇지. 이만한 술은 함주에서는 찾기 어려울 것이외다!"

그는 정도전의 잔에 넘치도록 술을 따랐다. 정도전도 병을 건네받아 이지란의 잔을 채워주었다. 잔의 빈 공간이 채워질수록 정도전은 이방원에 대한 사념을 마음 한편으로 밀쳐냈다. 한참 술을 주고받던 중 정도전이 이지란에게 은근히 물었다.

"그대가 모시는 분은 어떤 분이시오?"

그의 물음에 이지란이 취기가 올라 붉어진 얼굴로 답했다.

"형님말이우? 천하에 제일가는 무장이지. 백만 대군이 주어져도 형님은 손 안의 구슬 희롱하듯 자유자재로 다룰 것이오. 또 성정은 어떻고. 군사 양반도 봐서 알겠지만 군졸들에게 한없이 자애로운 분이시우. 그런가 하면 몰아칠 때는 거침이 없지."

"그런 것은 나도 잘 아오. 내가 묻고 싶은 것은 공께서 자신의 권세가 어디까지 닿기를 바라냐는 것이지."

이지란은 고개를 갸웃거렸다.

"내가 이해하기엔 어려운 말씀이구랴."

정도전은 몸을 굽혀 아리송해하는 이지란의 표정에 대고 속삭이듯 말했다.

"이 공께서 천하를 품을 생각을 하고 있느냔 말씀이오."

"결단코 없소!"

이지란이 첨언을 위해 입을 열려는 찰나 이성계가 휘장을 걷으며 들어왔다. 만면에 묘한 웃음을 띤 채였다. 낙엽 떨어지는 소리처럼 작게 속삭인 말을 어찌 들었을까.

"천하를 팔아 역적모의를 하는 자가 있다던데 그게 그대였구먼!"

정도전은 전연 당황하는 기색 없이 빙그레 웃었다.

"내가 나중에 처분할 것이니 일단 이 자를 감금하라!"

"넷!"

졸지에 죄인 신세가 되었지만 정도전은 한없이 여유로웠다. 그를 지키는 군졸과 농을 주고받기까지 했다. 그러다가 그는 턱을 매만지며 웅얼거렸다. 얼굴에는 여전히 미소를 담은 채였다.

"웅걸이라면 이제 내게 마필을 내줄 때가 되었는데……."

그의 말이 끝나자마자 막사 밖에서 말의 울음소리가 들려왔다.

"역시! 이성계는 웅걸이야."

정도전이 갇혀 있는 막사 안으로 부장 하나가 들어오더니 그에게 깍듯이 예를 갖추며 아뢰었다.

"이목이 많아 본의 아니게 푸대접했다고 장군께서 사죄드린다 하셨습니다. 또한 마필을 드릴 터이니 진중을 빠져나가라 하셨습니다. 곧 장군께서 찾아뵙겠다 하셨습니다."

정도전은 심드렁하게 "오냐"하고 대답한 뒤 말을 타고 유유히 진중을 빠져나갔다.

✻

"뭣이! 그 역적 사기꾼 놈이 도주했다 하였느냐! 내가 감시를 튼튼히 하라 일렀거늘, 이리 시원찮아서야! 내가 직접 나서야겠구나."

이성계는 짐짓 성을 내는 체하며 말에 올라 이지란만을 대동하고 진을 빠져나갔다. 부장 몇몇이 따르겠다는 것을 한사코 만류했다. 한참을 달리니 정도전의 모습이 보였다. 말은 풀을 뜯어먹게 하고 저는 한가로이 그루터기에 몸을 기댄 채였다.

"참으로 건방지지 않은가! 협잡꾼 주제에 건방지기가 짝이 없어!"

이지란도 과히 여유로운 정도전의 모습에 허허로운 웃음을 지었다. 정도전은 자신을 응시하는 마필 두 기를 포착하고 굼뜨게 몸을 일으켰다. 이성계는 웃음을 머금은 채 고개를 설레설레 흔들며 그에게로 가까이 말을 움직였다. 서로의 얼굴을 알아볼 수 있을 정도로 가까워져서야 비로소 정도전이 예를 갖춰 인사를 올리며 말했다.

"북방 사람들의 마술 솜씨는 천하에서 으뜸이라 하던데 이리 굼뜨신 걸 보니 그것도 영 아니올시다."

"허허, 목숨을 살려주었더니 뚫린 입이라고 함부로 말을 하는구먼. 송도 사람들은 어찌 이리도 건방지단 말이오."

"천하를 얻을 꾀를 지닌 자를 두고 협잡꾼이라 칭하는 호인(胡人)의 어리석음이 한탄스러울 따름입니다."

이성계는 이에 한참을 낄낄거리다가 넌지시 물었다.

"그래, 그 꾀를 구태여 나에게 들려주려는 까닭이 무엇인가?"

"한 명의 영웅으로는 천하를 얻을 수 없습니다. 그가 부릴 수 있는 군마가 족히 있어야 하고 천하를 경영할 재상감이 있어야 하지요. 또한 영웅에게 천하를 얻겠다는 야욕이 있어야 합니다. 제가 생각하기로 장군이야말로 천하의 영웅이고, 장군에게는 군마가 있으며, 천하를 경영할 재상감은 곧 이 몸이니 다른 사람을 굳이 살필 까닭이 없습니다."

"천하를 얻겠다는 야욕은?"

"저를 헐레벌떡 쫓아오신 것으로 검증이 되었습니다."

"헐레벌떡은 아니오."

정도전은 이성계의 말은 들은 체도 않고 다시 입을 열었다.

"천하를 얻으시려거든 몸을 잔뜩 낮추고 계십시오. 단 한 번입니다, 기회는. 적절한 때에 기회가 오면 확 낚아채십시오!"

"그 정도 말은 필부도 쉬이 할 수 있질 않소."

이성계가 툴툴거렸지만 정도전은 이 또한 듣지 않고 바로 몸을 돌려 말에 올라탔다. 그리고 그대로 남쪽을 향했다.

"다시 뵈러 올 것이니 그때까지 강녕하십시오. 말은 그때 돌려드리지요."

"이 정도면 수지가 맞는 장사였다."

정도전은 만족스런 웃음을 지으며 수염을 기분 좋게 쓰다듬었다. 그러다가 살진 말의 목덜미를 툭툭 건드렸다. 솜씨 좋은 북방 목자의 손을 타서 그런지 털이 윤이 나고 부드러웠다.

"이 정도 준마를 건진 것만으로도 말이야."

어둠이 깔린 길에는 풀벌레 소리와 다가닥 다가닥 거리는 말발굽 소리만 요란했다. 그런데 멀지 않은 거리에서 또 다른 말발굽 소리가 들려왔다. 길은 이성계의 함주 막사로 밖에 통해 있지 않았다. 막사를 오가는 마필이라면 전령의 것밖엔 없을 것인데, 정도전 쪽으로 달려오는 말발굽 소리는 전령의 것처럼 급박하지가 않았다. 사람의 걸음으로 치자면 술을 거나하게 걸친 갈지자걸음이었다. 그만큼 여유로웠다.

"정도전 같은 협잡꾼이 천하에 또 있었던가?"

말발굽 소리가 멎었다. 말의 주인이 말에서 내렸다. 말발굽 소리 대신 터벅터벅 걷는 발소리가 들렸다. 그러다가 그마저도 정도전의 바로 앞에서 뚝 멈췄다.

"혀, 형님!"

다름 아닌 하륜이었다. 적잖이 놀란 모양인지 '형님'을 외쳐 놓고 입을 떡 벌린 채 말을 더 잇지 못했다. 놀란 것은 정도전도 마찬가지였다. 그도 어정쩡한 자세로 말에서 내려 하륜과 눈높이를 맞추고는 우두망찰했다.

"어쩐 일이냐?"

정도전이 하륜에게 할 말은 이것이 전부였다.

"형님께오서는……."

하륜도 정도전에게 할 말이라곤 이것이 전부였다. 정도전은 내가 먼저 물었으니 먼저 답을 들어야겠다는 등의 유치한 꼬리잡기를 하고 싶지 않았다. 다만 한 가지는 확인하고 싶었다.

"이성계를 보러 왔느냐?"

하륜은 보일 듯 말 듯 고개를 가로저었다.

"아닙니다."

단호한 하륜의 대답에 정도전은 속으로 쓴 침을 삼켰다.

"알겠다."

잠시간 무거운 침묵이 흘렀다.

"가 보거라."

"네."

더 이상의 말 없이 이들은 엇갈려 지나쳤다. 이들이 만든 정적은 다시금 풀벌레 소리와 말발굽 소리로 메워졌다.

"네가 이성계를 보러 왔어야 했다. 그래야만…… 너와 내가 같은 곳을 보고 있다 여겼을 것이다. 이성계가 아니면 너는 대체 누구를 보러 이 먼 길을 온 것이냐."

음울한 정도전의 뇌리에 한 사람의 영상이 섬광처럼 스쳐 지나갔다.

말고삐를 쥔 손에서, 등자에 박은 발에서, 말허리를 조이고 있는 허벅지에서 힘이 탁 풀렸다. 정도전은 멍한 표정으로 하륜이 지나간 자리, 풀벌레 소리만 가득한 자리를 돌아봤다.

"이방원, 방원이구나."

어쩐 일인지 웃음이 새어 나왔다. 피식피식 메마른 웃음이.

✳

"복권을 감축 드립니다, 정 공."

1384년(우왕 10년). 해배(解配)된 지 7년 만에 정도전은 전의부령으로 복권되어 조정으로 돌아왔다. 정도전의 복귀로 신진 관원들의 사기도 드높아졌다. 조준 등 하륜과 깊은 교류를 맺고 있던 관원들도 정도전을 귀히 여기는지라 앞 다투어 그의 복권을 기뻐하며 축하했다.

"허허 고맙소. 다들 조정의 중핵에 들었는데 나는 이제야 간신히 제공 사이에서 체면치레를 하게 되었구려."

"별말씀을요. 정 공의 문명과 위의는 관원들이 모두 존경해마지 않습니다. 벼슬의 높고 낮음으로 정 공을 평하는 자가 감히 있겠습니까?"

윤소종이 경쾌하게 웃으면서 정도전을 치켜세워주자 정도전은 민망한 웃음을 지으면서도 내심 그의 공치사에 만족스러워했다.

"이거 부끄러워서 얼굴이 화로가 될 지경입니다, 그려! 못 본 새에 윤 공의 사탕발림 솜씨가 일취월장하였소!"

화기애애한 분위기 속에서 이무가 홀로 멀뚱한 표정을 지으며 주위를 두리번거렸다. 정도전이 그 까닭을 묻자 이무는 특유의 호방한 목소리로 물음에 답했다.

"거 하륜 공이라면 정 공의 오랜 의제가 아닙니까? 헌데 오늘 같이 정 공의 복권을 함께 기뻐하는 자리에 어찌 모습을 드러내지 않는 것입니까?"

정도전은 조금은 난처한 표정을 지으며 낮게 너털웃음을 웃었다.

"실은 하륜은 작일에 내가 주는 잔을 거푸 마시다가 대취하였소이다. 아마 지금 대자로 뻗어 코를 골고 있겠지."

제법 익살스런 소리에 좌중이 한바탕 웃는 틈을 타서 정도전이 이무에게 귀엣말을 했다.

"공은 좌중을 둘러보시오. 하륜이 모습을 드러내면 물어뜯고자 달려들 자들이 어디 한둘이오?"

그제야 이무는 자신의 어리석음을 탓하며 쓴웃음을 지었다.

술자리는 해가 떨어지고 달마저 그 빛을 잃을 때까지 지속되었다. 좌중의 반수는 고주망태가 되어 나가떨어지고 나머지 반수도 결코 깨끗한 정신은 못 되었다. 다만 정도전의 눈빛만이 또렷이 살아있었다. 인사불성까지는 아니나 과히 흥취가 오른 이무가 연신 딸꾹질을 하면서 정도전에게 연신 술을 권했다. 조준과 윤소종은 양반의 체면일랑 진즉에 던져버리고 술에 쩐 내를 풍기며 새우잠을 자고 있었다.

"정 공, 오늘은 매우 즐거운 날이니 잔을 부디 뿌리치지 마시고 대취하소서!"

정도전은 이무가 주는 만잔(滿盞)을 거절하지 않고 받아서 탈탈 비워 내곤 주위를 살피더니 이무에게 은근히 말을 건넸다.

"지금 술을 더 즐길 수 있는 사람은 오직 나와 그대뿐인 듯싶은데, 차라리 자리를 옮겨 더 마시는 것이 어떻소? 내 이런 때를 위하여 썩 맛이 좋은 술을 모셔 놨지."

"오호, 거 오늘 들은 말 중에 가장 기분이 좋은 말입니다! 어찌 그 제안을 내치겠습니까."

✳

자리를 옮겨 거푸 술잔을 들이켰다. 이무는 연신 술맛을 극찬하며 매우 기꺼워했다. 한참동안 환담을 나누던 중 정도전이 넌지시 이무에게 물었다.

"공께서는 하륜을 어찌 보시오?"

이무는 대수롭지 않게 답했다.

"하륜이요? 훌륭한 선비이지요."

"허허, 명쾌한 답이구려."

정도전은 미소를 지으며 이무의 술잔을 채워주었다. 맑은 빛의 술에서 나는 향긋한 냄새가 코를 간질였다. 이무는 오랫동안 외면하지 못하고 곧 잔을 들어 제 입에 탈탈 털어 넣었다. 그리고 연신 좋다, 좋다를 연발했다.

"나는 말이오. 하륜이 내게 혈육과도 같은 자라고는 하나 그 속내가 구만 리 심연인지라 쉬이 짐작할 수가 없어 참으로 답답하기가 그지없소. 혹 이 공께서는 륜이의 속내를 깊이 아는지 알고 싶소."

이무는 총기 잃은 눈을 하고 취기에 발음을 뭉개면서 정도전의 말에 답했다.

"아, 어찌 의형이 모르는 속을 제가 알겠습니까?"

정도전이 다시금 은근히 채근한 뒤에야 이무는 그가 원하는 답을 내주었다.

"정 공께서 원하는 답인지는 알 길이 없으나 소직이 아는 선에서 말씀을 드리지요. 하 공이 꿈꾸는 조정이라고 할까요. 이것에 대해 얘기를 해드리면 정 공이 만족하실는지."

그가 정도전이 원하는 것을 콕 집어 얘기하자 정도전은 속으로 쾌재를 불렀다. 그러나 그는 속내를 감추고 고개를 갸웃거리며 말했다.

"뭐, 그것도 륜이를 더 깊이 아는 데 도움이 되겠지요. 말씀을 해주시지요."

이무는 고개를 힘겹게 끄덕였다. 그리고 "어, 취한다"를 연발하면서 딸꾹질의 빈도를 높였다. 홍조가 더욱 짙어지고 눈에서는 힘이 더 풀렸다. 정도전은 그가 조금이나마 정신을 또렷이 할 때까지 인내심을 가지고 기다려주었으나 그럼에도 여전히 추풍에 맥을 못 추는 늙은 갈대 모양으로 몸을 휘청거리기만 하자 종내에는 더 참지 못하고 냉수 두 사발을 들이키게 했다.

"어휴, 조금 낫군."

여전히 취기가 상당히 남아있었으나 눈에 힘을 주고 말을 할 정도로는 정신을 차렸다. 그는 여태껏 정신이 멀쩡한 정도전을 누차 칭찬한 후 그가 원하는 답을 들려주었다.

"하륜은 우선 이인임의 발호로 흙탕물이 된 이 조정을 증오합니다."

"그것은 익히 아는 바요."

"새로운 조정을 세워야 한다고 여깁니다."

이것은 하륜의 입에서 들은 바가 없었으나 능히 짐작할 수 있는 일이었기에 정도전은 가볍게 고개를 끄덕였다. 이에 이무는 다 알고 있으면서 뭘 알려달라는 거냐며 볼멘소리를 했다. 정도전은 잠시 고민하는 체하다가 입을 열었다.

"이건 어떻소. 새로운 조정을 세운다면 그 조정이 어떻게 경영되어야 옳다고 여기는지 말이오."

"오, 그것이라면 소직이 답변을 드릴 수 있겠습니다. 하륜 공은 강력한 군권(君權)을 원합니다. 이번 이인임의 발호를 보고 학을 뗀 모양이더이다. 강한 군권으로 나라의 기강을 바로세우고 신료들의 발호를 저지하는 것이 우선이라고 생각하고 있더군요."

술에 찌든 이무는 알아차리지 못하였으나 일순 정도전의 표정이 돌처럼 딱딱하게 굳었다. 가슴에 주춧돌을 얹어놓은 것처럼 답답증이 일어났다.

"강력한 군주를 원한단 말이오?"

이무는 맥없이 고개를 두 번 끄덕였다. 그러곤 푸푸, 술내를 잘도 풍기며 힘든 숨을 쉬었다. 정도전은 재차 물었다. 물음보다는 일갈에 가까웠다.

"패왕, 패왕을 원한단 말이오!"

"아, 왜 소리는 지르고 그러십니까. 그렇다니까요."

이무는 이렇게 말하곤 더 몸을 가누지 못하고 옆으로 픽, 쓰러졌다.

"륜아……."

정도전은 이를 악물며 눈을 감고 고개를 젖혔다. 피가 관자놀이로 쏠리는 것이 느껴졌다. 관자놀이가 팽팽히 당겼다. 양팔이 저리저리하고 숨이 가빠졌다. 이무가 알려준 것은 명백히 하륜이 저의 사상에 반기를 들었다는 선언과 진배없었다.

정도전은 항시 현명한 재상에 의한 통치를 강변해왔다. 여기에 하륜은 항시 침묵했지만, 정도전은 적어도 하륜이 자신의 뜻에 역행하지는 않을 것이라 확신해왔다. 재상에 의한 통치에 동의하지 않는다 하더라도 하륜은 정도전을 항상 따라왔으니까, 또 둘도 없는, 혈육의 정을 뛰어넘는 형이니까 자신과 뜻이 조금 맞지 않는다 하더라도 항상 자신의 편에 있어줄 것이라 확신해 마지않았다. 그런데 이무가 일러준 것은 정도전의 이 모든 확신을 갈기갈기 찢어버렸다. 그리고 짓이겨버렸다.

강한 군주에 의한 통치. 하륜이 이것을 심중에 두게 된 뒤로는 그와 정도전 사이의 교집합은 소멸된 것이나 다름없었다. 정도전이 이무로부터 이것을 듣지 못했다면 정도전은 언제고 하륜이 자신의 뜻을 지지한다 여겼을 것이었다. 여기까지 생각이 미치니 정도전은 모종의 배신감마저 들었다.

"정도전과 하륜은 오늘부로 함께 설 수 없게 되었다……."

이무가 본의 아니게 하륜의 본뜻을 곡해하여 정도전에게 말했을 수도 있다. 설혹 이무가 말한 바가 한 치의 오차도 없이 하륜의 의중과 같다 하더라도 고작 관점이 다르다는 연유로 수십 년간 이어온 질긴 정을 끊어서는 안 된다고 정도전은 거듭 속으로 뇌까렸다. 하지만 스멀스멀 속에서 끓어오르는 실망과 회의, 허탈 따위의 감정들을 제어하기엔 그것만으로는 태부족이었다. 오히려 수십 년간 포개어져 쌓여온 그 강렬한 인연이 그로 하여금 더욱 무자비한 회의를 느끼게 했다.

"아니다!"

정도전은 부러 소리를 지르며 고개를 내저었다. 그의 심중에 흔연히 퍼지는 독무(毒霧)에 대한 저항이었다.

"그래, 아무렴 어떠냐! 하륜은 정이 깊고 착한 아우다. 그럼! 그거면 되었지!"

정도전의 씩씩한 독백이 주위에 울려 퍼졌다. 그러나 이렇게 부정하면 할수록 미움의 독무가 그의 속내를 더욱 장악해갔다.

함주에서 하륜과 조우했던 때가 떠올랐다. 누구를 찾아왔느냐는 정도전의 물음에 그는 이성계를 찾아가는 것이 아니라고 했다. 이 대답에 정도전은 더 묻지 않았다. 이성계가 아니라면 하륜이 찾을 이는 단 하나뿐이라고 여겼기 때문이었다.

"그렇구나……. 하륜은 이미 택군(擇君)을 했어."

한없는 좌절감이 그를 엄습했다.

✱

"아이고, 아이고! 이 술, 술이 참으로 무서운 것이지! 사죄드리겠소, 하공!"

다음날 해가 하늘 꼭대기에 걸려서야 이무가 잔뜩 달은 얼굴로 거의 네 발로 기다시피 등청하였다. 그는 제일 먼저 하륜을 찾아가 울듯이 말했다.

"무얼 사죄한다는 겁니까? 어제 형님 댁에서 술을 많이 자시고 이렇게 늦게 등청하신 것을요? 그거야 다 고공사에서 고과에 포함시킬 것이니 달리 문제가 없을 것이거니와, 그 일을 어찌 제게 사죄한단 말입니까?"

환히 웃으며 가볍게 장난조로 받아치는 하륜을 보니 이무는 더욱 죄스러운 마음이 들어 얼굴이 거의 홍시가 되었다. 하륜은 그런 이무의 표정에서 무언가 중한 일이 있었음을 직감하고 그를 추궁했다.

"무슨 일입니까?"

이무는 주저하다가 하륜이 두어 번은 더 채근하고 나서야 입을 열었다. 이무가 쭈뼛쭈뼛 하륜의 눈치를 살피며 어제의 일을 소상히 얘기하면 할수록 하륜의 얼굴은 점점 더 흙빛으로 변했다. 술이 깬 뒤 정도전에게 온갖 미사여구를 보태어 그의 얼어버린 마음을 녹이려고 무진 애를 썼지만 아무런 소득을 얻지 못했다는 말까지 들었을 때 하륜은 더 듣지 못하고 고개를 휙 돌렸다.

"내 사죄드리겠소, 하 공! 내 실언을 하였소이다."

이무가 하륜의 팔을 붙잡고 무너지듯 매달렸으나 하륜은 더 이상 그의 칭얼거림을 받아줄 마음도 없었거니와 그럴 계제도 못 되었다. 그의 머릿속에는 눈에 쌍심지를 켜고 자신을 향해 칼을 들이대는 정도전만이 자리하고 있었다. 견딜 수 없는 아픔이었다. 지금 이 상황이 십수 년 전의 희미한 추억이라고 치고 그것을 반추한다고 생각해도 가슴의 거죽을 들어내고 아직 시뻘건 불씨가 남아있는 화로의 숯을 들이붓는 것과 같은 아픔을 느끼게 될 것이었다. 하물며 이 끔찍하고 저주받아 마땅한, 액(厄)이라고 밖에는 부를 수 없는 상황이 하륜이 숨 쉬고 있는 현재에 그 생생하고 사독한 싹을 틔우고 있으니 그것이 주는 고통은 옛것을 반추하는 것의 천배, 만 배에 달하는 것이었다. 그 고통은 하륜으로 하여금 차라리 이 자리에서 혼절했으면 하는 무책임하고 회피적인 망상까지 하게 만들었다.

✳

"형님."

하륜은 먹먹한 목소리로 두 글자를 뱉고는 정도전의 앞에 우두커니 서있기만 하였다. 사실 서있는 것 자체만으로도 지금의 그에게는 쉬운 일이 아니었다. 특히 정도전의 싸늘한 시선이 그의 상반신을 훑고 다시 활자가 박힌 두루마리로 내려졌을 때는 사바세계의 온갖 병마가 저에게 달라붙은 듯한 아픔을 온몸으로 받아내야만 했다. 꽤나 오랜 침묵이 지나서야 정도전의 시선이 다시금 하륜을 향했다. 여전히 하륜이 기대하던 따뜻한 의형의 그것은 아니었다. 음성도 시선에 맞춰 딱딱하게 응고되어 있었다.

"네가 무슨 일로 왔는지 잘 안다."

하륜은 고개를 끄덕여 가볍게 수긍했다.

"제 변명을 들으실 생각이 있으신지."

정도전은 무겁게 고개를 가로저었다. 이것도 하륜은 고개를 끄덕여 수긍했다.

"나는 너에게 죄과가 있다고는 생각하지 않는다. 따라서 너는 내게 변명을 할 필요가 없다. 하지만 너의 머릿속에 자리한 지침과 나의 머릿속

에 자리한 지침이 반대를 향하고 있으니 어찌 전과 같은 허심탄회한 대담
이 가능하겠느냐. 이제 우리는 같이 술상을 두고 마주하고 있어도 취하는
것을 경계하게 되었구나."

하륜은 나지막한 한숨을 쉬는 것으로 정도전의 말에 동의했다. 그러나
이토록 무력하게 그와의 인연이 무너지는 것을 두고만 볼 수가 없었다.

"형님, 군권을 더 중요시하고 신권을 더 중요시하는 정도의 차이가 우
리의 우애를 위협할 만큼 굉장한 것일까요? 서로를 위하여 절충을 하는
것은 어떨까요?"

어떻게든 의가 상하는 것을 막으려고 무진 애를 쓰는 하륜의 모습을 보
고 정도전은 고소를 지었다. 지금 하륜의 모습은 꼭 어제의 제 모습과 같
아 더욱 신물이 올라왔다. 그는 고소를 머금은 채로 자리에서 일어나 그
에게로 다가갔다. 어깨를 꽉 쥐었다. 든든하고 넉넉한 힘이 하륜에게로
전달되었다.

"우리의 상반되는 지침은 비단 그것에 그치지 않는다."

정도전은 천장을 향해 한숨을 쉬고 다시 말했다.

"너와 내가 고른 주인이 다르다. 나는 이성계를 택했다. 적어도 너는
그를 택하진 않았어."

"형님! 그러나……."

"그렇지. 너는 이방원을 택했다."

정도전은 실소를 흘리곤 제가 한 말을 곱씹었다.

"그렇지. 너는 이방원을 택했다. 참으로 재밌지 않니?"

하륜이 뭐라 강변하려 했으나 그는 그에게 입을 열 짬을 줄 생각이 전
혀 없었다.

"그래, 이성계의 아들이 이방원이니 매한가지가 아니냐는 말을 하고

싶은 게지. 그러나 틀렸다. 아니, 너도 알면서 괜한 투정을 부리는 것이 아니냐. 서로 창끝을 마주할 날이 있으리란 것은 너도 잘 알고 있겠지. 나는 이성계가 고려를 이어받아 새 조정을 세우리라 확신한다. 그러면 이성계는 왕이 되고 이방원은 왕자가 되지. 세자가 아니라 왕자가 되는 것이다. 적장자(嫡長子)가 아닌 걸출한 왕자는 피바람의 싹이 된다. 설혹 그가 유력하게 세자로 거론될지라도 내가 그것을 막을 것이다. 왜냐고? 나는 그가 패왕의 권세를 원한다는 것을 확인했기 때문이지. 그는 내가 다져놓은 현재상(賢宰相, 어진 재상)의 조정을 다시금 그 구태적이고 야만적인 패왕의 조정으로 돌려놓을 것이 확실하기 때문이다. 그리고 넌 그것을 방조하는 것을 넘어 적극적으로 찬조할 것이고 말이야. 네가 이방원을 택하고 패왕지치(覇王之治)를 원한다는 것을 확인한 연후로는 너와 도저히 함께 거사를 도모하겠다고 생각할 엄두가 나질 않는구나."

하륜은 그의 날선 한마디 한마디에 숨이 턱턱 막혀옴을 느꼈다. 또한 그것이 놀라우리만치 가능성이 농후하다는 것에 절망했다. 그의 선언대로 둘의 지침은 반대를 향하고 있으며, 이것을 확인한 이상 둘은 완벽한 동지가 아니게 되었다. 정도전은 이러한 하륜의 마음을 잘 앎에도 불구하고 말을 멈추지 않았다.

"나는 오늘부로 더 이상 너를 위하지 않을 것이다. 내가 이성계를 업고 조정의 판을 다시 짜게 된다면 너는 외직과 한직을 면치 못할 것이다. 심지어는 죽음의 위협에 사로잡힐 수도 있다. 예상치도 못한 송사에 휘말리고 말도 안 되는 모함을 뒤집어쓸 수도 있다. 아마 그것의 대부분은 내가 꾸민 모략일 테지. 그리고 이것으로 인해 네가 나에 대해 가졌던 신망과 경외, 친애, 우애 따위의 감정이 모조리 찢어발겨질 것을 안다. 너는 내가 이런 무지막지한 말들을 무자비하게 뱉는 것을 퍽 섭섭하게 생각하겠지.

너는 지금 내 앞에서 몸을 세우고 있는 것만으로도 견딜 수 없는 아픔을 느끼고 있는데 나는 이렇듯 인두겁을 쓰고는 못할 말을 아무렇지 않게 뱉고 있으니 말이야. 더군다나 나는 지금까지 너의 둘도 없는 의형이었는데 말이다. 하지만 나는 지금 너와 동등한 아픔을 느끼고 있다. 지금 처한 이 상황이 구역질이 나도록 저주스럽다. 심장이 목구멍을 넘어올 것같이 속에서 마구 울린다. 그러나 지금 이것을 정해두지 않으면 훗날 더 큰 상처와 더 큰 아픔이 우리를 할퀼 것임을 알기에 나는 이리도 모질어지려고 한다.”

정도전은 커다란 해일 같은 서러움이 덮친 탓에 더 말을 잇지 못했다. 차라리 이 해일에 묻혀 익사하는 것이 낫겠다는 생각이 그의 뇌리를 스쳤다. 그는 하륜의 눈에 시선을 고정시키고 말했다.

“이것으로 되었다. 가라.”

하륜은 무어라 말하고 싶었으나 속에서 거대하고 답답한 무언가가 짓누르는 탓에 끅, 끅, 하고 울음 참는 소리만 내고는 몸을 돌려 정도전에게서 멀어졌다. 종내 하륜이 그의 시야에서 멀어졌을 때 정도전은 그대로 고꾸라졌다. 딱딱한 나무로 된 바닥에 옆으로 쓰러져 눈물, 콧물을 쏟으며 오열하는 모습이 지나가는 내인(內人)들이 보기에 퍽 우스웠다.

가마에 위태롭게 의지한 하륜의 모습에 어슴푸레하게 푸르스름한 달빛이 산산이 부서져내려 더욱 고적(孤寂)한 분위기를 연출했다. 그를 호종하는 신몽인의 얼굴도 컴컴했다. 시선은 바닥에 꽂혀 헤어 나올 줄을 몰랐다.

“오늘처럼 술이 당기는 날도 없구나.”

울음이 맺힌 하륜의 목소리가 고요한 밤기운을 타고 더욱 크게 들렸고,

더욱 애잔하게 울려 퍼졌다. 신몽인은 무어라고 위안이 될 만한 말을 해주고 싶었으나 영 제 말주변이 마뜩찮은지라 머리만 벅벅 긁으며 속으로 저를 책망했다. 그의 등 뒤에서 하륜의 한숨소리가 굉음처럼 들려왔다.

신몽인은 주인을 위해 아무 말도 해주지 못하는 것이 못내 맘에 걸렸다. 대문에 들어선 뒤 비틀거리며 제대로 걸음을 옮기지 못하는 하륜을 부축이라도 하려 했으나 하륜은 쓴웃음을 지으며 유하게 그의 호의를 사양했다. 그가 섬돌에 신을 벗어 놓고 방에 들어가고 나서야 신몽인은 종자에게까지 약한 모습을 보이기 싫은 하륜의 의중을 깨닫고 재차 자책했다.

✳

"퇴청이 다소 늦으셨습니다."

규연이 환히 웃으면서 하륜을 반겼다. 그러나 그 태도에 뭔가 작위적인 면이 있는 것을 보고 그녀도 정도전의 일을 모인(某人)을 통해서 들었으리라 하륜은 쉬이 짐작했다.

"나는 괜찮습니다."

평시에는 과감하다는 표현이 꼭 맞을 정도로 기탄없이 직설적으로 말하나 중차대한 일에 있어서는 조심스러워지는 그녀의 성정을 익히 알고 있는 하륜이 먼저 말을 꺼내 그녀를 안심시켰다. 이 말에 여전히 규연은 웃고 있었으나 눈꼬리가 조금 더 처지고 그 끝에는 물방울이 아른아른 맺혔다. 규연은 가만히 하륜을 응시하더니 왼발을 살포시 앞으로 내디뎠다. 이내 오른발도 왼발의 위치에 맞추었다. 하륜과 규연 사이의 거리는 손날 하나가 겨우 드나들 정도로 퍽 가까워졌다. 서로가 서로의 숨결을 느끼기에 부족함이 없어졌다. 규연은 그 사이의 좁은 공간도 용납하기가 싫어져 하륜을 꼭 껴안았다. 향기로운 따스함이 하륜의 가슴에 넉넉하게 전해졌다. 그러자 간신히 가매장했던 설움이 속에서 뚫고 올라와 용솟음

쳤다. 울컥, 설움이 복받쳐 올라왔다.

"서방님, 소녀는 서방님의 무엇이옵니까?"

하륜의 품에 안긴 채로 규연이 촉촉이 젖은 시선을 그에게로 향하며 물었다. 그리고 더욱 힘주어 껴안으며 자답했다.

"소녀는 서방님의 처입니다."

그녀는 하륜의 품에서 벗어나 다시금 한발짝 물러났다. 하륜은 먹먹한 표정으로 우두커니 서있을 뿐이었다.

"제 앞에서까지 점잔 빼지 마십시오. 부디 제 앞에서는 솔직해지세요. 소녀는 서방님의 처입니다. 서방님은 소녀의 부군입니다. 울 일이 있으면 함께 울고 웃을 일이 있으면 함께 웃는 것이 부부입니다. 어찌 제 앞에서 괜찮다 거짓을 입에 담으시고, 어찌 제 앞에서 울음을 숨기고 허망한 웃음을 얼굴에 걸치십니까."

하륜의 얼굴이 괴히 일그러졌다. 끝끝내 고고해 보이려 했던, 흔들림 없는 산처럼 군림하려 했던 그의 거짓됨의 붕괴였으며, 온전하고 진솔한 감정의 발현이었다. 종내 하륜은 아이처럼 엉엉 울음을 터트렸다. 규연의 양 어깨를 으스러지도록 꽉 껴안고 울음을 터트렸다. 서럽디 서러운 울음소리가 눈물에 젖어 축축이 울려 퍼졌다.

✳

이후로 정도전과 하륜의 관계가 냉기류에 휩싸이게 된 것은 지극히 자명한 일이었다. 둘이 우연히 조우하게 되어 의도적으로 말을 섞고자 해도 목구멍까지는 올라온 것이 거기서 턱 막혀 음성으로 내뱉어지지 않는지라 서로 머쓱히 고개를 숙이고 지나가는 것이 상례가 되었다.

본디 새 조정을 건설하는 데 있어 하륜은 정도전을 주역으로 설정해 놓았었다. 아무래도 젊은 관원들로부터 두터운 신망을 얻고 있는 그가 새 조정 건설에 주도적으로 참여해야만 공고한 조정을 건설할 수 있다고 여긴 탓이었다. 그러나 젊은 관원들로부터 극심한 반감을 사고 있는 저의 계획에 정도전이 발을 담그는 모양새가 되면 일을 그르칠 염려가 있어 때가 올 때까지 함구하기로 하고 마냥 기다리고 있던 차였다. 그런데 일이 이렇게 되어버리니 계획은 엉망이 되고 말았다. 그러던 차에 적절한 때를 잡은 듯이 자초가 하륜을 방문했다.

✳

"아니, 누가 송장이 되었느냐? 어째 집이 을씨년스러운 것이 꼭 상갓집, 무당집 같구나! 하륜이 네놈, 접신이라도 한 것이냐?"

자초가 거들먹거리며 대문 안으로 들어왔다. 뒷짐을 지고 잔뜩 허리를 젖힌 것이 적잖이 익살맞았다. 평소 같았으면 대청마루에서 무료히 반가(半跏)를 한 채 귀를 후비적거리던 신몽인이 이를 보고 농조로 타박을 하고 자초가 다시 다그쳐야 맞는 것이었다. 그런데 몽인은 공손히 고개를 숙이며 예를 다해 자초를 맞았다. 이에 자초는 고개를 갸웃거리며 물었다.

"이놈 몽인아, 네 녀석도 면천(免賤)을 하고 양반이 된 것이냐? 어찌 이리 얌전을 빼는 것이야?"

"영감께서 기다리고 계심더. 안으로 드이소."

재차의 농담에도 몽인이 풀 죽은 표정을 하니 자초도 머리를 벅벅 긁으며 군말 없이 안으로 들었다. 안에서 가만히 가부좌를 틀고 있는 하륜도 침울한 정도가 몽인보다 더하면 더했지 결코 덜하지 않았다.

"허허! 왜 다들 번뇌에 휩싸여 있는고? 거참, 임금이 시해 당했을 때에도 너의 표정이 이토록 죽상은 아니었는데 오늘의 네 얼굴은 진세의 백팔 번뇌를 다 안고 있는 얼굴이로다!"

하륜은 자초에게 자리를 권하고 침울한 표정을 풀지 않은 채 정도전과의 일을 소상히 털어놓았다. 말하는 도중에 이따금씩 하륜은 눈물을 감추기도 하였다. 하륜의 말이 멎었을 때에는 그것을 듣는 자초의 마음도 새카맣게 전소되었다. 하륜에게 정도전이 어떤 의미였는지를 생각하면 절로 심장이 뜨끔뜨끔했다. 그도 몽인이 그랬듯이 어떤 식으로도 하륜을 위로해주지 못했다. 그 어떤 말로도, 행동으로도 그를 위무할 수 없다는 것을 자초는 알았다. 오직 화제를 속히 전환하는 것만이 그의 아픔을 덜어주는 최선책이라 여겼다. 그러나 무슨 말을 해도 결국 빙빙 돌다가 정도전의 얘기로 결착되었다. 그만큼 하륜에게서 정도전은 도저히 떼놓을 수 없는 이름이었다. 자초가 민머리를 긁적이며 어떻게든 정도전이라는 세 글자가 화제로 돌아오지 않도록 무진 애를 쓰는 모습에 하륜은 실소를 머금었다.

"쓸데없는 배려일랑 관두십시오. 저는 괜찮아요."

"것 참!"

말과는 전혀 다른 그의 침울한 표정에 자초는 안타까운 표정으로 입술을 씰룩거릴 뿐이었다.

"도전 형님 얘기가 나온 김에 할 얘기 다 하렵니다. 자초 형님, 이제 저와 상종하지 마시고 도전 형님께 가시지요."

"잉?"

자초는 눈을 껌뻑거리며 고개를 왼쪽으로 기울였다. 그리고 저 혼자 계산을 하더니 입을 삐죽 내밀면서 고개를 천천히 저었다. 하륜은 자초에게 자신과 통하지 말고 곧장 정도전과 의기투합하여 새 조정을 건설하라고 말한 것이었다.

"에이, 아무래도 그건 아니야."

하지만 하륜은 단호했다.

"아니요. 제 말대로 하십시오. 이것은 제 말대로 하는 것이 순리입니다. 새 조정을 세우는 일은 저보다는 도전 형님이 도맡아 하는 것이 옳습니다."

자초도 쉬이 물러날 태세는 아니었다.

"그렇지 않다. 내가 누차 정도전을 평하지 않았느냐. 쇠심줄도 그런 쇠심줄이 없지. 그는 유능하고 정의로운 선비이나 종내 오만과 독선으로 치달을 것이다. 나는 그런 이와 거사를 도모할 수 없다!"

"아마 제 말을 듣고 나면 제가 바짓가랑이를 붙잡고 매달려도 뿌리치실 겁니다."

하륜이 더욱 쓸쓸한 미소를 지으며 말하자 자초는 속에서 쓴 기운이 동하는 것을 느꼈다. 그의 입속에서 어떤 괴물 같은 말이 튀어나올지 당최 종잡을 수가 없었다. 더구나 그의 단정적인 어조는 자초를 불안의 수렁에 더 깊숙이 빠트렸다.

"형님께서 오늘 저를 찾으신 연유는 아마도 군주의 그릇을 찾으셨기 때문이겠지요."

"이런 젠장!"

하륜의 말이 채 끝나기도 전에 자초의 입에서 욕지거리가 마구 튀어나왔다. 머리끝까지 시뻘개져서는 제 감정을 주체하지 못하고 엉덩이를 들썩거렸다. 하륜이 군주의 그릇 운운하며 이것으로 인해 자신과 자초가 다른 길을 걷게 될 것이라고 말한 것은 자초가 누구를 군주의 그릇으로 낙점했는지를 알아차렸고 그 그릇과 하륜이 고른 그릇이 다르다는 것을 의미하기 때문이었다.

"오! 나무아미타불! 젠장, 젠장!"

혼자 천불이 나서 견디지 못해 하는 자초를 그대로 놔두면서 하륜은 차를 홀짝이며 쓸쓸한 눈빛으로 그런 그를 바라보았다. 그가 차를 반쯤 비워냈을 즈음에야 자초의 노기가 다소 가라앉았다.

"이성계를 점찍으셨지요?"

하륜이 한 치의 오차도 없이 맞춰나가면 나갈수록 제발 하륜의 추측이 틀리기를 바랐던 자초의 터무니없는 소망은 점점 짓이겨졌다. 이성계라는 이름이 하륜의 입에서 튀어나오자 자초는 이제 실신할 지경이었다.

"네놈은 내가 그것만은 아니길 하는 것만 족족 입에 담는구나, 엠병! 우라질!"

"식견 있는 선비들은 왕재로 곧잘 그를 꼽지요."

이제 자초는 체념한 듯한 표정이었다. 그는 염주를 매만지며 착잡한 말투로 물었다.

"네놈은 그럼 누구 얼굴에 침칠을 하였느냐?"

여전히 자초의 표정이 조마조마한 것이 이번에도 최악의 것을 염두에 두고 있는 것이 확실했다. 하륜도 그것을 깨달았다. 또 자신이 말하려는 것이 곧 자초의 최악이라는 것을 능히 짐작하고도 남아 덩달아 쓸쓸한 표정을 지었다.

"에잇!"

자초는 벌떡 일어나 염주를 바닥에 집어던졌다. 108개의 염주 알이 바닥에 데구루루 굴렀다. 자초가 염두에 뒀던 최악은 하륜이 군주의 그릇으로 이방원을 택하는 것이었다. 이성계와 자주 교류를 하면서 하륜이 간파한 패왕의 상을 그의 잡학 스승인 자초가 지나쳤을 리가 만무했다. 하륜의 표정에 고소가 번졌다.

"네놈은 정말 못 견딜 녀석이구나!"

자초는 몸을 부르르 떨었다. 하륜의 말은 지금 완전히 흩어진 백팔 염주처럼 자신의 계획이 산산조각 났음을 의미하는 것이 자명했다.

"최악이다."

그는 털썩 제자리에 다시 주저앉았다. 염주 알 몇 개가 배기는지 그는
궁둥이를 들어 알 서너 개를 주워 내던지고는 한숨을 푸푸 쉬었다.

"이것 또한 다 부처님의 뜻이렸다."

자초는 찻잔을 들어 한 번에 들이키고는 혼잣말로 웅얼거렸다.

"내 얼굴 보는 법만 안 가르쳐줬어도……. 제길, 잡학이 확실하다."

"그러니 그만 저를 놓아주시고 도전 형님께로 가십시오."

"흥, 가증스럽다, 가증스러워! 불쌍한 강아지 표정을 해놓고는 저를 놓
아달라고 하니 어찌 너의 진심을 의심하지 않을 수가 있느냐? 더군다나
내 일찍이 정도전과는 함께할 수 없다고 공언을 하였느니라! 허나 부득불
한 배를 타게 된 것은 자명한 사실이로고……."

"이것 참 죄송하게 되었습니다."

"되었다! 아니, 이방원은 이성계의 아들이니 그가 조정을 세울 때까지
는 우린 아직 한 배를 탄 것이 아니냐?"

"그건 또 그렇습니다, 하하."

하륜의 실없는 웃음에 자초도 덩달아 웃었다. 자초는 고개를 도리도리
저으며 거푸 탄식했다.

"아휴, 염병할! 기구하다, 기구해!"

(2권에 계속됩니다.)